陳墨 著

武俠品賞

憶念金庸
重溫武俠

論劍之譜（下）

武俠五大家品賞

目錄

古龍及其《多情劍客無情劍》

第一章　古龍其人

一九八五年九月二十一日十八時零三分，一代武俠小說名家古龍在臺北市中華開放醫院逝世。無數的武俠迷爲之傷心落淚、感慨唏嘘。古大俠此時還不到五十歲就英年早逝，當真是天妒奇才！

然而，古龍這個名字，以及他的心血之作，卻不因他的去世而被淹沒。很難相信「小李飛刀成絕響，人間不見楚留香」（作家喬奇獻給古龍的輓聯），筆者願相信：

「人間無古龍，
心中有古龍。」（作家倪匡給古龍的輓聯）

一九九五年，古龍逝世十周年。珠海出版社推出了一套《古龍（武俠小說）全集》，並且銷路不錯。這說明古龍的書仍受讀者的歡迎。

一九九五年九月，筆者在北京武俠小說創作研討會暨首屆武俠小說創作獎頒獎會期間，見到了臺灣作家，古龍的朋友、代筆者兼出版商于東樓先生，聽他談了許多古龍的往事，又反復的說，你一定要研究一下古龍！言下對古龍充滿敬愛之情，令人感動不已。

一九九五年九月，四川人民出版社出版了一位名叫覃賢茂的作者寫的《古龍傳》，「傳」的內容雖然不見得名符其實，但作者對古龍的熱愛之情則溢於言表，力證「古龍之前無新派」，並且證明「古龍超越了金庸」，這顯然代表了一部分讀者的觀點，更代表了廣大讀者對古龍的熱愛之忱。

筆者還聽說廣東的一位名叫費勇的作者的新著《古龍傳奇》亦即將於近日出版。

這些都可以證明，「心中有古龍」實在言之有據。

古龍，原名熊耀華，生於——這不大好說，連《古龍傳》的作者也不大清楚，《傳》中如此寫道——

現在大陸不少著名作家評論家撰文介紹古龍的生平，但各人的介紹也是矛盾百出，令人無所適從。

……曹正文先生在《中國俠文化史》中說：「古龍，姓熊，名耀華，祖籍江西，一九三六年生於香港，屬鼠。」

但是曹正文在寧夏人民出版社一九九四年版的《碧血洗銀槍》的前序中，又稱古龍是一九三八年生，屬虎。

曹正文先生前後自相矛盾。

東方新的介紹卻是這樣：「古龍，原名熊耀華，祖籍江西，但他本人出生在香港。」乾脆避而不談古龍的出生時間。

著名武俠小說評論家羅立群先生，卻說古龍是生於一九三六年，終年四十九歲。

著名的武俠小說作家、評論家、中國武俠文學學會副會長江上鷗先生，與臺港武俠小說作家、評論家聯繫極多，交遊甚廣。據江上鷗先生說：「古龍本姓熊名耀華。一九三七年生於大陸（一說一九三六——一九三七年之間）。」

所以各家的意見很不一樣。

筆者傾向於江上鷗先生的說法，因為據古龍卒年四十八歲來倒推，他生於一九三七年應該是比較合理的……（覃賢茂：《古龍傳》，四川人民出版社，一九九五年九月版。）

難怪古龍小說中的一些主人公，如沈浪、楚留香、陸小鳳、葉開、傅紅雪、阿飛……等人，身世都很神秘，原來古龍本人的身世，也有這種讓人說不清楚的神秘感，僅是生年一事便如此讓人犯難，何況其他？

前文說過，《古龍傳》一書，「傳」的內容很少，點評作品的篇幅極大，真正有關古龍生平經歷的訊息，若不分行去寫，大約不過幾千字的內容。這也難怪，因爲古龍「避而不談往事」，別人又怎能知道？大陸的傳記作者，就更是「隔」得厲害了。

綜合起來，我們只知道有關古龍的下列訊息：

（一）古龍的家庭不大幸福，父母不和，後來鬧到離婚；古龍也不是一個乖孩子，剛成年未成年之時便脫離家庭、自食其力，此後幾十年幾乎與家庭斷絕關係。直至古龍生病住院、去世之前，他的父親才找到古龍，父子相見。這無疑是古龍避而不願談往事的一個原因。

（二）古龍十三——十四歲左右從香港到臺灣求學，需要以自食其力為目標，因而高中畢業後，考入臺北市臺江英文專科學校（即後來著名的淡江學院）夜校部。這個學校校風嚴謹，讀書的風氣很濃，古龍也愛讀書，不過讀課外書遠比課內書多得多；而且因自由散漫慣了，又要自食其力，而大量曠課，以致於他在這家學校只讀了一年，便中途輟學了。這也是性格決定命運的一例。

（三）古龍自幼酷愛文藝，而且才份不低，十九歲時便發表了第一篇作品。後來既寫文藝小說，也寫散文、詩歌，陸續有作品發表，但一不能躋身名家之列，甚至連小名也沒有；二不能靠寫稿獲利掙稿費養活自己；三是他越急越不達，越不達越急，後來終於堅持不住，改弦更張了。恰好那時武俠小說大為流行，古龍於是投身其中，先是給臥龍生、諸葛青雲、司馬翎等當時的臺灣武俠小說的大名家——號稱「三劍客」（與當年香港的梁羽生、金庸、百劍堂主「三劍客」相映成趣）——當「槍手」，不久之後就自己獨立寫作。於一九六〇年出版武俠小說處女作《蒼穹神劍》（第一出版社出版），從此一發而不可收，一直寫到一九八四年。

（四）下面該說古龍對酒的特殊嗜好了。古龍好酒，這幾乎是人所共知的事，凡寫到古龍，就不能不寫到他的好酒。作家燕青在「初見古龍」一文中寫道：

「在這一群武俠小說家中，有諸葛青雲、臥龍生、蕭逸、孫玉金、高庸、憶文、曹若冰、慕容美……等等。他們在席上談笑風生，語驚四座，有一個卻默不作聲，只是酒來必乾，自得其樂。這個沉默人，引起我的注意，因為他長得五短身材，卻是頭大如斗。尤其是喝酒時，頭一仰，便是一杯，那種豪邁酒量，使我看得暗暗心驚。」

這個人當然是古龍。

古龍的得意門生、武俠小說後起之秀丁情則如此寫道：

> 對酒的執著，大概沒有人能比得上古大俠。
>
> 他三番兩次的因酒而住院，換了別人，早已怕酒怕得要命了，可是我們的古大俠卻照喝不誤。
>
> 為什麼呢？
>
> 是因為他已中了酒毒？
>
> 還是他不怕死？
>
> 抑或是他借酒來逃避什麼？
>
> 這些問題，沒有人能回答得出來，就連和他走得最近的我，也說不出一個所以然來……
>
> 所以臨死的前幾天，他又開始縱情喝酒。

醉了睡，醒了又喝，又醉，又喝，又睡，又喝。

古大俠的獨特豪情又見了。（古龍：《邊城刀聲・附錄》，中國民間出版社，一九八八年四月版。）

古龍的逝世，與酒有極大的關係，因爲他患的是肝病。另一說，是輸血事故，而輸血的原因是他被人用刀捅傷，捅傷的原因，則是有人找他鬥酒：繞來繞去，還是繞不過酒字。

古龍爲酒而生，因酒後死，更讓人感動又驚奇的是，他死後仍離不了酒：在葬禮中，古龍的親朋好友一人帶了一瓶好酒（XO——軒尼詩白蘭地——古龍最喜歡的酒），下棺時，大家依次將酒放在古龍的身旁，據說一共有四十八瓶。因爲古龍終年四十八歲。

之所以要寫烈酒，而且要寫得這麼細，是因爲，古龍的生與死都與酒有關；古龍的小說創作，及其小說中的人物亦多與酒有關，我們所熟悉的古龍小說的主人公，大都是酒徒：陸小鳳躺在那兒喝；楚留香處處有酒；李尋歡咳嗽咳得要斷氣了，仍然還要喝；大人物楊凡對女友說自己是「酒色之徒」；楊凡的朋友秦歌常常睹光喝醉躺在陰溝邊一直到天明；《武林外史》中的沈浪不僅好喝酒，而且酒的知識極爲豐富，足以與書中的快樂王的「酒使」劉伶（這名字與歷史上的大酒徒一樣）相匹敵……古龍那麼喜歡喝酒，是確實好酒，還是借此表現自己的一種個性？或是借酒澆愁、解除內心的寂寞？或是僅僅喜歡喝酒時的氛圍？或是一種獨特的生活觀念及放鬆方式所致？……這些問題，值得研究。

（五）說完了酒，自然要說色，古龍好酒更好色。據說古龍幾乎每一部書的背後都有一個女人。（覃賢茂：《古龍傳》，四川人民出版社，一九九五年九月版。）留下芳名的至少有四位：一是舞女鄭莉莉，她與古龍同居於臺北瑞芳鎮，爲古龍生了一兒子，名鄭曉龍，後成爲武術高手；二是舞女葉雪，也與古龍同居，也爲古龍生了一個兒子；三是古龍的第一位正式結婚的夫人梅寶珠，也爲古龍生了一個兒子，後來因古龍經常不歸家而無法忍受，提出離婚；四是古龍的第二任，也是最後一任夫人于秀鈴，于秀鈴一直陪伴古龍到他生命的盡頭。

古龍好色，女人也如飛蛾撲火，所以古龍的一生有許許多多被人知及不被人知的艷情故事。但古龍對女人的態度卻比較矛盾：愛她們卻不尊重她們，以致於不少女人都「恨」他。如丁情所寫：

如果硬要說古大俠這一生中做過最大的錯事，那麼就是他對女人的態度。古大俠雖然很「好色」，不能一日無女人，可是他從來沒有強迫過一個女人。耍點小計，騙騙女人，這是男人們通常都會用的技巧，誰能說這樣做是不對的？古大俠雖然不能缺少女性，可是他常常會為了朋友，而捨棄他心愛的女人。他總認為女人可以再找，朋友知己卻是難尋，怎麼可以捨朋友，而重女人呢？這是古大俠對於女人和朋友的態度。也是很多女人「恨」他的原因。（古龍：《邊城刀聲・附錄》，中國民間文藝出版社，一九八八年四月版。）

據說古龍臨去世前的最後一名話是：「怎麼我的女朋友都沒來看我呢？」（《古龍

傳》一〇四頁）

我們花這些篇幅來說古龍與女人的關係，理由與「古龍和酒」，大致相同。因爲這不僅與古龍的個人生活及性格有關，同時與他的小說創作也有密切的關係。因爲古龍小說是「文如其人」，到處有酒，有女人。

（六）再說古龍與朋友——當然是男朋友。一般說來，古龍喜歡交朋友的。他喜歡喝酒，是「爲了與朋友相聚時的氣氛」；他喜歡女人，卻可以「爲了朋友而丟掉女人」。燕青在「初見古龍」一文中寫道：

「古龍喜歡交朋友，上至騷人墨客，下至販夫走卒，他都能夠共敘樽前，酒逢知己千杯少。可是，古龍相識滿天下，能夠真正了解他的人，卻不很多。他和朋友，可以推心置腹，無所不談。但他的作品《流星•蝴蝶•劍》中，主題竟然是：『你的致命敵人，往往是你身邊的好友！』若以文論人，能不使其和他相交的朋友寒心？」（古龍：《多情劍客無情劍》，海天出版社一九九八年五月版。）

這透露了一絲微妙的訊息。

古龍的弟子丁情在「我與古龍」一文中也證實了：

「古大俠是個傳奇人物，可是他也不是聖徒，他也只是一個正常的人。——正常的人通常都會偶爾做錯事。在這種情況下，就造成了許多人對古大俠的不諒解和誤會。其實古大俠不管做了什麼事，他的出發點都沒有惡意。就算有時他打了人，那也只是他已醉了的情形下，才會發生的。」（古龍：《邊城刀聲・附錄》）

這就更能說明某些問題了：古龍無疑是喜歡朋友，喜歡交朋友，也夠朋友；古龍無疑心地善良，沒有惡意，赤誠待人；但，古龍同時又是敏感、多疑、理想化及求全責備的，有時——喝醉或似乎喝醉時——或許還是暴躁的，甚至是不無戾氣的。

（七）寫古龍其人，當然不能不提及他與出版商之間的關係。在這方面，古龍的聲譽便不那麼好了，因爲他經常拿了錢卻不交卷。燕青「初見古龍」便碰到了此類事：

「席散以後，這位出版家特地在酒店房間中約晤古龍，我也在座。出版家很不客氣的把古龍罵了一頓，因為他時常拿了稿費，卻不交卷。古龍又是默不作聲，等到出版家脾氣發完了，他在出版家的耳邊說了幾句，出版家便像受了催眠似的，拿出支票薄來，寫了一張四萬元臺幣的支票給他。古龍說了一聲晚安，便把支票塞在口袋裡走了。

「那時候，古龍還是出道不久，卻已非常蠱惑，他先寫了十多萬字，便拿出賣給出版社。古龍畢竟是個有料的人，小說開局非常精彩，出版社看了便鍾意。古龍提出要求，先拿二十集的稿費，以便要安心續寫下去。一來是古龍的小說寫得精彩，使出版社愛不釋手；二來當時出版社之間競爭也很劇烈。古龍就看中對方的弱點，他要求預支稿費，當然是有求必應。拿到了稿費，古龍便變成神龍，小說也就是見首不見尾。害得那個出版社拿著那十多萬字，印又不是，不印又不是。後來，出版社吃虧多了，大家都不肯再上當，迫使古龍只好修心養性，埋頭苦幹。形勢的轉變，對於古龍來說，卻是一件好事，古龍這個名字，就是在這時打響起來的。」（古龍：《多情劍客無情劍》）

這雖已成往事，且是「趣事」，其中也可以看到古龍的浪子性格。

（八）最後，我想還應該介紹一下古龍的形象，據《古龍傳》所寫：

「古龍實在是貌不驚人，為此古龍的內心有很大的情結，只不過因為他驕傲而表面上很少流露出來。古龍的身高才僅僅一米五六，按照一種流行的調侃說法，幾乎是『超級殘廢』。如此矮小的身形，實不足以自誇。如果與那些長腿細腰的美女站在一起，古龍不能不在外形上自慚形穢。身材矮小且不說，古龍又是頭大如斗，眼小嘴大，中年後又微微發福，被熱愛他的人稱為『矮肥而富有魅力的身材』。」（覃賢茂：《古龍傳》）

古龍其貌不揚，身材矮胖，照理這與他的寫作及其天才沒什麼關係，實際上卻未必是這樣，這至少會影響到他與女人的關係，從而間接的影響到他的深層心理。古龍是一個極有才華亦極聰明、敏感的人，正因爲如此，這種形象、身材，看在別人的眼裡，再反饋到古龍的眼裡、心上，會有什麼樣的影響，實在難測。也許古龍內心的陰鬱及自卑，即與此有關。這對他的創作，當然也就有了影響。對古龍來說，酒——色——才——氣（指內心）是聯繫得很緊密的，哪一環有了問題，都會影響全局。而一個人的身材，對一個高傲、敏感、好強而又風流的人來說，其影響是難免的，與其酒、色、氣都有關係，又怎能不影響到他的才？

（九）以上介紹了古龍的身世、經歷、愛好及形象，我希望能夠粗線條的寫出古龍的性格與特徵。這一特徵與上述種種都有關係，而其核心乃是「好高、好強」。如果說好酒、好色是他的外部特徵的話，那麼好高、好強則是他的內在特徵。若非如此，他也就不會那麼早就自食其力、脫離家庭；也不會中途輟學、走上社會；不會那麼痛苦，以至於好酒；不會那麼出奇的浪漫、如此好色，而又如此失望；不會在投身武俠小說創作之後，如此強烈的要出人頭地，如此執著的求新、求變……。好高可以說是他心理上的一種逆反，而好強則是他精神上的一種自我補償。正是憑著這種氣質及巨大的內心動力，古龍才真正成爲古龍，才會寫出那麼多的好作品，贏得那麼大的名聲。

古龍確實是獨一無二的古龍。

第二章　古龍的小說及其特徵

古龍的小說——當然是指其武俠小說——很多，這不僅是他堅持創作二十五年，並以此爲職業，因而寫得多；而且也是因爲他文思敏捷、又是快手，外界的需求量大及內在的勤奮，所以寫得多，也出得多。

古龍的小說多，署名古龍的小說更多。這是因爲，（一）臺灣當年的風氣，是武俠小說家之間常常友情客串，相互提刀代筆，一般的情況當然是年輕人給成年人代筆；名氣小的給名氣大的人代筆。古龍出道之初即給人當槍手，而古龍出道之後，又請別人當他的槍手，這使一些署名古龍的小說名不符實。（二）當年還有一種惡劣風氣——可以說是中國國情，及文化落後的重要標誌——是作家賣署名權，當一個作家走紅、供不應求時，出版商即組織寫作班子，然後買名家的署名權。這使作品真正的「徒具虛名」，實質上是欺騙讀者，最終當然也使作家的名譽受到極大的損害。（三）第三種情況是，出版商無法無天、胡編胡造、亂搞亂發財，不出真品，亦非代筆，又不買署名權，是乾脆直接，將一堆爛稿署上古龍的名字。當年的臺灣，稍後的香港，現在的大陸，都有這種情況。中國人的劣根性，實在難以根除。讀者只能望洋興嘆！——古龍的作品真的成了一片「汪洋」，鋪天蓋地，誰也不知道究竟有多少部，因爲古龍去世之後，仍不斷有

「古大龍」的新著，以及「古龍新」著、「古龍名著」出現。

識別古龍的真僞，是一大難題。困難在於古龍本人的作品風格前後都不統一，以至於假古龍比真古龍更像古龍；而早期、晚期的半真半假的古龍更讓人頭疼。

直至一九九四——一九九五年，臺灣的于東樓等人經過仔細的考證、辨別，終於搞出了一份古龍武俠小說的創作目錄，確認六十八部作品，是古龍的「真品」。可是其中仍包括一部分由別人代筆完成的作品；而且，筆者見到臺灣武俠小說作家臥龍生、柳殘陽等人，問及此事，他們一是仍不敢確定，二是乾脆表示懷疑，說是沒有那麼多真品。可見，古龍作品真僞考辨，還是一個未完成的課題。

在目前，我們只有依照已經公佈的古龍小說全目來說——珠海出版社的《古龍全集》也是照此目錄出版的——

一《蒼穹神劍》（處女作，一九六〇）；二《月異星邪》（一九六〇年）；三《劍氣書香》（一九六〇年，後半部由墨餘生代筆）；四《湘妃劍》（一名《金劍殘骨令》，一九六〇年）；五《劍毒梅香》（一九六〇年，大部分由上官鼎代筆）；六《孤星傳》

（一九六〇年）；七《失魂引》（一九六一年）；八《游俠錄》（一九六一年）；九《護花鈴》（一名《諸神島》，一九六二年）；十《彩環曲》（一九六二年）；十一《殘金缺玉》（一九六二年）；十二《飄香劍雨》（一九六三年）；十三《劍玄錄》（一九六三年）；十四《劍客行》（一名《風雲男兒》）；十五《浣花洗劍錄》（一九六四年）；十六《情人劍》（一九六四年）；十七《大旗英雄傳》（一名《鐵血大旗》，一九六五年）；十八《武林外史》（大陸有一版名《風雪會中州》，一九六六年初版）；十九《名劍風流》（一九六六，結尾部分由喬奇代筆）；二十《絕代雙驕》（一九六七年）；二十一《鐵血傳奇》（又稱《楚留香傳奇》，包括《血海飄香》、《大沙漠》、《畫眉鳥》三部，一九六七年）；二十二《多情劍客無情劍》（香港版將其分爲《風雲第一刀》、《鐵膽大俠魂》兩部，一九六九年）；二十三《蕭十一郎》（大陸有異名《淑女與強盜》，一九七〇年初版，由電影劇本改寫成小說）；二十四《流星・蝴蝶・劍》（一九七〇年）；二十五《鬼戀俠情》（是「楚留香傳奇續集」一，一名《借屍還魂》，一九七〇年）；二十六《蝙蝠傳奇》（「楚留香傳奇」續二，一九七一年）；二十七《歡樂英雄》（一九七一年）；二十八《大人物》（一九七一年）；二十九《桃花傳奇》（「楚留香傳奇」續三，一九七二年）；三十《九月鷹飛》（一九七二年）；三十一《長生劍》（「七種武器系列」之一，一九七一年）；三十二《碧玉刀》（「七種武器系列」之二，一九七一年）；三十三《孔雀翎》（「七種武器系列」之三，一九七二年）；三十四《多情環》（「七種武器系列」之四，一九七二年）；三十五《霸王槍》（「七種武器系列」之五，一九七三年）；三十六《離別鉤》（「七種武器系列」之六，一九七九年）；三十七《陸小鳳傳奇》（陸小鳳系列之一，一九七二年）；三十八《繡花大盜》（陸小鳳系列之二，一九七三年）；三十九《決戰前後》（陸小鳳系列之三，一九七三年）；四十《銀鉤賭坊》（陸小鳳系列之四，一九七四年）；四十一《幽靈山莊》（陸小鳳系列之五，一九七五）；四十二《鳳舞九天》（陸小鳳系列之六，一九七五）；四十三《火併蕭十一郎》（《蕭十一郎》後傳，一九七三年）；四十四《天涯・明月・刀》（一九七三年）；四十五《吸血蛾》（一九七三年，大部分由黃鷹代筆）；四十六《拳頭》（一名《憤怒的小馬》；有版本將其編入《七種武器》系列之七，一九七三。編者按：依古龍原意，《拳頭》並非《七種武器》系列之七；而《七殺手》經巧妙的改動結尾，乃成爲《七種武器》系列之七。）；四十七《七殺手》（一九七三年）；四十八《劍・花・煙雨江南》（一九七四年）；四十九《邊城浪子》（一九七四年）；五十《血鸚鵡》（大陸有版名《十萬神魔十萬血》，是作者設想的「驚魂六記」之一，一九七五年）；五十一《三少爺的劍》（一九七五年）；五十二《白玉老虎》（一九七六年）；五十三《漂泊英雄傳》（一九七六年，大部分由溫玉代筆）；五十四《大地飛鷹》（一九七六年）；五十五《圓月彎刀》（後半部由司馬紫煙代筆，一九七七年）；五十六《飛刀，又見飛刀》（一九七七，李尋歡故事續集）；五十七《碧血洗銀槍》（一九七七年）；五十八《新月傳奇》（一九七八年，「楚留香傳奇」續四）；五十九《英雄無淚》（一九七八年）；六十《七星龍王》（一九七九年）；六十一《午夜蘭花》（一九七九年，楚留香後傳）；六十二《風鈴中的刀聲》（一九八〇年，結尾由于東樓代筆）；六十三《劍神一笑》（一九八一年）；六十四《白玉雕龍》（一九八一年，大部分由申碎梅代筆）；六十五《怒劍狂花》（由丁情代筆，一九八二年）；六十六《那一劍的風情》（大部分由丁情代筆，一九八二年）；六十七《邊城刀聲》（由丁情代筆，一九八三年）；六十八《獵鷹・賭局》（一九八四年，古龍絕筆》。（上述目錄，依據周清霖先生整理《古龍書目》及覃賢茂《古龍傳》附錄及作者所見版本綜合而成。編者按：此爲大陸學者、作家所整理，尚不夠詳實。）

上面的書目，有幾點要做說明，（一）古龍於一九七三年曾出版一部現代動作小說《絕不低頭》，最初由臺灣漢麟出版社出版，此是古龍唯一的動作小說，故不收入武俠小說目錄。（二）另一部動作小說《槍手・手槍》署名古龍，實爲于東樓所著，九十年代重新署名發表於河北省《神州傳奇》雜誌。（三）上述目錄雖有六十八部之多，但其中的《劍毒梅香》（上官鼎代筆）、《圓月彎刀》（後半部由司馬紫煙代筆）、《白玉雕龍》（中碎梅代筆）、《怒劍狂花》（丁情代筆）、《那一劍的風情》（丁情代筆）、《邊城刀聲》（丁情代筆）等六部，其實已算不得古龍的作品，不知緣何還要收在古龍作品目錄中？（四）除上述六部之外，還有《劍氣書香》、《名劍風流》、《風鈴中的刀聲》等三部的一部分（尤其是結尾部分），分別由墨餘生、喬奇、于東樓等人代筆完

古龍武俠小說出版年表

（本表由于志宏先生提供資料）

書名	年份
蒼穹神劍①	一九六〇
月異星邪	一九六〇
劍氣書香②	一九六〇
湘妃劍	一九六〇
劍毒梅香③	一九六〇
孤星傳	一九六〇
失魂引	一九六一
遊俠錄	一九六一
護花鈴	一九六二
彩環曲	一九六二
殘金缺玉	一九六二

書名	年份
飄香劍雨	一九六三
劍玄錄	一九六三
劍客行	一九六三
浣花洗劍錄④	一九六四
情人箭⑤	一九六四
大旗英雄傳⑥	一九六五
武林外史	一九六五
名劍風流⑦	一九六六
絕代雙驕	一九六七
血海飄香（《鐵血傳奇》之一）⑧	一九六八
大沙漠（《鐵血傳奇》之二）	一九六九

書名	年份
畫眉鳥（《鐵血傳奇》之三）	一九七〇
多情劍客無情劍⑨	一九七〇
鬼戀俠情⑩	一九七〇
蝙蝠傳奇⑪	一九七一
歡樂英雄	一九七一
大人物	一九七一
桃花傳奇⑪	一九七二
蕭十一郎	一九七三
流星・蝴蝶・劍	一九七三
九月鷹飛⑫	一九七四
長生劍（《七種武器》之一）⑬	一九七四
碧玉刀（《七種武器》之二）	一九七四
孔雀翎（《七種武器》之三）	一九七四

書名	年份
多情環（《七種武器》之四）	一九七四
霸王槍（《七種武器》之五）	一九七五
天涯・明月・刀	一九七五
七殺手	一九七五
劍・花・煙雨江南	一九七五
絕不低頭⑭	一九七五
三少爺的劍⑮	一九七五
陸小鳳傳奇	一九七六
繡花大盜（《陸小鳳傳奇》之二）	一九七六
決戰前後（《陸小鳳傳奇》之三）	一九七六
火併蕭十一郎⑯	一九七六
拳頭⑰	一九七六
邊城浪子⑱	一九七六

書名	年份
血鸚鵡⑲	一九七六
白玉老虎	一九七六
大地飛鷹	一九七六
銀鉤賭坊（《陸小鳳傳奇》之四）	一九七七
幽靈山莊（《陸小鳳傳奇》之五）	一九七七
圓月彎刀⑳	一九七七
飛刀・又見飛刀	一九七七
碧血洗銀槍	一九七七
離別鉤（《七種武器》之六）	一九七八
鳳舞九天（《陸小鳳傳奇》之六）	一九七八
新月傳奇⑪	一九七八
英雄無淚	一九七八
七星龍王	一九七八

書名	年份
午夜蘭花⑪	一九七九
風鈴中的刀聲㉑	一九八〇
劍神一笑（《陸小鳳傳奇》之七）	一九八一
白玉雕龍㉒	一九八一
怒劍狂花㉓	一九八二
那一劍的風情㉓	一九八二
邊城刀聲㉓	一九八三
獵鷹・賭局㉔	一九八四

註：

①處女作

②後半部由墨餘生代筆

③大部分由上官鼎代筆

④一九七六年修訂，改名《浣花洗劍》

⑤一九七六年修訂，改名《怒劍》

⑥一九七六年修訂，改名《鐵血大旗》

⑦結尾部分由喬奇代筆

⑧《鐵血傳奇》又名《楚留香傳奇》

⑨香港版將之分爲《風雲第一刀》、《鐵膽大俠魂》二部分

⑩《楚留香傳奇續集》，又名《借屍還魂》

⑪《楚留香》續集

⑫《多情劍客無情劍》後傳

⑬《七種武器》僅完成六種，「拳頭」並非一種武器，但後經陳曉林向古龍追證，可修改《七殺手》結尾，使該書成爲《七種武器》之收束

註：

⑭古龍所作帶有武俠色彩的現代槍戰小說

⑮《江湖人》系列之一

⑯《蕭十一郎》後傳

⑰又名《憤怒的小馬》

⑱《天涯．明月．刀》後傳

⑲《驚魂六記》之一

⑳大部分由司馬紫煙代筆

㉑結尾由于東樓代筆

㉒《白玉老虎》後傳，大部分由申碎梅代筆

㉓大部分由丁情代筆

㉔最後遺作，短篇

成，這種情況又怎麼算？《劍毒梅香》一書注明是「大部分由上官鼎代筆」，還能算古龍的小說嗎？其他的「部分」、「後半部」、「結尾部分」由別的作家代筆完成，這也需要認真加以研究：量多少？質如何？真實情況怎樣？（五）若將古龍小說中由別人代筆（代寫大部分的）作品除去，再將諸如「楚留香傳奇」、「七種武器系列」、「陸小鳳系列」，以及「李尋歡故事」、「蕭十一郎故事」、「邊城故事」等都合併同類項——就像港版合併《風雲第一刀》及《鐵膽大俠魂》爲《多情劍客無情劍》；合併《血海飄香》、《大沙漠》、《畫眉鳥》爲《鐵血傳奇》或《楚留香傳奇》，則古龍小說的部數，將大爲減少，又是一個概念了。

一

古龍只活了四十八歲，寫了二十五年武俠小說，卻寫出了六十餘部書，二十餘萬字。這實在是一個驚人的數目。

只不過，古龍與金庸、梁羽生不同點是，一方面起點較低，顯然比不上金、梁兩位

「前輩」；另一方面又起伏較大，成名之後，仍有曲折變化，因而古龍的作品本身，高低懸殊很大。既有成就、名聲都非常突出的，堪稱一流，甚至超一流的作品；又有水平很低，低到不及格的「三流」作品，這需要我們區別對待、認真分析。

古龍的武俠小說創作，呈階段性的變化。評說古龍，首先要給古龍的創作分階段。這一點是所有古龍研究者都不應該有什麼意見的。問題是：如何劃分階段，這就有一些分歧了。

例如曹正文先生在《中國俠文化史》一書中，將古龍小說創作分爲下列三個階段：

（一）第一階段：一九六〇——一九六四年，共寫了十六部小說，但大部分都是模仿別人，屬「三流」之作；是古龍小說的起步階段。

（二）第二階段：一九六五——一九六八年，出了《大旗英雄傳》、《武林外史》等小說名作，獨創性明顯，風格突出，是古龍小說的飛躍階段。

（三）第三階段：一九六九——一九八四年，寫出了《多情劍客無情劍》等一大批代表作，風格成熟，影響日益擴大，並開闢了武俠小說創作的新路子，是古龍小說創作的高峰階段。

《古龍傳》的作者覃賢茂的意見則與曹正文不同，他認爲古龍一生的作品應該分爲四個階段：（覃賢茂：《古龍傳》，四川人民出版社，一九九五年九月版。）

（一）第一階段是試筆階段（一九六〇——一九六四）。

（二）第二階段是成熟階段（一九六五——一九六八）。

（三）第三階段是輝煌階段（一九六九——一九七五）。

（四）第四階段是衰退階段（一九七六——一九八四）。

上面的兩種分期都有一定的道理。是一家之言，且能自圓其說。

筆者的意見，又與他們不完全相同。倒不是故意要搞標新立異，而是覺得換一種分期方法，或許更好。筆者也要將古龍的小說創作分爲下列三個階段：

（一）起步階段，從處女作《蒼穹神劍》起，至《大旗英雄傳》止，即從一九六〇年至一九六五年。

（二）高峰階段，從《武林外史》起，到《天涯・明月・刀》止，即從一九六六年至一九七三年前後。

（三）衰退階段，從《火併蕭十一郎》開始至《獵鷹・賭局》，即從一九七三年至一九八四年最後一部書。

下面我們再解釋要這樣分期的理由，兼及古龍武俠小說創作的一些基本情況。

古龍一九六〇年開始武俠小說創作，起點較低，徘徊的時間也不算短，有下列原因及背景需要說明。

背景一，一九六〇年是臺灣武俠小說的一個大熱潮，投身武俠小說創作的作者達數百人之多。具體的原因，當然首先是由於讀者喜愛，市場需求量大，以致於求大於供，於是吸引了眾多的文學青年投身於此。另外還有一個特殊的原因，一九六〇年二月中旬，臺灣臺北市警察局出動大批警察，突擊搜查臺北城鄉所有的書店及租書店，清查武俠小說，其中包括金庸的《書劍恩仇錄》、《碧血劍》、《射鵰英雄傳》等，被臺灣當局指責爲「統戰書本」，且「毒素頗深」，「影響讀者心理，危害社會安全」。（冷夏：《金庸傳》，廣東人民出版社，一九九五年四月版。）以致於香港《大公報》發表文章《怪哉！蔣集團怕武俠小說》，說：

「……一些較好的武俠小說中，多帶一點『愛國思想』，而這種思想便正是讀者所歡迎，而臺灣當局認為『毒素』了。在所有的武俠小說中，都是貪官污吏，或為非做惡，或投靠異族之輩，才會怕俠士的，而今臺灣當局竟然也怕武俠，不怕被人拿作話柄麼？」（冷夏：《金庸傳》，廣東人民出版社，一九九五年四月版。）

這麼一來，金、梁的作品，此後有相當長的時間不能在臺灣出版發行，無疑給臺灣武俠小說家留出了「空子」（餘地）可鑽，市場可佔。若金、梁等齊至，怕就不那麼缺貨了。更主要的，是臺灣當局查禁金、梁武俠，是政治目的，而非「掃黃打非」之舉，因而刺激了臺灣本土的武俠創作，卻又使其整體水平發展受到極大的負面影響，因爲沒有金、梁的榜樣、參照係可以模仿、學習、借鑑，而臺灣武俠作家亦不能不收縮防線、小心謹慎，繞過「雷區」（包括愛國主題，尤其是寫歷史興亡題材等）。

背景二，古龍在這一特殊的武俠熱潮中投身武俠小說創作，既受到了熱潮的誘惑，又有掙錢自立的迫切需求，但他又多少有些心有不甘，因爲他原本是「文藝青年」，胸懷大志，要寫出好的文藝作品來的，到這時，高已不成，只得低就。然而低就，又哪能心安？因而，一九六〇年古龍雖然開始「弄潮」下海，且一下子就寫出了六部作品，但其中《劍氣書香》只完成了一半，由墨餘生代他完成；而《劍毒梅香》更是大部分由上官鼎代筆完成。其中原因，雖難以詳究，但古龍的性格初露端倪，更重要的是透露了古龍尚有彷徨的痕跡。

背景三，因爲古龍是文藝青年，就算愛好武俠小說，也沒有多少武俠小說的「閱」歷，創作之初，自然只能「王小二過年看隔壁」，別人怎麼寫，他就怎麼寫。其時金、梁遭禁，而臺灣武俠小說「三劍客」——臥龍生、諸葛青雲、司馬翎——正當其時。古龍「有幸」走入了三劍客的沙龍，當他們的跟班老弟，據說在那些名家玩牌之時，古龍還爲他們提刀代筆。這算是古龍正式開山立櫃之前的一段「實習」，固然使他了解當時武俠小說的路子，增強了自己寫武俠小說的信心，但也限制了他的視野，使他不能不以模仿這些名家作品起步。法乎其上，僅得其中；法乎其中，僅得其下。古龍小說創作的起點自然不會太高，成績自然不會太大。

背景四，古龍寫武俠小說的初衷，牟利的動機大於熱愛；且當時的潮流亦正是這樣。古龍後來對此亦直言不諱：

> 那時候寫武俠小說本來就是這樣子的，寫到哪裡算哪裡，為了故作驚人之筆，為了造成一種自己以為別人想不到的懸疑，往往會故意扭曲故事中人物的性格，使得故事本身也脫離了它的範圍。
>
> 在那時候的寫作環境中，也根本沒有讓我潤飾修改、刪減枝蕪的機會。因為一個破口袋裡通常是連一文錢都留不下來的，為了要吃飯、喝酒、坐車、交女友、看電影、住房子，只要能寫出一點東西來，就要馬不停蹄的拿去換錢。要預支稿費，談也不要談。

> 這種寫作態度當然是不值得誇耀也不值得提起的，但是我一定要提起，因為那是真的。
>
> 為了等錢吃飯而寫稿，雖然不是作家們共有的悲哀，但卻是我的悲哀。
>
> （古龍：《鐵血大旗》，中國文聯出版公司，一九九〇年五月版，附錄。）

古龍的可愛正在這裡，明知不值得提起，卻要說真話、講真實。上面這段話，是修訂他的早期作品《鐵血大旗》（原名《大旗英雄傳》）之時所寫的——至今使我不解的是，這部作品既然經過作者的改寫、修訂，爲何仍然有頭而無尾？——這也正是我們將《鐵血大旗》一書歸入古龍早期創作，即起步、模仿、求奇、探路階段的一個重要原因。

也就是說，古龍創作的第一階段，歷時六年，共寫了《蒼穹神劍》、《月異星邪》、《劍氣書香》、《湘妃劍》、《劍毒梅香》、《孤星傳》、《失魂引》、《游俠錄》、《護花鈴》、《彩環曲》、《殘金缺玉》、《飄香劍雨》、《劍玄錄》、《劍客行》、

《浣花洗劍錄》、《情人劍》、《大旗英雄傳》，共十七部書。

在這些書中，《浣花洗劍錄》、《情人劍》及《大旗英雄傳》三部，成績稍稍突出一點，因而有人將它們，或至少將《大旗英雄傳》歸入第二階段。其實這幾部書仍是模仿痕跡、編造痕跡兼具，是古龍將突破未突破時的作品。而《鐵血大旗》的有頭無尾，正是早期的習慣性的標誌，與《劍氣書香》、《劍毒梅香》、《護花鈴》，及一九六六年的《名劍風流》等相映成趣，有的讓別人給補齊了，有的（如《護花鈴》、《鐵血大旗》）則至今仍是「懸案」，結尾不知在哪裡。也許應該強調一句，一部書有頭無尾，或讓別人代筆，是作者缺乏耐心、信心的表現，也是作品難以讓作者滿意而又不知怎麼弄才好的表現（不然怎麼忙也要想辦法將它補齊了）。有意思的是，古龍創作的早期起步階段及晚期衰退階段，都有這種無尾或請人代爲結尾的現象，而其創作的中期，即高峰期、輝煌期，則絕無這種現象。這正是《鐵血大旗》，甚至《名劍風流》應歸入早期的一個依據。當然更主要的還是作品本身不成熟、無特色，雖然比《月異星邪》、《失魂引》之類讓人無法卒讀的書略好一點，但看過之後，除對鐵中棠這一人物留下一點印象之外，別的就不足道了，連「胡編」也沒編完，還有啥可說？

一九六六年的《武林外史》標誌著古龍武俠小說創作的一大轉折。

筆者之所以格外看重這部作品，認為它不但比之前的《浣花洗劍錄》、《情人劍》、及《大旗英雄傳》等不可同日而語，而且還比緊接其後的《名劍風流》、《絕代雙驕》等「名作」要高出一籌，且更具里程碑的意義（在某種意義上，《名劍風流》仍屬前期，這個我們已經說過了；而《絕代雙驕》則是在一個新的、較高的起點上的一次徘徊之作）。

《武林外史》的重大意義有三：

一是書中的人物為沈浪、熊貓兒等，開了古龍小說中「浪子形象」的先河，是後來的楚留香、胡鐵花、李尋歡、阿飛、葉開、傅紅雪、陸小鳳、楊凡、孟星魂、郭大路、王動……等一系列「名流」的老祖宗，與鐵中棠這樣不苟言笑的苦臉主兒，截然不同，具有劃時代的意義。

二是本書標明是「武林外史」，也確實是外史，開創了古龍的武林、江湖的新格局、與金庸、梁羽生、臥龍生等人的「傳統江湖」不同，亦與他們的「武林傳說」不同。再也不是少林、武當、峨嵋、崆峒、青城、華山等老門派的天下，再也不是那一副「進亦憂，退亦憂」的老傳統。而是開始了古龍的「歡樂英雄時代」，書中的反面人物固然是「快樂王」，及詩酒風流的王憐花；而正面人物沈浪與熊貓兒亦是真正的「歡樂英雄」，讓人喜愛，讀之愉悅。

三是《武林外史》的寫法，再也不是傳統的單一的武俠傳奇模式，而是將偵探小說、推理小說及神秘小說等等敘事方法與形式，引入武俠故事，這是古龍式「武俠革命」的真正開端。而且書中人物對話機智幽默，語言風格初具新型，這都是古龍小說創作攀上新高峰、走向新起點的重要標誌。

以上三點，足以證明《武林外史》的里程碑的意義。

在此以後的八年中，古龍的武俠小說創作真正步入輝煌，他一生中最好的作品，幾乎都出自這一時期。包括《楚留香傳奇》、《七種武器》、《陸小鳳》等三大系列，以及《多情劍客無情劍》、《蕭十一郎》、《流星・蝴蝶・劍》、《歡樂英雄》、《人人物》、《九月鷹飛》及《天涯・明月・刀》等共十餘部書，總計三十餘個故事。——這裡將「系列」稱爲一「部」，而將系列中的分部稱爲一個故事，似乎比直接稱「部」更合理——從此，古龍由「三劍客」的「跟班老弟」，變爲與之並列齊名，被稱爲「臺灣四大名家」；進而，又由「末座」升爲「榜首」；進而，古龍又與三劍客拉開距離，繼續「高攀」，直至與金庸、梁羽生兩大宗師比肩而立，鼎足而三。

這一進步，並非偶然，更非幸致。古龍的這些作品，是使古龍成爲古龍的真正的依據。幾乎每一部書都有可讀性、鮮明的風格特徵，及獨特的韻味。而且，前文也提到，這一時期的作品，沒有哪一部是由別人代筆完成的，古龍也不需要別人這麼做。因爲他既已能寫出長達百萬字的《武林外史》，其他的書做到有頭有尾，簡直不在話下。

這一時期的作品，幾乎全部都值得評點。

其中《多情劍客無情劍》一部，尤爲重要，「小李飛刀」名滿天下，被大部分讀者看成是古龍最重要的代表作。後面我們將專文論述，暫且按下不表。

《楚留香傳奇》系列，也極爲成功，楚留香這一前所少見的風流俠盜，幾乎與「小李飛刀」一樣有名，所以在古龍逝世之後，有人送的輓聯即是「小李飛刀成絕響，人間不見楚留香」。由此可見一斑。

《蕭十一郎》之有名，而且在古龍小說創作中具有特殊意義及重要地位，是因爲這部書是先有電影劇本，再由電影改爲小說的。——一九七〇年前後，武俠電影導演們「發現」了古龍的小說，尤其是香港導演楚原，原是拍粵語片及喜劇片，後與古龍合作，成爲一代武俠電影名導，不僅將古龍的許多小說都改編成電影，從而使古龍的名聲蒸蒸日上，一時無兩；而且在一九七二年，一代武俠天皇巨星李小龍去世後，楚原以古龍電影的情節詭奇爲特徵，在影壇自成一派，與劉家良的武打功夫、麥嘉等人的功夫喜劇鼎足而三，支撐起武俠電影輝煌的天幕。古龍的小說，如《楚留香傳奇》等，因多由各自獨立的故事組成，正好每個故事可拍成一部電影。當然比金庸的那些「大部頭」更容易改編。所以，古龍真正成了電影界的「搶手貨」，因而他乾脆幹起編劇來，寫了《蕭十一郎》的劇本。這部電影同楚留香、李尋歡的故事一樣成功。再改爲小說，亦大爲出名。甚至這部小說的名聲，超過了它應得的佳評。它之所以重要，是因爲，古龍的小說受到電影編劇的影響之後，（一）是情節更加精練；（二）結構更加嚴謹；（三）語言形式更加電影化：對白多而精彩，形式分行更多更細。——爲其以後的創作及其風格的成熟，起了重要的作用。

《歡樂英雄》被《古龍傳》的作者推爲古龍小說的榜首之作，可見其成績不俗。筆者雖不完全同意這個觀點，但「歡樂英雄」這四個字，的確能代表古龍的俠之風流及風流之俠的武俠觀念及人物特徵。

《大人物》一書雖不那麼出名，但筆者本人卻非常喜歡這部書，下文中將作些分析。

《陸小鳳傳奇》，怎麼說，也有楚留香傳奇的影子在，因而它沒有前者那麼出名，這很公平。但，這部書也有值得一提之處：不僅故事本身寫得不錯，而且有一個特殊的背景。即，一九七二年，金庸的最後一部武俠（或「反武俠」）小說《鹿鼎記》在《明報》連載完畢之前，金庸寫信給古龍，希望他能給《明報》寫武俠小說連載，使之不致於出現空白。金庸向古龍約稿，這不僅是一家報紙的老板向一般的作者約稿；而且，顯然，也有金庸這位「武林盟主」選擇繼承人、接班人的意思在內。——據于東樓先生對筆者說，接信時他正在現場，而且古龍還漫不經心的讓于東樓將信拆開，看看到底是哪個「傢伙」從香港來信。結果是金大俠、金盟主的約稿信，古龍看了之後，難以置信，澡也不洗，「光著身子躺在椅子上，半天不說一句話」。于東樓先生這段話說得非常生動，我相信，也非常真實。——這表明（一）古龍得到了金庸的認可；（二）古龍很高興（又難以置信）這種認可；（三）專門為《明報》連載而寫的《陸小鳳傳奇》必然寫得認真、寫得精心，才對得住金庸的信、古龍的名。

《天涯・明月・刀》是古龍小說創作最後的輝煌。據覃賢茂先生的《古龍傳》介紹，這部書出版之後，曾招致不少人的責怪與批評，重點是說它「以文害意」，在探索的路上「未免走得太遠」云。筆者本人卻很欣賞這部書，並以為它是古龍小說的最佳作品之一，當列在前幾名之列。具體的理由，下文再說，之所以稱之為「最後的輝煌」，是因為從此之後，古龍開始走下坡路了，創作力日漸衰退。從而進入他的創作的第三個階段：衰退階段。

古龍創作的衰退期，始於一九七三年，具體的標誌是《火併蕭十一郎》。

寫到這裡，我自己也感到有些奇怪：在他的「上升期」的開端，一九六六年，他既寫出了里程碑式的《武林外史》，卻又寫出了退步的《名劍風流》；在其創作的「衰退期」，同爲一九七三年，既寫出了衰退的《火併蕭十一郎》，卻又有最後的輝煌之作《天涯·明月·刀》。——也許這不奇怪，無論是上升或衰退，總是有一個過程，不會截然突變，當有些小小的起伏吧。

一九七三年之所以成爲古龍由盛轉衰的一年，首先是由於這一年古龍的創作力太盛——也可以說是極盛——一共寫出了「七種武器」系列的《霸王槍》一部；「陸小鳳系列」的《繡花大盜》、《決戰前後》兩部；《火併蕭十一郎》、《天涯·明月·刀》、現代動作小說《絕不低頭》、《拳頭》、《七殺手》等，共八部書、七個路子、一百多萬字！古人說物極必反，極盛而衰，月盈而虧，足能解釋古龍的衰變。

前面已經提及，《天涯·明月·刀》已到了武俠小說求新、求變的盡頭、極境；至少是到了古龍小說創作力的極境，再往下變，只能變「下」了，這是一；二是此變招致了批評，這對一向心高氣傲、現今如日中天的古龍來說，必然造成巨大的精神打擊，及心理壓力，加上到了功力的頂點，又情緒降低，創造性自會不由人的意志爲轉移，出人意料的開始萎縮。

之所以說《火併蕭十一郎》是古龍衰變的標誌，那是因爲古龍從此開始老調重彈，說得不客氣一點，就是狗尾續貂。這只要將《蕭十一郎》與《火併蕭十一郎》進行一番比較就行了。臺灣武俠小說評論家葉洪生先生說：

「《蕭十一郎》是揉合新舊思想，反諷社會現實，謳歌至情至性，鼓舞生命意志的一部超卓傑作，具有永恆的文學價值。」（覃賢茂：《古龍傳》，四川人民出版社，一九九五年九月版。）

葉洪生先生甚至將這部書推爲古龍小說的榜首。這部書確實無論是情節結構，還是主人公蕭十一郎這樣的少見的可愛的君子之盜，連城璧這樣的僞君子之俠，及女主人公沈璧君這樣籠子裡的金絲雀一樣的貴婦人形象，都很生動鮮明，給人留下了深刻的印象。

而《火併蕭十一郎》，正如覃賢茂先生所說：

「在《火併蕭十一郎》中，蕭十一郎終於戰勝了險惡的偽君子連城璧，成為最後的勝利者。然而《蕭十一郎》的悲劇本來是結構嚴謹，到了《火併蕭十一郎》，古龍強要寫大團圓結局，當然寫不好，結果畫虎不成反類犬。《火併蕭十一郎》逞險逞奇，多有勉強之處，實是授人以柄。落入狗尾續貂的話柄。」

其實，「續書」從來都不好作，我們所要說的，也還不是要簡單的比較一下正傳與續書的優劣，而是作者的這種重炒冷飯的特殊心態：只有無法再創新招的人才會炒別人的冷飯；只有無法再創新招的時候，才會炒自己的冷飯。

一九七三年古龍所寫的八部書，除《火併蕭十一郎》外，還有《霸王槍》是「七種武器系列」的續作；《繡花大盜》、《決戰前後》是「陸小鳳系列」的續作，雖然不能說是炒冷飯，但總是在「炒飯」，且數量正好與新創之作相等。

以此爲標誌，古龍此後的創作中，不斷的出現「炒飯」現象，試圖借那些已經打響的作品及已經出名的人物，來「重振雄風」，但實際上都只是一廂情願而已，他的「法寶」已經失靈了。如《邊城浪子》（《天涯明月刀》的後傳，一九七四年）；《飛刀，又見飛刀》（《多情劍客無情劍》的後傳，一九七七年）；《新月傳奇》、《午夜蘭花》（楚留香後傳，一九七八，一九八〇）；《劍神一笑》（西門吹雪後傳，一九八一年）等。

另一個標誌，是我們在前文中已經提出過的，古龍不久就開始請人代筆了，如《飄泊英雄傳》（一九七六，大部分由溫玉代筆）、《風鈴中的刀聲》（一九八〇，由于東樓收尾）、《白玉雕龍》（一九八一，大部分由申碎梅代筆）；《怒劍狂花》（一九八二）、《那一劍的風情》（一九八二年）、《邊城刀聲》（一九八三）這三部書，則是由丁情代筆，實質上應算是丁情的小說，古龍至多不過是「指導教師」而已。——出現這種現象，當然明確無誤的是衰退的標誌，力不從心。甚至到八十年代初，也力不從

「身」了，古龍的身體狀況也很不好。

第三個標誌，是他雖然仍有一些並非炒飯的新作，而且也自己完成了，但按照古龍的水準，尤其是按照他已經取得的成就，這些作品都不過爾爾。古龍的「求新、求變」雖仍在口頭、心頭，但奈何不能真正出現於筆頭！

筆者相信一九七三年的現代小說《絕不低頭》是古龍心頭之語，是他求新、求變的又一次探索，結果是，此路不通。

《劍・花・煙雨江南》被人認爲是「浪費了一個好書名」（覃賢茂：《古龍傳》）；而《邊城浪子》則被認爲是「公式大俠」（覃賢茂：《古龍傳》）；《血鸚鵡》甚至回到了古龍創作的初期水平上去了，想靠神秘懸疑的故事來吸引讀者，結果使人感到故弄玄虛，甚至胡編亂造，其中的人物形象十分的模糊，思想和情感也相當貧乏，當然只能被讀者所冷淡。所以，雄心勃勃的想要寫「驚魂六記」的古龍，在編完這一「記」之後，再也記不下去，從而收攤子不幹了。

《三少爺的劍》（一九七五）、《白玉老虎》（一九七六）、《大地飛鷹》（一九七六）、《碧血洗銀槍》（一九七七）、《英雄無淚》（一九七八）、《七星龍王》（一九七九）、《獵鷹・賭局》（一九八四）等小說，好歹比《血鸚鵡》之流要好看些，甚至也可以從中挑出一些可讚嘆的地方。但是，就總體而言，這些作品無一能與以前的那些名作相比，或許敘事技巧方面不無發展，但卻缺少真正的創造性，及其生命激情與藝術光彩。有人仍然愛看《白玉老虎》一類的書，是因為這畢竟是古龍所作，總還有幾手看家本領，更有一世大名，可以維持下去的。

創造力有盛有衰，這很正常。古龍的下滑，有多種原因，諸如（一）從大背景上說，七十年代中期以後，武俠小說整個呈下滑趨勢；到八十年代，連武俠電影也落入低潮；若非大陸開放，武俠小說與電影的「氣數」，還真難說。（二）古龍從一九七三年後開始走下坡路，一方面是力已用盡，一方面是路已走盡（當然是能走得通的新路），所以只有回頭望、走下坡了。（三）金庸一九七二年的封刀，對古龍固然是一件好事，讓他可以到香港《明報》佔領地盤，且做了盟主的接班人。但另一方面，金庸的金盆洗手，恐怕又使古龍興味索然，鬥志消滅：他過去憑著一股氣要趕超金庸，所以能不斷的自我超越；而今金庸「避而不戰」，古龍自會「剛不可久，柔不可守」了。妙的是金庸退隱之後，梁羽生、古龍都沒能再寫出超越自己的傑作來。其中原因，值得深究。（四）古龍身、心俱疲，酒、色過度，當然也是一個重要的原因。古龍的心理承受力不可謂不強，但能忍受艱苦卻未必能忍受寂寞；能接受挑戰卻未必能做到自我調控；能忍受失意卻未必能承受得意……鮮花、掌聲過後，是無形的壓力；美女、醇酒則有「化功大法」將他「內力」掏空。他的這種生活方式及精神狀態，終於給予他現在的報應。

一九七三年，古龍才三十六歲！

三十六歲，本該是人的一生中最富創造力的年齡。心智、體力、思想、情感、想像力在這樣的年齡階段，恰好組合成一種成熟而又極富生機的人格——才智結構。這樣的例子，恐怕每一個人都能舉出一串來。

而三十六歲的古龍，卻開始蒼老。

古龍的小說中，最喜歡寫流星。莫非這真的是一種宿命的隱喻？

恐怕是的。

二

「流星的光芒雖短促，但天上還有什麼星比它更燦爛、輝煌！」

這是古龍的《流星・蝴蝶・劍》中所寫的話，這正是他的宿命的寫照。他曾閃爍過耀眼的光芒，劃過天空，讓群星失色，就算三十六歲開始蒼老，四十八歲離開人世，古龍也應自豪和驕傲。

他原本就是自豪和驕傲的。

這正是古龍成爲一個天才的最大的動力。

天生一個超級矮個子，古龍最爲可敬之處，是力爭，並且終於能夠在藝術與精神上成爲真正的「高人」。這不僅需要才華和智慧，更需要意志、毅力、勇氣及一往無前的豪邁。

在中國武俠小說史上，古龍是一個劃時代的人物。雖然我不同意「古龍之前無新派」

一說，但我卻要說，古龍的革新，的確是前無古人的。這具體表現爲以下幾個方面。

（一）明確的「求新、求變」的藝術追求，勇於探索、創新，打破陳規俗套，另闢蹊徑。

（二）更大膽的「中西結合」，引進西方文藝的技術與形式。

（三）更大膽的「古今結合」，並厚今薄古，將小說創作的重心轉移到「今」上。

（四）獨創性的「俠我合一」，在武俠小說創作上開了「自我表現」的先河。

（五）獨創性的「詩化文體」，簡潔、機智、快節奏，富有詩性。

以上幾點，是古龍革新的成就，也是古龍小說——當然是指具有「古龍風格」的小說——的藝術特徵。

古龍寫武俠小說是爲了掙錢。但掙到了錢之後卻並不滿足，他還要出人頭地，這是他的性格，也是他的宿命，又是他的夢想，再後來就成了他的壓力和動力。

他這樣說：

我們這一代的武俠小說，如果真是由平江不肖生的《江湖奇俠傳》開始，至還珠樓主的《蜀山劍俠傳》到達巔峰，至王度廬的《鐵騎銀瓶》和朱貞木的《七殺碑》為一變，至金庸《射鵰英雄傳》又一變，到現在又有十幾年了，現在無疑又已到了應該變的時候！

要求變，就得求新，就得突破那些陳舊的固定形式，嘗試去吸收。

誰規定武俠小說一定要怎樣寫，才能算「正宗」！

武俠小說也和別的小說一樣，要能吸引人，能振奮人心，激起人心的共鳴。這就是成功的！……

武俠小說既然也有自己悠久的傳統和獨特的趣味，若能再儘量吸收其他文學作品的精華，豈非也同樣能創造出一種新的風格，獨立的風格，讓武俠小說也能在文學的領域中佔一席之地，讓別人不能否認它的價值，讓不看武俠小說的人也來看武俠小說！

這就是我們最大的願望。

> 現在我們的力量也許還不夠，但我們至少應該向這條路上走去，擺脫一切束縛往這條路上走去。（《多情劍客無情劍》「代序」）

這可以看成是古龍的創作宣言，他不僅這麼想，這麼說，而且也這麼做了。

武俠小說作家中，想要銳意創新的人並不少見，決心求變的人應當更多，想寫出與別人不同的傳奇故事，這本來就是武俠小說家共同的夢想。但真正要像古龍這樣，想到要「擺脫一切束縛往這條路上走去」，那就不多了，而能質問「誰規定武俠小說一定要怎樣寫才算正宗」的人就更少了。因爲，明擺著，武俠小說的傳統就是它的基本規範，金庸、梁羽生的作品就是「正宗」。要想在這些人的基礎上突破和創新，當非易事。

可是古龍還是要試一試，去打破武俠小說的武、俠、情、奇、史等多種多樣的既定的規範與束縛。

譬如寫武，既然法術、神通、奇想寫不過還珠樓主，且也不合當代人的口味；既然武藝、武學、武道寫不過金庸，甚至難以望其項背，那麼，能不能獨闢蹊徑，「不寫之寫」？因爲武功，說到底，「是用來殺人的，而不是用來看的」。既然少林、武當、南拳、北腿，都被人寫盡了，那麼，能不能寫出更新的門派、更新的武功招式、更新的決鬥方法？

譬如寫俠，既然前人已將路見不平、拔刀相助、鋤強扶弱寫得差不多了；赴國難、捐其軀、爲國爲民的俠之大者也寫得多了，那麼能不能換一種方式，不寫俠之崇高，或不再專寫崇高之俠；而是去寫俠的風流，或風流俠盜？俠也是人，也具人性，具有人的弱點，這樣，是不是與平常的人、普通的讀者，尤其是我們的時代，更加接近，更加親切，也更加新穎？

譬如情，前人寫情費盡了心機，但仍留下了空白，自古江湖、武林之中，寫「義」的已經太多，而寫「友情」卻並不是沒有新路可走。古人之義雖讓人敬仰，但其友情的活潑、動人，卻很少有人寫到，更何況梁羽生筆下的多爲道義之交，而金庸筆下則乾脆多爲孤獨者，即使是結義兄弟，也是離多會少，義多於情。再說，即便是愛情，也不一定是被人寫盡了。因爲從不同的角度，就能寫出不同的感受，若寫出男女主人公的不同的觀念、不同的個性，那肯定會有不同的故事、不同的效果。

譬如說奇，傳統的復仇、奪寶、爭霸、伏魔、保國抗敵、替天行道，的確都已寫得太多太多，以致於讓人看頭知尾，成了既定的模式，只要鑽進圈子，就再難以從其中走出來，那麼爲何不寫一點別的？爲何不寫一點更新、更奇、更神秘的故事？比如敵明我暗，或反過來敵暗我明？或進一步，寫江湖懸疑、人間奇案，這不是更奇、更讓人緊張，恐怖、刺激，而又被勾了魂麼？

至於寫史，雖然主題嚴肅、可信性強，成爲新派武俠的一個基本規範。但，一來臺灣當局忌諱寫國家興亡、改朝換代，以免觸動痛處；又忌諱寫民間「反賊」以免「通共」之嫌。二來古龍本人，不客氣說，中國歷史文化修養有限，他沒機會進行這方面的修煉，讀的書本來就不多，更何況古書不對他的脾胃，他也不耐其煩，就算他讀了，要與梁羽生、金庸這樣的文史兼通的大家相比，那是自不量力。要在他們創造的高峰面前重新建起另一座，那更是自不量力。所以，不如，乾脆，去他媽的「歷史」，沒朝沒代的故事不是更刺激、更神秘、更自由、更容易寫麼？

如此，古龍的求新、求變，就要付諸實踐啦。一旦確定目標，那就好辦。既然不能在金、梁的文史高峰之外再搭起一座類似的高峰，那就繞著道走。既然傳統文化的技、藝、道都比不過金、梁，那就比一比西洋的新招式、新套路、新武器。

這是古龍的無奈，也是古龍的幸運。他讀的古書不多，不可能像梁羽生一樣家學淵源，而且還能有史學大家簡又文先生在家中執教；他也不可能像金庸一樣，家中藏有《大藏經》並將《資治通鑑》讀得滾瓜爛熟。可是古龍很聰明，總也讀過些「時興」之書，別忘了他是文藝青年，不能不眼看「西學」，更何況他好歹還上過外語專科學校，不學也能受「熏陶」。這決定了古龍的創作取向。

他這樣說過：

> 《戰爭與和平》寫一個大時代中的動亂和人情中善與惡的衝突，《人鼠之間》寫的卻是人性的驕傲和卑賤，《國際機場》寫的是一個人如何在極度的危險中重新認清自我，《小婦人》寫的是青春與歡樂，《老人與海》寫的

是勇氣的價值和生命的可貴。

這些偉大的作家們，用他們敏銳的觀察力、豐富的想像力和一種悲天憫人的同情心，有力刻畫出人性，表達出他們的主題，使讀者在悲歡感動之餘，還能對這世上的人與事，看得更深、更遠些。

這樣的故事、這樣的寫法，武俠小說也同樣可以用，為什麼偏偏沒有人用過？（古龍：《多情劍客無情劍・代序》，海天出版社，一九八八年版。）

古龍問得有理、有力：既然誰也沒規定武俠小說應該怎麼寫，何不「洋爲中用」？至少古龍自己，是將他所讀到的東、西洋的雅、俗書，及其書中的精神與藝術，化爲自己的修養與內力，這才使他的小說擺脫傳統的觀念及其價值形式，深入人類世界及人性幽微空間，創作出自己的「小婦人」及「老人與海」來。——古龍的不少招式，就借自美國作家海明威，比如簡短有力的句子形式，及男子漢的雄心偉力等等。

借用得更多，更明顯的，當然還是東西方現代通俗文藝，包括偵探、推理、言情、驚險、神秘、間諜，包括小說、戲劇、電影。這是別人不敢做，也不屑做的。而古龍卻在此找到了他創作的新途徑。

他的里程碑式的《武林外史》，之所以讓人耳目一新，就是因爲它採用了偵探、推理小說的形式與技法，讓武俠小說的主人公兼職當偵探，使小說中的快樂王其人其事，始終籠罩在一片神秘之中。而偵探——武俠，或推理——武俠，則自此成爲古龍小說的一個基本的框架、定式。這當然會使他的路子大變。

關鍵的是第一步。第一步邁開了，而且找準了方向，那就不難辦了。正如金庸小說《天龍八部》中所寫的逍遙子借蘇星河之手所擺出的那個圍棋珍瓏，誰也破解不了它，是因爲走不對第一步，想不到「置諸死地而後生」這一著棋來，虛竹誤打誤撞走對了一步——別人都以爲這是「胡鬧」是「自殺」——以後的路子就好辦得多了。

楚留香的故事（以及後來的陸小鳳的故事）是來自風靡世界的美國電影系列片「〇〇七」，古龍將詹姆士・龐德化成了中國的俠盜楚留香。

《蕭十一郎》的故事——先是電影，後是小說——以及《天涯・明月・刀》、《邊城浪子》等等，不無美國西部片的影響痕跡。

《流星・蝴蝶・劍》則是美國暢銷書及《教父》的中國版。古龍自己也毫不隱諱：

「我寫《流星・蝴蝶・劍》中的老伯，就是《教父》這個人的影子。他是『黑手黨』的首領，頑強得像塊石頭，卻又狡猾如狐狸。他雖然作惡，卻又慷慨好義、正直無私。他從不怨天尤人，因為他熱愛生命，對他的家人和朋友都充滿愛心。我看到這麼樣一個人物時，寫作時就無論如何也丟不開他的影子。但我卻不承認這是抄襲。假如我能將在別人的作品中看到的那些偉大人物全部介紹到武俠小說中來，就算被人辱罵譏笑，我也是心甘情願的。」（覃賢茂：《古龍傳》）

古龍的辯護很妙，模仿不是抄襲，改寫叫做借鑑。其實，就是抄襲又如何？君不聞

「天下文章一大抄」之說嗎？只不過，這說起來有些難聽。

《圓月彎刀》的構想，正是受到美國影片《步步驚魂》等作品的影響。主人公翁丁鵬的經歷，也確實是步步驚魂。

其他的例子，可以不舉。我們只要能明白古龍的「套路」就行。

雖說金庸、梁羽生的小說，也受到過西方文學藝術的影響，但那只是些招式，甚至是些「劍意」而已，不似古龍這樣形成了一套完整的、與眾不同的招式。正是憑了這些套路，供古龍「武功」陡增，「俠名」遠播，古龍的小說才使人耳目一新。

既然有「洋爲中用」，自然就會有「古爲今用」。因爲這二者關係密切，有如太極之兩儀。

古龍的小說，正是走的這個路子。因爲從他「悟道」的那一天開始，他就不再寫歷史背景，他的故事可以說似古又似今，非古又非今，寫的是「奇人奇事」，誰也不該追究它的時代性及其環境的真實。

這也叫「打破時代的局限」吧。

爲的是，作者寫起來方便，讀者看起來既方便、又親切。你彷彿坐飛機到蘭州，還能趕上快樂王的財局；彷彿看到孟星魂還在香港或臺北的街頭流浪。

從而，你在《武林外史》中看到了王憐花之母的現代美容術，看到沈浪兌出西洋的「雞尾酒」；在《楚留香傳奇‧血海飄香》中看到楚留香吃西餐、喝檸檬汁；在《多情劍客無情劍》中看到某一條街「像北平的天橋一樣熱鬧」時，又何必驚訝？

古龍小說中的人物雖然還穿著古人的服裝，但他們的價值觀念、生活方式、語言習慣，無不與現代人相通。古龍小說中的「酒與女人」的形式與觀念，讀者一定會感到熟悉和親切。不然楚留香怎麼會與三個少女同住在一條船上而又豪華舒適、自在守禮？不然林仙兒又怎麼會像臺北的妓女一樣見人就脫？不然沈浪、王憐花、熊貓兒、朱七七、楚留香、胡鐵花、陸小鳳、葉開……這樣一些主人公，又怎麼會如此風流瀟灑，而又不擔「採花賊」及「浪蕩子」的罵名？《蝙蝠傳奇》中的石繡雲愛上了楚留香，明知道不能與他長期相伴，就只主動的追求「一夕之歡」，這當然是受了「〇〇七」的影響，而又符合當代中國少女的行爲實際。《畫眉鳥》中的水母陰姬，與其女徒之間的同性戀，更是趕上了新潮流。

這是古龍的另一套招式，他是越寫越自由、越寫越灑脫。而這種自由與灑脫，是金庸、梁羽生等人連想也不敢想的。古龍的確有「過人之長」，至少這份勇氣和信心，是一般人難以想像，更難以做到的。這才是武俠小說的真正的「革命」，有了這樣古爲今用、今爲古用、古今通用的神奇套路與招術，又何必要寫什麼「現代功夫小說」？又何必一定要分什麼古代現代、前代當代？這樣寫不是空間更廣闊、時間更不必說嗎？

再說古龍小說中的「自我表現」。

「自我表現」原是文學創作的一種特殊的規律。李白之詩，曹雪芹的《紅樓夢》，無不有自我表現的成份與痕跡。現代大詩人兼劇作家郭沫若不就說過「蔡文姬就是我」這樣的話嗎？蔡文姬是古人，又是女人，怎麼會是郭沫若呢？這就是文學的奧妙，更是浪漫文學的奧妙所在了。當然，並非每個人都敢這麼說，都能這麼說的。

畢竟，中國文學及中國文化的正宗傳統，乃是「代聖人立言」，怎能「自我表現」？怎敢說「蔡文姬就是我」？

武俠小說史上，恐怕就更沒有人這麼說，甚至也沒有人這麼想過。只有古龍才敢、才能、才會這麼做。——金庸、梁羽生或其他武俠小說作家，最多不過是在小說作品中表現自己的意念、人格理想及審美追求，而古龍卻在自己的小說中表現自己的身世、形象、內心隱秘及個人氣質，有時候弄不好還要忍不住站出來發表各式各樣關於男人與女人（尤其是關於女人）的意見。

古龍寫於一九六〇年的小說《孤星傳》之所以值得注意，不僅在於這部書代表了早期古龍小說創作的成就及特色，不僅在於它的「奇詭、劍走偏鋒」的寫作套路，而在於《孤星傳》一書有古龍的自我寫照。——我不知道這部書名是否與由英國作家狄更斯的小說《奧立佛・特瑞斯特》改編的電影《孤星血淚》有沒有關係，即使有，那也是這部書或這部電影深深的觸動了古龍內心的那根隱秘的琴弦——這部書所寫的有古龍的自我觀照及自我表現：（一）男、女主人公的家忽然被毀滅，他們突然失去了親人，這正是失去家庭的古龍不自覺的投射；（二）男主人公發育不健全、身材矮小，這與古龍的身材極爲相似，而其心理表現更與古龍本人切近；（三）男、女主人公的不協調，女健康男病弱、女高大男矮小，女爽朗男憂鬱，女正道而男乖張，但作者卻讓「有情人終成眷屬」，這是作者的最美好的夢想。（四）「孤星」是古龍的自我寫照，而兩個小孩是去捉蝴蝶而失去家庭的，這不禁讓我們想到古龍一生對孤星——流星、蝴蝶異常的熱愛；它們美麗、它們脆弱、它們寄托了人類許多美麗而又脆弱的夢想。——古龍後來寫了《流星・蝴蝶・劍》一書，開篇寫道：

當流星出現的時候，就算是永恆不變的星座，也奪不去它的光芒。
蝴蝶的生命是脆弱的，甚至比鮮艷的花還脆弱。
可是它永遠是活在春天裡。
它美麗，它自由，它飛翔。
它的生命雖短促卻芬芳。
只有劍，才比較接近永恆。
但劍者也有情，它的光芒是否也就會變得和流星一樣的短促？

這種獨特的「流星・蝴蝶」情節，只有留待心理學家及高明的古龍傳記作家去研究和分析。很明顯，這與古龍的身世、心理有密切的關聯，同時又是他的夢想與宿命。

古龍是自卑的，當然輕易不會被人看到。之所以自卑卻不變態，或不大變態，是因爲他在自己的事業中獲得了滿足，在他的小說裡獲得了「解脫」，釋放了不少這種隱秘又陰暗的心理中滋生的戾氣。因爲「只有事業的成功，才是男人最好的裝飾品」。（古龍：《多情劍客無情劍》，海天出版社，一九八八年版。）而古龍的事業成功，不僅裝飾了自己的男子漢的風度和美名，而且還反映在他的小說中。——《大人物》一書中的「真正的大人物，既不是少女們心中偶像秦歌，也不是岳環山、柳風骨，而是貌不驚人的楊凡；楊凡是一個矮子、胖子」；「矮矮胖胖的年輕人，圓圓的臉，一雙眼睛卻又細又長，額角又高又寬，兩條眉毛間幾乎要比別人寬一倍」；「他的嘴很大，頭更大，看起來簡直有點奇形怪狀。」這一其貌不揚的形象，是古龍按照自己的形象特點來寫的，我們從古龍的照片中也能辨認出來。楊凡不僅相貌上像古龍，氣質上也像古龍，比如他對田思思小姐說「我是個酒色之徒」，同時又爲自己能勞動致富而感到驕傲。他更驕傲的當然還是他的男子漢大丈夫——真正的大人物——的內心及其作爲，以致於使高大、英俊的秦歌之類的當世英雄，都成了他的配角。這當然是古龍的自我寫照，在他的「圈子」裡，他當然是龍頭老大；同時，這更是他的內心的期望，所有「甜絲絲」的少女，一聽到古龍的大名，還不爲這種「大人物」而傾倒才怪！

可是，爲大名而傾倒的少女，有時因名，及因金錢，而忘卻了或淡漠了「人」本身。這又是古龍一生都無法治癒的隱痛：有多少人是愛他這個人本身，而不是愛他的功名事業金錢？我們不知道。但從他過度的「好色」中，我們不難判斷出生活中的古龍的病態，與其說是追求，不如說是逃避；與其說是愛情，不如說是報復；與其說是尋找永恆，不如說是魚水一夕之歡，並形成了一種惡性循環。古龍是敏感的、多情的；卻又是病態的、毫無厭足的。這造成了他的獨特的「女性觀」，也造成了他的小說中的獨特的「女性景觀」：（一）女性的長腿、細腰，永遠是古龍自我想像和陶醉的目標，因而古龍小說中永遠有這樣的人；（二）女性追求男性，無論是楚留香、李尋歡、沈浪、陸小鳳，甚至秦歌和楊凡……都是到處留情，所向披靡，使所有的女性迷醉，而主動獻身：這與其說是「〇〇七」的影響，不如說是古龍自己的「心理投射」及其「變相自我滿足」；（三）「女人是生來被人愛的，不是被人尊敬的」，這也許是古龍的最大的心得，因而他的書中就寫得格外的出色。（四）古龍在生活中的放蕩，造成了他的小說中的人物的觀念開放、行爲解放；不過，無形中也造成了性欲多於情感的畸型局面。這與其說是古龍爲引誘讀者而寫的「色彩」，不如說是他的畸形觀念及畸型生活方式、畸型心理的不自覺的表現。

古龍的自我表現，當然主要還是體現在書中人物的精神氣質上。他的書中人物，尤其是其作品的主人公大致都有如下的特點：（一）風流浪子；（二）酒色之徒；（三）反叛性格；（四）歡樂英雄。這四種特點，組成了古龍筆下人物的基本骨架，而這正是古龍本人的個性特徵。

自沈浪開始，古龍筆下的人物都有「浪子」之名，浪子之行，浪子的身世與個性。沈浪之「浪」即可證明。以後的人物，大多有一種神秘的身世，神秘的武功，孤獨的內心及其喜歡四處飄流的性格。這正是古龍避而不談往事的必然延伸，同時又是他的一種精神寄托。

自沈浪開始，古龍筆下之俠，都是風流之俠，好酒不必說，好色也不避諱，至情至性，都是些「真人」。這不僅是指「真實的人性」，而是指「真實的作者的影子」。這使小說的主人公多了幾分人情味，同時也多了幾分誘惑力。這使人讀起來更輕鬆、更親切。

古龍筆下的人物之所以放浪形骸，不入武林的「正道」，甚至也不屑於入武林的「正道」——武林的「正道」，在古龍小說中常常被寫成虛僞、小氣的假正經、僞君子——無論是《武林外史》中的沈浪，《楚留香傳奇》中的楚留香，《流星・蝴蝶・劍》中的孟星魂，《天涯・明月・刀》中的傅紅雪，還是《多情劍客無情劍》中的李尋歡和阿飛……都是正統武林的反叛者、眼中釘；同時又是邪惡勢力的大對頭、肉中刺。古龍在「正」與「邪」之間開闢出了一條新的人生之路，創作了一種新的人格形象。這正是因爲，古龍固然不屑於歪門邪道，更不會爲非作歹；但卻又難以被「正道」所接受、承認和理解，無論是家世、社交，還是「文藝夢」的破滅，都使古龍受到難以治癒的創傷，使他充滿了偏激、自憐、憤懣與積鬱之氣，這種積鬱形成了古龍的性格，古龍的精神結構，及古龍小說人物的個性基礎。最突出的也許是《多情劍客無情劍》中的阿飛的形象。——阿飛這個名字取得讓人匪夷所思，因爲誰都知道「流氓阿飛」是什麼意思，但古龍卻偏偏要取這個名字，寫這麼個人——這個充滿身世之謎及心理隱痛的人物，與「阿飛」的本意天懸地隔，而與趙正義之流的假正經、龍嘯雲之流的僞君子自有雲泥之分。他甚至不同於他的好朋友李尋歡（李尋歡也有古龍的投影，但遠不如阿飛那樣真切），他甚至責問李尋歡「憑什麼」要管他的事。如果筆者沒有猜錯，「阿飛」這個名字、形象，是古龍對他青少年時期的生活習慣及「罵名」的一種回答和辯解。

這種反叛性格深得青年讀者的歡心！中國的一代又一代青年，尤其是二十世紀以後的中國青少年，誰會對那種古板正經、墨守成規、虛僞狹窄、萎縮變態的「傳統」與「正道」感興趣？誰不有一種「反叛的激情」呢？古龍寫出了他們心中的激情，寫出了他們心中的英雄，當然會大受歡迎、深受感動了。因爲這是與金庸、梁羽生筆下的人物完全不同的「新式英雄」。

古龍是善良而又可敬的，這表現在他沒有將內心的積鬱不分清紅皂白的胡亂釋放，而是對人生、對人世保留著一種不變的善意和慈愛之情。所以，古龍筆下的人物、故事，多是歡樂的、明朗的、健康的、使人愉悅的。寫小說給人以歡悅與希望，這是古龍的審美追求。在其《多情劍客無情劍》的結尾，他甚至故意添上一個「蛇足」——而且最後一章的名字就叫「蛇足」（第九十章）——最後一段寫道：

「『畫蛇添足』不但是多餘的，而且愚蠢得可笑。但世人大多煩惱，豈非就因為笑得太少？笑，就像是香水，不但能令自己芬芳，也能令人快樂。你若能令別人笑一笑，縱然做做愚蠢的事又何妨？」

這也是古龍的一條創作原則，同時又是古龍高貴的心靈的最突出的自我表現。金、梁筆下，可沒有多少真正的自己歡樂、亦令人歡樂的真正的「歡樂英雄」。

古龍小說的最後一個、也是最突出的一個特徵，是他獨創的文體形式。這種文體堪稱革命性的「古龍文體」。

古龍文體的特點非常明顯：（一）句子簡潔有力；（二）分行較多，段落很小，節奏明快；（三）對白機智精妙、幽默生動；（四）筆法流暢，充滿詩性，挖掘了漢語的詩的魅力與潛力。

這些特點形成了古龍風格的基本特徵。在武俠小說史上是劃時代的貢獻，也是漢語文學史上值得注意的一件大事。

有人認爲古龍之所以這麼寫，純粹是爲了將篇幅拉長、多掙稿費。這麼說未免太簡單了。對古龍及古龍文體實在有失公平。古龍的文體變革，固然不能完全排除多掙稿費的因素，但我們必須看到，這非但不是唯一的因素，也不是主要的因素，而只是一種自然的連帶效果。

古龍的文體，有三個方面的影響。一是美國作家海明威的「電報體」的文體語言的影響。看得出來，海明威是古龍喜歡的作家，不光是他的文體，而且包括他整個的文學成就及他的真正男子漢的氣質與風度。很自然，讀海明威的小說，就會不知不覺的受其影響，摹仿其精華。二是受到電影劇本創作的影響，說起來這更是古龍的一個機緣，那就是一九七〇年的《蕭十一郎》的劇本和小說的寫作。古龍曾說：

「寫武俠小說最大的通病就是：對話太多，枝節太多，人物太多，情節太多。……就因為先有了劇本，所以在寫《蕭十一郎》這部小說的時候，多多少少總難免要受些影響；所以這部小說我相信不會有太多的枝節、太多的廢話。」（覃賢茂：《古龍傳》）

此後古龍的創作，更自覺的以電影劇本爲借鑑，寫出集中、凝煉的情節；寫乾脆、俐落的動作；寫生動、明快的畫面；寫簡潔、生動的對話；寫鮮明、快速的節奏，這對古龍文體的最後形成，有著極大的影響。

三是古龍的「文藝夢」，始終是他內心深處的一種情結。這種情結的影響是，寫出詩、寫出散文之美，將武俠小說提升爲一種藝術——語言的藝術。當然這經歷了一段不短的過程，且不說在寫武俠小說之前，古龍已有了幾年的文藝寫作的實踐，即在寫武俠小說之後，亦有六年以上的積累，以及更長時間的摸索，才會有上述的機緣，以及最後的穩定風格及成熟形式的出現。

若以爲這純粹是一種「形式」或「技巧」，那也未免太過簡單了。其中還包括了古龍的機警、靈巧、聰明與才華，以及他的智慧、深刻的思想，對人生的豐富體驗和深刻的洞察力。說得玄虛一點，這種形式，其實是古龍的詩人氣質的自然流露，是他的詩心、詩性的必然體現。

筆者非常喜歡古龍的《天涯・明月・刀》這部書，主要一點就是因爲欣賞並看重他的詩人氣質的表現及將武俠小說當成敘事詩甚至抒情詩來寫作的可貴的探索。《天涯・明月・刀》同以前的《流星・蝴蝶・劍》及以後的《劍・花・煙雨江南》一樣，都不太像是正規的武俠小說的題目，而像是詩集的名字，至少像是「文藝小說」的題目，唯其如此，才格外稀罕，也格外寶貴。難怪當年的武俠電影受此影響，出現了大量的「帶點三段式」的片名，因爲這種名稱確實有一種美雅動人的魅力。而這也恰恰體現了古龍的特點。

古龍的特點，當然不只是書名而已，且看《天涯・明月・刀》的「楔子」的語言：

「天涯遠不遠？」

「不遠！」

「人就在天涯，天涯怎麼會遠？」

「明月是什麼顏色的？」

「是藍的，就像海一樣藍、一樣深，一樣憂鬱。」

「明月在哪裡？」

「就在他心裡。他的心就是明月。」

「刀呢？」

「刀就在他手裡。」

「那是柄什麼樣的刀？」

「他的刀如天涯般遼闊寂寞，如明月般皎潔憂鬱，有時一刀揮出，又彷彿是空的！」

……

「他的人呢？」

「人猶未歸，人已斷腸。」

「何處是歸程？」

「歸程就在他眼前。」

「他看不見？」

「他沒有去看。」

「所以他找不到？」

「現在雖然找不到，遲早總會有一天會找到的！」

「一定會找到？」

「一定！」

看起來，這樣的「楔子」簡直讓人莫名其妙：這是什麼人的對話？對話的主題和形式怎麼會是這個樣子？——若按武俠小說，尤其是傳統的武俠小說的老觀念、老經驗、老套子去看，它當然「不通」，而且非驢非馬。這大約是這部書遭到一些讀者冷遇，以及一些批評家的譏諷的主要原因吧。然而，若按古龍的小說，按古龍的風格，按《天涯・明月・刀》的特殊情境與特殊形式去看，當有不同的觀感、不同的結論。

這部小說的主人公傅紅雪是一個真正的浪子。他的生活經歷及其身世不堪回首，包含了無數的人生秘密和心理隱痛（是主人公的，也是作者本人的）；他身有殘疾，不僅腿有殘疾，面色蒼白，而且還會時常犯羊角瘋病，真是身心俱殘（這也是作者身心的一種變型的投射），因而不僅自己將自己放逐到「天涯」，而且也將自己的生命交給了他的「刀」，只有「明月」才知他的心事。可是在書中，不僅翠濃的回憶、卓玉的欺騙令他傷懷失望，而「明月心」及其「明月無心」的誘惑和打擊，更使他沉入精神的深淵。這樣的人，這樣的故事，是作者的主觀精神的釋放與投射，當然要創造一種獨特的、適合這種主觀性的表達方式。於是就有了前面的「楔子」，亦有了下面的開篇：

> 夕陽西下。
>
> 傅紅雪在夕陽下。夕陽下只有他一個人，天地間彷彿已只剩下他一個人。
>
> 萬里荒寒，連夕陽都似因寂寞而變了顏色，變成了一種空虛而蒼涼的灰白色。……
>
> ……他在往前走。他走得很慢，可是並沒有停下來，縱然死亡就在他前面等待他，他也絕不會停下來。

這是一幅天涯浪子圖。我們不難想到——「枯藤老樹昏鴉，小橋流水人家，古道西風瘦馬，夕陽西下，斷腸人在天涯」——的古老蒼涼的意境。而且，這裡的天涯，連個「小橋流水人家」都沒有，而且連「夕陽都似因寂寞而變了顏色」。

《天涯・明月・刀》不是一幅畫，也不止是一個武俠故事，而是作者的一首真正的敘事詩和抒情詩。所以，它必須以獨特的、詩的語言形式來表現。這正是古龍小說文體的最突出的特徵及其內在依據。

第三章　古龍的成就及評價

現在我們面臨的問題看起來很簡單。古龍的武俠小說創作的成就是明擺著的，對他的評價也不應該太困難。

實際上，這個問題遠比我們想像的要複雜，而且似乎越來越複雜了。對古龍小說創作的成就、貢獻和影響評價過低固然使人憂慮，但評價過高，也同樣使人憂慮。如何才是準確和恰當的評價，有沒有一個大家都能接受的評價標準？這就是一個大難題。還有，人們對古龍的小說，要麼是不喜歡，要麼是太喜歡，這兩種極端性的情感態度，都會影響我們的理智的判斷和評價。

不喜歡古龍小說的暫且不論。太喜歡古龍小說的人，已有一種無形拔高，乃至無限推崇的傾向。如臺灣作家歐陽瑩之就這樣評價古龍：

不論在意境神韻，或在文體風格上，我認為當代港臺僑居海外的小說家沒有一個及得上古龍——文藝小說、現代小說、武俠小說家包括之內。

與一般的武俠小說比較，古龍這時期的作品在內容由武返俠，重振武俠精神；在意境上一洗靡靡浮晦的風氣，轉為清勁秀枝，從蒼鬱中見生機。如《蕭十一郎》便是一篇份量很重的悲劇；在結構上力挽小段生動但通篇散漫的弊病，特別注意節奏明快；在人物上捨棄除武功天下第一外毫無性格的大英雄，改為有血有淚的江湖人；如蕭十一郎是一個聲名狼籍的大盜，孟星魂是個不見天日的刺客，傅紅雪是個沉默孤獨的跛子，王動是個終日不動的懶鬼，但這些不算英雄的人，卻常更能表現出真正的俠氣。……

……依尼采的區別來衡量文學價值：『我每次都問，它是創自枯竭的命泉，抑或橫溢的生機？』我們可以發現古龍一九六九年至一九七二年間的作品，的確靈氣流轉，生機橫溢。在眼下一些東施捧心式的文藝小說中，古龍剛勁高暢的武俠小說就像爛泥沼中一塊乾硬的土地；與臺灣很多淺薄矯扭的現代文學比較，古龍不經意的創作，就像陰溝旁的長江大河。（歐陽瑩之：《泛論古龍的武俠小說》，轉引自覃賢茂：《古龍傳》，四川人民出版社，一九九五年出版。）

這樣的評價可真是夠高的，幸而這位歐陽先生沒有將古龍與中國大陸的當代作家相比。不知是因爲他不熟悉無法比、熟悉不屑比或熟悉但不好比？也不知道這種評價的座標係建立在哪兒？即便如此，這樣的評價已夠嚇人的了：這無疑是說，古龍當然也超過了金庸、梁羽生，而且超過了所有當代港臺小說家。

這樣的評價，當然會有人不同意，筆者也無法同意。但問題的複雜性在於，歐陽先生對古龍小說「靈氣流轉、生機橫溢」的讚譽，以及對現代文藝小說「東施捧心，淺薄矯扭」的批評，又是有其道理的，應該說是一種卓見。只不過，我不同意他的「結論」。

一

古龍在中國武俠小說史上的崇高地位是毋庸置疑的：他是武俠小說的革新者，他的武俠小說耳目一新，他是金庸、梁羽生之後最優秀的武俠小說家，他與金、梁齊名當世，他擴大了武俠小說的視野、拓展了武俠小說創作的空間，爲武俠小說的創造開闢了新的紀元、新的道路，他有無數的讀者、崇拜者，他的文體獨居一格、影響深遠……

這些都是沒有疑問的。

這可以加上兩條：（一）七十年代之後，臺、港地區，以及八十年代末之後的大陸地區的武俠小說新作家中，摹仿古龍的人遠遠超過了其他的摹仿對象（包括金庸）。古龍的弟子丁情、申碎梅、溫玉等人，他的朋友于東樓、黃鷹、上官鼎等人，他的「傳人」溫瑞安等人，以及無數的新進武俠作家，都可以證明這一點。一九九五年筆者參加首屆中華武俠文學創作獎的評獎工作，所看到的作品（包括臺、港、大陸地區九十年代以來的部分優秀作品）中，絕大多數都是「古龍派」，包括最後得獎的于東樓、溫瑞安、周郎、獨孤殘紅、巍琦、滄浪客等全部作家作品。這一事實，當足以說明古龍的影響之大。

（二）古龍的獨特文風文體，不僅影響了新進的武俠小說作家，而且也影響了不少文藝作家。臺灣著名散文作家林清玄就承認受到了古龍小說文風的影響（覃賢茂：《古龍傳》）。而且，我相信，這種影響，還會日益擴大，並且會得到學術界的重視及認真研究。這會有時間來證明。

當然，這種影響，無論是對武俠小說作家作品，或非武俠作家作品，多半是由古龍的獨特文體而來。這就自然有傳其神者，亦有——更多的——摹其形者。連《古龍傳》的作者也用「古龍式分行」形式來寫傳記，這又是出人意料的了。

古龍武俠小說創作的成就，當然不僅在於他創造了一種新的文體，而且在於他對傳統的武俠小說模式進行了較爲徹底的革新和改造。

古龍對武俠小說的貢獻，如前所述，是開闢了洋爲中用、古爲今用（或今爲古用）的新浪漫主義的創作路線。將東、西、古、今全都拿來爲己所用，創造了新的、古龍式的武俠小說敘事模式。

進而，古龍小說的卓越貢獻，還在於它充滿了強烈的現代人文精神。這表現在，（一）對人的尊重；（二）對人性的重視；（三）對個性的追求；（四）法律意識的引進，等幾個方面。

許多人以爲古龍的「求新、求變」僅僅是徒具其表，追求形式、技法的變化，這是只知其一，不知其二。古龍對「人」的認識及對人性的重視，不在其他作家之下。古龍多次說這樣的話：

「……只有『人性』才是小說中不可缺少的。人性並不僅是憤怒、仇恨、悲哀、恐懼，其中也包括了愛與友情、慷慨與俠義、幽默與同情。我們為什麼要特別著重其中醜惡的一面？」（古龍：《俠盜楚留香‧血海飄香‧代序》）

在《天涯‧明月‧刀》的序言中，古龍寫道：

縱然是同樣的故事情節，但你若從不同的角度去看，寫出來的小說就是完全不同的。

人類的觀念和看法，本就在永不停的改變，隨著時代改變！

武俠小說寫的雖然是古代的事，也未嘗不可注入作者自己的新的觀念。

因為小說本就是虛構的！

寫小說不是寫歷史傳記，寫小說最大的目的，就是要吸引讀者，感動讀者。

武俠小說的情節若已無法改變，為什麼不能改變一下，寫人類的情感，人性的衝突，由情感的衝突中，製造高潮和動作。

所以，在《楚留香傳奇》中，楚留香這位「流氓中的佳公子，強盜中的元帥」不僅將西方英雄○○七的風度學得十足，連生活方式也學得相差無幾，如《血海飄香》的第一章中寫楚留香的一頓正餐：

「盤中有兩隻烤得黃黃的乳鴿，配著兩片檸檬，幾片多汁的牛肉，半隻白雞，一條蒸魚，還有一大碗濃濃的蕃茄湯，兩盅臘味飯，一滿杯紫紅的葡萄酒，杯子處凝結著小珠，像是被冰過許久。」

這顯然是古今中外大會餐。更關鍵的，是楚留香的思想觀念，也不同古人、中國人，他對他的紅顏知己說：

「別人如何說，和咱們又有何關係？人活在世上，為什麼不能享受享受，為什麼老要受苦？」

進而，到了《血海飄香》故事的最後，他制服了妙僧無花，無花問他要怎樣處理自己，楚留香的回答是：

「我只能揭穿你的秘密，並不能制裁你，因為我既不是法律，也不是神，我並沒有制裁你的權力。」又說：「等到許多年以後，這樣想的人自然會一天天多起來。以後人們自然會知道武功並不能解決一切，世上沒有一個人有權力奪去別人的生命！」

這完全是「今爲古用」或「洋爲中用」，但古龍照用不誤。而且，還讓楚留香從此真的不殺一人——須知楚留香是一個喜歡找麻煩、麻煩更喜歡來找他的「刀頭上過日子」的江湖俠盜，古龍要他如此，當然是困難重重，但他這麼幹了，表明了古龍的一種觀念。這也是一種真正的人文精神和現代價值觀。楚留香這麼說、這麼做，我們固然會略爲感到意外，但卻不可能不理解。

古龍的小說具有獨特的審美意義。這主要是因爲古龍本人就是一個浪子，書中的主人公亦是浪子，不僅表達了真摯生動的浪子情懷，而且還充滿了人間煙火氣息。

我們說金庸筆下的《笑傲江湖》的主人公令狐沖是一個浪子，但他畢竟肩負著與整個社會體制對抗的重任，而且心中裝著舊日倫理道德的重壓，內壓外縛之下，尚不能真正的體現浪子風貌、浪子精神。

而古龍筆下的人物卻全然不一樣了。他們是真正的、徹頭徹尾的江湖浪子。

「浪子」形象的審美價值及思想意義，可以用中國現代作家林語堂先生的話來做最好的注釋：

總之，我對人類尊嚴的信仰，實是在於我相信人類是世上最偉大的放浪者。人類的尊嚴應和放浪者的理想發生聯繫，而絕對不應和一個服從紀律、受統馭的兵士的理想發生聯繫。這樣講起來，放浪者也許是人類中最顯赫最偉大的典型，正如兵士也許是人類中最卑劣的典型一樣。讀者對於我以前的一部著作《吾國與吾民》的一般印象是我好像在稱頌『老滑』。現在我希望讀者對這一部著作的一般印象是：我正在竭力稱頌放浪者或是流浪漢。我希望在這一點上我能成功，因為世間的事物有時看來並不像它們外表那麼簡單。在這個民主主義和個人自由受著威脅的今日，也許只有放浪者和放浪的精神會解放我們，使我們不致於都變成有紀律的、服從的、受統馭的、一式一樣的大隊中的一個標明號數的大兵，因而無聲無息的湮沒。放浪者將成為獨裁制度的最後的、最厲害的敵人。也將成為人類尊嚴和個人自由的衛士，也將是最後一個被征服者。現代一切文化都靠他去維持。（林語堂：《生活的藝術・醒覺：以放浪為理想的人》）

林語堂先生不知道是否看過古龍的小說，古龍先生也不知道是否看過林語堂先生的這部書？不論怎樣，都可以用「英雄所見略同」來解釋。關於人類的浪子天性，林語堂先生還有妙論：

「造物主也許會曉得，當他在地球上創造人類時，他是創造了一個放浪者，雖是一個聰明的，然而總還是放浪者。人類放浪的質素，終究是他最有希望的質素。這個已造成的放浪者，無疑的是聰慧的。但他仍然是一個很難以約束，很難以處置的青年，他自己以為比事實上的他更偉大、更有聰慧，依然喜歡胡鬧，喜歡頑皮，喜歡一切自由。雖然如此，但亦有許多美點，所以造物主也許還願意把他的希望寄托在他的身上，正如一個父親把他的希望寄托在一個聰明而又有點頑皮的二十歲兒子的身上一般。」（林語堂：《生活的藝術・醒覺：以放浪為理想的人》）

這樣，我們更容易理解，古龍的小說爲何那樣吸引讀者、打動人心，尤其是深受年輕讀者的喜愛。我們就更容易理解，爲什麼青年人將古龍筆下的沈浪、熊貓兒、王憐花、楚留香、胡鐵花、姬冰雁、李尋歡、阿飛、孟星魂、楊凡、秦歌、傅紅雪、葉開、陸小鳳、郭大路、王動、小馬……等人當成自己的好朋友，乃至當成他們自己。

因爲，古龍筆下的浪子形象及浪子的故事，本來就是一種廣義的人生寓言，本來就可以隨時「歡迎參與」及「歡迎觀看」。

而且：

（一）浪子總是年輕人的專利，心中有年輕的夢想，身上流動著青春的血。即使是李尋歡已兩鬢染霜，但他的心靈卻是年輕的，這對於青年讀者，當然很容易產生強烈的共鳴。

（二）浪子永遠是現存秩序的反叛者，是正派大忠大義與反派大奸大惡之間的「第三種人」，他們總是反抗權威，蔑視權貴，自由自在，天性浪漫的，這與他們的年輕密切相關。

（三）浪子的形象對中國的讀者之所以格外有意義，那是因爲中國的文明太古老，中國的文化太僵化，中國的「父殺子」的價值傳統太窒息人的生命；甚至，中國的武俠小說的正宗模式也太讓人感到沉重了。古龍的創作，是給古老的文化軀體，注入青春的熱血。當然讓人興奮，讓人激動，讓人驚喜莫名。

（四）古龍小說的魅力還在於它以一種奇妙的方式切近現實人生。它的環境有時像是香港、臺北，有時像是中國大陸的某個地方，而且是「現在式」，或是「現在完成式」。因爲他的書中的人物彷彿就在我們身邊；他們的價值觀念彷彿與我們並無區別；而他們的人生感慨，則與我們息息相通。尤其像《大人物》這樣的「有感而發」的書，以及像《天涯・明月・刀》這樣用心良苦的書。儘管《大人物》一書的名氣不那麼大，而且《天涯・明月・刀》甚至受到批評，但它們仍然是古龍小說中的佼佼者。

《大人物》中的英雄秦歌，對田思思說：

「我什麼都想做，就是不想做英雄，那滋味實在不好受」，而「因為別人早已將我看成是這樣一種人，現在已經沒法子改變了」，「我自己也漸漸習慣了，有時甚至造成自己也認為那樣做是真的。其實是真是假，連我自己也有點分不清了……」

這樣的話，年輕的讀者聽到，當然會爲之心動，感到親切，而且會受到啓發。因爲它揭露了「做人難」及「做戲多」的中國文化傳統及人生困境的真相、苦衷及其虛僞性。

它讓人生活得更真實一點。《大人物》對秦歌這一「公眾英雄」形象的「拆解」，讓他賭、讓他醉、讓他吐苦水、讓他躺在陰溝旁，是要摧毀傳統的「人格神」形象，以及「公眾造神心理」。這是最了不起的一幕：讓人面對人生的真實，以及人性與人世間的真實。真正的大人物也有平凡的一面，而長相平凡、看似平庸、表面平靜的人，如楊凡，又有可能是真正的英雄、真正的「大人物」。秦歌只有在賭坊、酒館中才能真正的放鬆，真正的還原本我的形象；而楊凡的非凡作為及個性則又包含在平凡的言談舉止的外殼之中。在他們的身上，體現了真正的現代人文精神、真正的浪漫人生情懷、真正的人間煙火之氣。

而《天涯・明月・刀》則在給我們講述一個人生的哲理寓言。公子羽雖然有權、有錢、有勢，但他卻又變成了權、錢、勢的奴隸，非但不能享受人生的樂趣，反而在苦心積慮之下使其生命力日漸乾枯，他與傅紅雪同齡，但卻滿頭白雪、滿面皺紋、滿心枯葉，像是古老的僵屍一般。燕南飛雖然武藝高強，而且有美酒、鮮花、少女相伴，但他卻不由自主，只是做公子羽的替身，做他殺人的工具，將自己的靈魂做了魔鬼式的交換。若說公子羽是「非人」，燕南飛則是「非我」。書中的女主角明月心——唐藍——卓夫人——桌子是同一個人，她叫什麼名字可以隨時隨地的改變，不能改變的只有一種身分，她是公子羽的夫人，既是真公子羽的夫人，又是公子羽替身的夫人，她成了一個「物」，如桌子，隨地可放、隨時可用、什麼人都可以——只要做公子羽的替身——得到她。她是「非我亦非人」，成了真正的妓女、魔女及不幸的化身。相反，書中的傅紅雪雖然是一個跛子，雖然還有隱疾，雖然孤獨、憂憤、貧寒，但他卻充滿熱血，是一個真正的人，而且能自我主宰，而且能享受人生的歡樂和痛苦的複雜而又真實的滋味。甚至小巷中的那個以賣淫爲生的雛妓周婷，也在體驗自己的一番人生，以自己的心來做自己的人，與貌美、財大、氣粗的明月心不可同日而語。讀了這樣一部書之後，我想任何人都會感動，而且會受到啓發：真實的人生或許包含痛苦滋味並且難如人願，但只要你不失赤子衷腸，不失自己的靈魂和意志，不失理想和希望，你去生活、去體驗、去愛去恨，都能獲得幸福的人生真實的滋味。

古龍是浪漫的，但卻沒有浪漫到雙腳離開地面，做太空飛行。相反，他的小說的主人公們恰恰是在痛苦的人生中追求浪漫的理想，表現人物的浪漫氣質。古龍小說的浪漫情節及傳奇故事的背後，是作者深切的人道主義的關懷及對人生的真實洞察和表現。

這正是古龍小說創作的真正的藝術成就，也是爲什麼古龍之後來者，僅得其「形」而難得其「神」的真正的原因。

二

總結古龍的武俠小說創作，我們又不能不看到他的另一面。另一面，當然是有缺陷的一面。

連對古龍小說推崇備至的歐陽瑩之先生，也不能不說：

> 古龍的小說終是連載作品，所以每一部都有不少瑕疵，不少贅言，每一部都需要修改。
>
> 不是像修訂《絕代雙驕》般不關痛癢的刪潤，而是狠狠的刪，大刀闊斧

的改，把現存小說當作初稿，重新寫過。……

花的枝葉太多會妨礙生長，所以雖然可惜，也不得不忍痛把一些很好看的枝葉剪掉。

小說也一樣。

只要不斷向上，不斷成長，無論去掉什麼，都是值得的。

謝曉峰不是為求盡我而自斷其雙手拇指？

希望古龍能追上他自己的理想。（歐陽瑩之：《泛說古龍的武俠小說》，轉引自覃賢茂：《古龍傳》。）

可是古龍並沒有改。也是許因爲他英年早逝，根本來不及改——這真讓人遺憾和悲哀！

也許是他壓根兒就不想改：對於他，創作是一種享受，而修改則是一種痛苦。不光是枯燥乏味或於心不忍，而且也不符合他的性格，以及他對自己的信心。古龍的自信是超過常人的，這是他的精神支柱。

也許是他不知道該怎麼改：他曾改過自己的《鐵血大旗》，改過自己的《絕代雙驕》，結果如何？還是不關痛癢，連自圓其說都沒能做到。這不能不使人遺憾，也不能不令人疑惑：古龍有沒有那種能力將自己粗糙的作品改成真正精緻的藝術傑作？

古龍離開了我們——上述疑問，無法得到權威的解答。留下來的古龍小說的遺憾、缺陷、漏洞和弱點，永遠的留下了。

而我們的評價和研究，只能依照現在這個樣子去做出。

現在的古龍小說，缺陷著實不少——歐陽瑩之先生具體指出了下列三點：

（一）「武俠小說寫男女關係，幾乎是清一色的女人追男人，男主角總像女人的磁石，一出場便使得一堆美麗、聰明的女子暈頭轉向，窮追不捨，古龍在這方面的也很少例外。本來時下的文藝小說寫男男女女，追來追去當是愛情，已經幼稚得很了，武俠小說一面倒，男人像香花般吸引一群彩蝶，不但幼稚，而且可笑。」——這一說要做些說明，一是金庸、梁羽生的小說並非都是如此，當作別論；二是一般武俠小說這麼幹，明裡的原因是因為江湖世界是以男人為中心的世界，亦是寫情中心的社會傳統的典型化，如此，女子當然要圍著男子轉；暗裡的原因則恰恰表現了男人的怯懦的夢想，陰盛陽衰之心理特徵，希望女子主動。三是古龍小說之所以出現這種情況，而且比其他作家作品中更為突出，是因為古龍雖然放浪好色，但卻仍不能滿足真實情感之需，而讓小說中的男主人公代己如願，變相的滿足。

（二）「古龍常以情節詭異見稱，可惜他的劇情很多時候發展得太驚人，以致前後矛盾，好像作者寫小說前並沒有立好大綱，寫了一半忽然改變了主意似的。這是古龍小說的一大弊病，需要狠狠的修改。」——這裡也要加以說明，可以用古龍的話來回答：「那時候寫武俠小說本來就是這樣子的，寫到哪裡算哪裡，為了故作驚人之筆，為了造成一種自己以為別人想不到的懸疑，往往會故意扭曲故事中人物的性格，使得故事本身也脫離了它的範圍」（《一個作家的成長與轉變——我為何改寫〈鐵血大旗〉》）——原來如此，要說起來，還是故意如此、自以為是的原因吧。

（三）「古龍有時忍不住跳出來對小說人物大加評價。有時他的描寫也稍嫌過火，譬如他的人物很多都有鋼鐵般的神經，怎會動輒作嘔，動輒全身抽緊？有時他也會越過寫作觀點的限度，跑去作了小說人物肚裡的蛔蟲，以至弄出不少矛盾，不過這些都是技巧小節上的瑕疵，應很容易刪正。」（歐陽瑩之：《泛說古龍的武俠小說》，轉引自覃賢茂：《古龍傳》）——小節瑕疵，有時卻反映大問題，比如作者的創作態度、創作原則等等。自由揮灑與信口開河之間的區別其實非常微妙，不是輕易改得過來的。正如《多情劍客無情劍》中李尋歡對藏劍山莊的少莊主游龍生所說：「鎮靜二字談何容易，需要多少年的功夫。」

對於古龍小說中的這樣或那樣的瑕疵，不少讀者都有意見。例如梁守中先生在其《武俠小說話古今》一書中談及了古龍小說的一些缺陷，如《流星・蝴蝶・劍》中的某段文字：「句與句之間本來是接得很緊的，完全可以連在一起，成為一個段落，但為了排成散文詩的句式，便生硬的把文意斷開了。」這種情況在古龍的小說中可不少見。又如，「如《陸小鳳》中《美人青睞》一章，標題與內容完全不合，文中亦不見有什麼美人出現。」、「《護花鈴》中結尾章《群奸授首》，並未見群奸如何授首，該書就突然結束了，顯得有頭無尾，失了交待，書未寫完，便匆匆收筆。」以及「在《楚留香》中，就多次出現這樣的情況：上一章結尾的對話還未寫完就突然結束了，到了下一章開頭又接著寫這對話，這樣寫法，奇是夠奇了，卻顯得全無章法，每一章的獨立完整性，便被硬生生的破壞了。如《劍道新論》一章，寫李玉函縱談各家劍術後說：『小弟就算練成一套舉世無雙的劍法，但若遇見楚兄這樣的內家高手，也還是必敗無疑。』該章寫到這裡，戛然而止。下一章《多謝借劍》的開頭則寫：楚留香微笑道：『李兄太謙了！』兩章之間的結尾與開頭如此安排，雖說是接得緊，引人追看，但實在太隨心所欲了。」（梁守中：《武俠小說話古今》，江蘇古籍出版社，一九九三年版。）

古龍小說中的諸如此類的問題肯定還有不少。不過，這都還是一些枝葉問題。要評價古龍的成就，我們當然不能僅說其枝葉，而應該來算一算「總帳」。

一算總帳，我們就不難看到，古龍的小說數量雖多，但明顯是「文多好的少」。量與質不成比例。——喜歡古龍的讀者，以古龍的一部分小說為依據，以「心中的古龍」為依據，這當然可以理解。但若就此作為評價古龍的依據，卻不足為憑了。——顯然必須以古龍的全部小說為評價古龍的真正依據。

在上一章中，我們已經涉及了這個問題，只不過沒有算帳，算帳的方式有很多種：

（一）在古龍的小說中，首先必須除掉由別人代筆完成的作品，至少有《那一劍的風情》、《怒劍狂花》、《邊城刀聲》、《白玉雕龍》、《圓月彎刀》、《劍毒梅香》等作品。

（二）古龍小說中還有一些是請人完成結尾的，如《劍氣書香》、《名劍風流》、《飄泊英雄傳》、《風鈴中的刀聲》等作品。

（三）古龍小說中還有幾部未完成，亦未請人代筆完成，至今留有硬傷，如《護花鈴》、《鐵血大旗》（《大旗英雄傳》）等作品。

（四）其實我們在前文中已經談到，古龍的高峰期，不過幾年時間。在此之前的作品，大都不夠檔次，包括從處女作品《蒼穹神劍》到一九六五年的《大旗英雄傳》，以及《名劍風流》（一九六六）、《絕代雙驕》（一九六七）等共十九部。這些書大都是模仿之作，連古龍自己也都承認《大旗英雄傳》及《絕代雙驕》等書是摹仿金庸小說的。

（五）古龍的小說創作道路，不僅要「掐頭」，而且要「去尾」。從一九七三年起，古龍開始走下坡路，創作力衰退，開始自己摹仿自己。這意味著，在古龍的六十八部書中，至少要「判掉」二十四部書：它們當然不至於不及格，但卻也僅在良好與及格線之間。真正的優秀之作，即使與古龍自己的高峰期小說相比，也幾乎見不到了。這就是說：六十八減去二十四再減去十九等於二十五。

（六）即使在這二十五部之中，我們也還要進一步清算：「楚留香傳奇系列」、「陸小鳳系列」該怎麼算？是一個系列算數部，還是一個系列算一部？這兩個系列的人物、故事之間的相似性又該怎麼算？是算一個系列還是算兩個系列？我們的「評價」是僅僅清點，還是算它的「創意」？——「七種武器系列」雖然寫了六個故事，但其「創意」仍是一個，這又該怎麼算？——寫系列故事，是古龍小說創作中的一個較爲特殊的現象。金庸的小說中就沒有這樣的情況，如金庸的「射鵰三部曲」就是三部各自獨立，且人物、情節、性質、形態都各不相同的小說。而古龍的系列故事，則明顯的是走商業化的路子，將小說降到了故事的層次，搞「流水作業」及「批量生產」，這對評價古龍，應是一個重要的提示。

（七）由於《楚留香傳奇》與「〇〇七」系列的過於密切的關係；由於《流星・蝴蝶・劍》對於《教父》的過於明顯的摹仿，這給我們的評價，帶來了一個困難：雖然它們使武俠小說讀者耳目一新，但，摹仿金庸等人的作品固然不能算是優秀的成功之作，那麼摹仿外國作品的小說，又怎能稱其爲優秀之作？它們也的確不是。雖然楚留香的形象惹人喜愛，而且名氣極大，但無論是《血海飄香》、《大沙漠》、《畫眉鳥》，還是《借屍還魂》、《蝙蝠傳奇》、《桃花傳奇》及後來的《新月傳奇》及《午夜蘭花》，這些作品作爲一部小說，又有哪一部能稱得上是優秀的小說？至於「陸小鳳系列」，其故事雖然尚可一觀，但卻一部不如一部，作爲小說，亦非佳作。

（八）剩下的，能稱之爲佳作的就不多啦，不過《多情劍客無情劍》、《蕭十一郎》、《歡樂英雄》、《大人物》、《天涯・明月・刀》這麼幾部而已。這在古龍小說中的比例實在是太小了。——即使我們放寬政策，將一些稍次一等的作品，如《武林外史》、《鐵血傳奇》、《桃花傳奇》、《九月鷹飛》、《長生劍》、《碧血洗銀槍》等算上，那也不多。而這些作品與前幾部之間的差距還不容忽視。

這麼一算，我們不難得出一個總體印象，古龍作品量多，質高者少。再加上他的隨心所欲時分寸不當，加上他對讀者不負責任的不完成作品、請人代筆提刀、甚至賣署名權……我們又不難看到，古龍是受了商業流通及消費文化的影響太大了。這無疑使他的名聲受到影響，使他的才智無謂的浪費，使他的「定評」難如人願。

公平的說，古龍是矛盾的：一方面是想盡力的提高武俠小說的藝術層次、藝術品位，他的求新、求變及他的用力、用心即可證明；然而另一方面，由於環境的影響，加上經濟上的揮霍形成的金錢壓力，使他又不怎麼將自己的創作當一回事。賣文爲生的壓力太大，自又會使他能投機取巧時，很難抵制誘惑；使他不知不覺的隨著商品經濟及其消費文化的「大流」而動。你不能說他不精心，卻又不能說他真的精心；你不能說他沒有天才，卻又眼睜睜的看他將天才隨金錢、美酒、情欲一起揮霍掉；你不能說他的作品不好看，但真正好看而又是「耐看」的卻並不多。

古龍的小說「好看」的不少，「耐看」的不多，這無疑是古龍藝術成就的明顯的局限。之所以如此，有下列原因。

（一）古龍的小說大都停留在講故事的層面，卻未在「小說」上真正下夠功夫。小說不僅是講故事，而且要講究敘述的藝術，及結構的藝術。——說古龍不懂小說，似乎太過苛刻，也有些驚世駭俗了。但他自己卻在《多情劍客無情劍》一書中，借天機老人孫白髮之口，先說阿飛、荊無命這兩大劍術高手「不懂武功」；又說「天下第二」的上官金虹、「天下第三」的李尋歡兩人「不懂武功」。這雖然是當時情形特別，孫白髮不得不故弄玄虛，以驚人之語來打攪上官金虹與李尋歡的這場決鬥，但懂與不懂倒真有微妙的相對性。——故事與「小說」之間正有這種微妙的區別，前者只是敘事的材料和對象，後者卻多了敘事的藝術及其結構的藝術這一層次。古龍的小說，多以「事」爲中心、以「案例」爲線索，固然也能曲折多變，起伏跌宕，而且還神秘兮兮，但寫完了也就完了，看完了也就完了，很難給人留下深刻的印象。這是停留在小說敘事的最低的水平線上——人類自古以來就有了這種敘事方法，只不過「事」有不同而已。——而這也是古龍喜歡寫系列，搞批量生產的根本原因。

古龍的小說極少是真正以人爲中心，以描寫人物性格及其人生故事作爲其敘事目的，即使是《多情劍客無情劍》、《歡樂英雄》、《大人物》、《蕭十一郎》這樣的優秀作品，人物也常常被「事變」牽著鼻子走，即古龍自己所說的故作驚人之筆，將主要的精力多集中到傳奇述異的情節編織上，當然就不能說懂得了小說藝術的真正妙締。

（二）古龍的小說輕靈機巧有餘，而大氣縱橫不夠。這又可以分幾點來說，一點是大家都能感覺到的，局部精彩、整體鬆散；招式出奇，套路卻平庸；一點是——用武俠小說的行話來說——劍法精巧，但「內力」不足。

古龍這個人很像金庸筆下的令狐沖，學了一套神奇的「獨孤九劍」，倒是能夠活學活用、立竿見影，什麼都可以「化入」，但他的內力修爲卻始終不夠，由於桃谷六仙及八戒和尙的搗亂（這像是某些書商），更將他「治」得內力衝突而不能合一，更難以發揮出來。《笑傲江湖》中的華山派有「氣宗」與「劍宗」之分，令狐沖本是氣宗的掌門弟子，但最終卻做了劍宗的風清揚的得意門生。這也像古龍的經歷。進而，風清揚傳給他的一套「獨孤九劍」並非由他自己所創，而是「劍魔獨孤求敗」所創的，妙的是，這個獨孤求敗雖從未在金庸小說中出現過，卻光彩照人，讓人難以忘懷。而且，他傳了兩套功法下來，一套是現成的「獨孤九劍」，爲令狐沖所得；另一套是「神鵰重劍」，爲《神鵰俠侶》中的楊過所得。楊過所得，並非現成的功法秘訣及套路招式，而是四柄劍：

第一柄劍，年輕氣盛，銳利無匹（二十歲時）；

第二柄劍，紫薇軟劍，靈巧無雙（三十歲時）；

第三柄劍，重劍無鋒，大巧不工（四十歲時）；

第四柄劍，竹木石塊，皆可爲劍（四十歲後）。

進而，還有最後一重境界，是「不滯於物」乃至「以無劍勝有劍」之境界。《神鵰俠侶》的主人公楊過，最後不依武術常規，創出十七路「黯然銷魂掌」，當近於這一境界。

由此可見，當令狐沖碰到楊過，是肯定打他不過，必敗無疑。因爲，令狐沖的「獨孤九劍」至多不過是獨孤求敗三十歲時的紫薇軟劍的水平，靈巧之極，卻未能窺到「重劍無鋒，大巧不工」的門徑，因而最終必是巧不勝拙。

我們講古龍似令狐沖，當然只是一個比喻，古龍巧是巧，妙也妙，但總讓人覺得沒啥大氣。這恐怕與他在創作中感性有餘而理性不足有關。這一點我們在金庸卷中論述中國長篇小說的缺陷時曾經提及：理性是一個作家的世界觀的基礎，同時又是小說結構中的不可或缺的因素。對世界及人生的總體把握及其認識的深度，都要借助於這個理性，從而，這個理性亦是小說家「內力」的核心部分。小說藝術的創造，因然需要偉大的激情及敏銳的感性，但更需要理性的基礎進行架構。否則只能是詩、是散文，而難得成小說，尤其是長篇小說。古龍小說的局部精妙、整體渙散，其原因也在於此。——古龍的小說與金庸的小說一個明顯的區別，是金庸的小說篇幅越長就越見其妙，《射鵰英雄傳》、《神鵰俠侶》、《倚天屠龍記》就比前期篇幅較短的《書劍恩仇錄》、《碧血劍》要好得多；而《天龍八部》及《鹿鼎記》這兩部一百五十萬字的超長巨著又比「射鵰三部曲」更好。而古龍的小說則不然，他的多卷長篇，要麼是系列劇形式，如「楚留香系列」、「陸小鳳系列」等，這不能算數；要麼如《大旗英雄傳》寫不完成；要麼如《絕代雙驕》那樣敷衍成篇；就算比較好的《武林外史》也有不少的漏洞。古龍的真正結構精緻嚴謹的小說，是幾部篇幅相對較小的小說如《蕭十一郎》、《大人物》及《天涯・明月・刀》等——大名鼎鼎的《多情劍客無情劍》也是由《風雲第一刀》、《鐵膽大俠魂》兩個故事（香港版將其分別標明出書）組成，這個我們下面還要說。而就同等篇幅相比較，這幾部書與金庸的《俠客行》相比，也差了一大截。無論是結構的嚴密和精緻的程度，還是內涵的豐富及其敘事的藝術水準，都是如此。古龍小說多在故事的平面推進，偶有，就算是常有驚人妙語，仍然不能掘進小說的深度，更不能展現小說的大氣。古龍小說中的大場景很少，最精彩的場景是兩三個人的調侃、對話。也許很吸引人，但卻很難有真正的震憾力，看完之後，令人回味之餘地也不大。因爲要說的古龍在小說中都說了，如此而已。

（三）古龍小說中的一個局限，是他超越了他人，卻終於未能超越自己。——一個真正的大作家，是要不斷的超越他人的同時，還不斷的進行自我超越。——求新、求變不光針對別人，同時也應該針對自己的創作。金庸就是一個例證，這我們在前面的金庸卷中已經說過了。

古龍自創造出《武林外史》爲轉折點的新的武俠小說模式之後，不能說沒有發展和進步，因爲這一模式本身也需要不斷的修訂和補正，才能夠真正的成熟，但，古龍小說的故事情節和人物形象一直變化不太大：故事總是或多或少帶有案件的偵探、推理的性質，加上神秘感；而人物主要由兩類素質組成，一類是風流放蕩、好酒好色、自由自在的歡樂英雄；一類是內心熱而表面冷、身世複雜難言、性格古怪離奇；間有其他的類型人物。《武林外史》中的沈浪、熊貓兒、金無望的「鐵三角」的關係，沈浪的才智超人，灑脫飄逸；熊貓兒的憨直火熱、頭腦簡單；金無望外冷內熱、剛毅果敢，形成了古龍小說中的穩定大三角。此後的楚留香——胡鐵花——姬冰雁；李尋歡——阿飛……等等，或是同一結構，或是稍作變陣，《大人物》中的楊凡——秦歌兩位「箭頭人物」上場，至多是號碼不同、尺寸不同而已。

說古龍筆下的人物沒有任何變化，當然是不妥的。阿飛用劍，傅紅雪用刀，這就是一種變化；楚留香沒鬍子，陸小鳳有鬍子，這也是變化；李尋歡拘謹，葉開灑脫，這又是一種變化。喜歡古龍的朋友，一定覺得古龍寫出大人物楊凡的形象，除了自我表現的性質之外，也還是一種變型。這當然是一種變型，雖然感到他因敏感而傲氣外露，尚未到真正的平凡隨和之境，卻仍是一個可敬的俠士及可愛的朋友。

前文中已提及，古龍對人性及人的情感雖然很重視，也確實比一般的武俠小說家所取得的成就要高得多。但他對人性及人情的普遍性的關注，常常大於對人物個性的特殊性的關注。因爲要創造一種浪漫的、理想化的新式風流之俠，所以，（一）對人物的個性自然關注不夠，模式化、類型化大於個性特徵；（二）對人生的感慨及人性的揭示，也多用直接說話的方式由作者寫出來；（三）由於小說是圍繞案件、故事爲中心而構成，展現人物個性及內心世界的機會就要相對減少，真正複雜而深層的心理，幾乎沒有什麼展現的機會；（四）最有說服力的或許是：古龍筆下的人物，說話差不多只有一副腔調——有趣的腔調。敘事語與對話語區別不大，此人物與彼人物差別亦不大（當然不能說沒有差別），再加上作者寫得興起，自己乾脆做人物的「代言人」，從而連這點機會也給剝奪了。

要超越自我，是作家藝術家最難做到的事。古龍深知這一點，而且他也做過不少的努力。他寫《天涯・明月・刀》就是一個證明，雖然人物、故事、氛圍、語調的變化其實與他以前的作品變化沒有他以為的那麼大，但畢竟在外形的美文、內在的結構及寓言性方面都有自己的探索和發展。只可惜未能得到識者的發現和肯定，反而招致了批評與譏諷，這是古龍受不了的，一方面他已是「大人物」，另一方面他為這部書已心力交瘁，吃力不討好，當然令人惱火。這一結果對古龍的影響有多大，需要心理學家與傳記作家去進一步研究。至少，對於古龍的小說創作的負面影響是明顯的；既然「用心」的創作你不歡迎，那麼好，就寫流行的那種「用腦」的故事續集，乃至寫「用筆」——信馬由韁的傳奇。——這當然只是筆者的猜測，做不得數。只不過古龍此後的小說不斷的重炒冷飯，至少應該能說明一些問題。

三

評價古龍小說的成就，是難事，又不是難事。關鍵要看你用哪個標準去衡量。用武俠小說的一般標準，如可讀性、傳奇性、新穎性及一次性消費等等，來衡量古龍的小說，當然會覺得古龍是一流的作家。——他也確實是一流的武俠小說作家，他爲武俠小說創作而做出的貢獻是不可磨滅的。

而用更高的藝術標準，如獨創性（原創性），具體作品精美的程度，藝術深度，結構藝術，及自我超越等等，來衡量古龍的小說，則會得出不同的結論。即，在這一標準下，古龍是不能算很突出的。——除了他的小說文體，爲漢語敘事文學提供了一種新的可能性，新的風格形式，這一點功不可沒。但究竟應記一等功，還是二等功、三等功，則要歷史來檢驗，這不是哪一個人能說了算的。

喜歡古龍的人，很難忍受將古龍與梁羽生相提並論，而較喜歡「只有金庸才能與他相比」這句話，甚至有人更喜歡「古龍後來再居上，超過了金庸」這名話。——這句話，喜歡金庸的人就沒法接受。筆者以爲古龍無法與金庸相比，而且所差並非一個數量級，而是一位武俠名家與一位偉大的小說藝術大師之間的距離。

不可否認古龍的創新求變之功，但不少人一直忘了：「新」不等於「好」；「變」不等於「好」。這是個「非法，非非法」的問題。好與不好，都得在你選擇的遊戲規則之內來進行判斷。即：用梁羽生的規範來評價梁羽生；用古龍的新規範來評價古龍。要不然，喜歡古龍的讀者固然要說梁羽生「過時了」；但，喜歡梁羽生的讀者又會說古龍「過度了」，你信不信？古龍小說的革新，確實將武俠小說帶到了一個新的邊緣地帶：它什麼都可以吸收，什麼都可以用，什麼都「是」，會不會什麼都「不是」，包括也不再是武俠小說呢？——一位研究古龍的學者就這樣寫道：

「無疑，古龍的革新嘗試是成功的。但也正是這種成功的革新使得古龍作品日益遠離了武俠小說的土壤。古龍引進新因素越成功，作品中的武俠小說特徵就越少。古龍作品中最出色的地方就是那些加進新因素的地方，但也正是這些地方，使得古龍作品不再像武俠小說。古龍在發展武俠小說的道路上，最終發現自己拋棄了它。……在古龍風格形成的過程中也可以看出這種變化。古龍在通過描繪武術得到一些他認為寶貴如純金的道理後，將武術棄如敝屣。但讀者為什麼讀古龍作品呢？不是因為它是武俠小說嗎？這正是古龍的困境。古龍所面臨的困難也正是其他武俠小說作家所面臨的困境。」（王明津：《武俠小說的最後輝煌——古龍作品評論》，《通俗文學評論》一九九五年第二期。）

這話值得我們深思。

其實，古龍與梁羽生還是有很多的可比性的。

可比性之一，恰恰是，當年梁羽生剛剛出道不久，之所以被人稱爲「新派」，恰恰是因爲他的小說與以前的武俠傳統規範大不相同，有人也同樣擔心梁羽生的小說像「歷史小說」又像「文藝小說」，而不太像「武俠小說」。古龍小說出現至今，不仍有人這麼說嗎？有趣的是，當年的「新派」，如今已「過時」了（至少對於青年一代讀者而言是這樣，尤其是喜歡古龍的讀者恐怕很難再喜歡梁羽生的小說）了，而這就是歷史，也就是文學史及其發展的規律。

梁、古的可比性之二，是梁羽生代表了正統之俠；古龍代表了反叛之俠。

之三，是梁羽生代表了傳統派、國粹派；而古龍代表了洋派、現代派。

之四，梁羽生的崇拜者是年紀較大、涉世較深的中老年人，可以借其書而懷舊；古龍的小說迷則是年紀較輕、涉世尚淺的青少年，可以借其書而轉化激情、面向未來、走入人生。

之五，梁羽生是「江山派」；古龍則是「江湖派」；前者關心國事甚於人生；後者不談國事，專注小說。

之六，梁羽生是古典浪漫主義，以典雅優美爲審美目標；古龍是現代浪漫主義，以活潑刺激爲寫作追求。

之七，梁羽生是越寫越保守，以至走向極端，反成自我局限；古龍是越寫越開放，以至因極端無拘無束而失去了基本規範。

這兩個人代表著武俠小說界限的兩極。

而金庸則真正超乎其上，渾如「太極」，而梁、古恰爲「兩儀」——在分析金庸小說的歷史視野——江湖傳奇——人生故事的構成方式時，我們該不難看到，梁羽生只取「歷史——江湖」而古龍只取「江湖——人生」，三維世界缺了一維，從而不能構成立體空間，而只能是一種平面的故事。同樣，在才、學、識的作家內在修養結構中——也是武俠作家的內力結構——金庸是三者兼具，而梁羽生才、學俱佳，「識」則不夠；古龍才、識卓越，奈何「學」力太淺，要想真正與金庸比肩，就差了那麼一個識字或學字。看起來簡單，做起來難。

梁羽生、古龍代表了武俠小說所能達到的最高水平。只不過是兩個不同的門派。

金庸超越了武俠小說的極限。

寫著寫著，似乎有些走題了。不過要評價古龍，也確實離不開高手之間的一些比較。真正深入細緻的研究，還要等到將來。現在只不過是剛剛開始，擁梁派、擁古派，大可以各自深入研究、認真分析，各拿出令人信服的論據來。至於趙錢孫李，各人所喜，那當然不必說。無論如何，金、梁、古是當代武俠界的三大高峰，這是誰也不能否認的。

第四章《多情劍客無情劍》賞析

正文開始之前，順著前面的話題，先說一段插話，與正文當然也有些關係，不過，它算不得正式的賞析，只是筆者的一點有意思的聯想。《多情劍客無情劍》中有一個很有意思的細節，主人公「小李飛刀」李尋歡，在一門三探花中是第三位探花；探花是第三名，這是科舉考試的排名；而李尋歡不僅「文」是探花，「武」功在百曉生的「兵器譜」還是排名第三，仍是武探花。這與日後的當代武俠史中的排名——金梁古也好，梁金古也罷，古龍總是居三，是探花之位——是那樣的巧合。

進而，小說中還有兩個精彩的安排，讓排名第二的上官金虹將排名第一的天機老人打敗；而又讓排名第三的李尋歡將排名第二的上官金虹打敗。這種安排之巧，你可以認爲是百曉生排名不確；也可以看成是作者巧妙的變招，故意出人意料，而又在情理之中，比武爲體育競技，哪有什麼常勝不敗之理，只要看一看體育名人的排名的不斷變化就明白了。何況，書中的上官金虹比天機老人年輕，而李尋歡又比上官金虹年輕。而且書中寫到天機老人達到巔峰之後因寂寞而生畏懼、生滯澀，大有道理；而上官金虹沒有抓住機會，給李尋歡以可乘之機：這樣的絕頂高手，只要有一絲機會，豈有不抓住之理？其理如貝利、馬拉度納在對方門前有二分之一秒的時間先觸球。——我要說的精妙，還不在於此，而在於，這是否可以讀解成古龍在武俠小說界的雄心壯志的一個象徵呢？梁羽生是新派武俠小說的第一人，金庸能夠後來居上；那麼，古龍這個「探花」，能否擊敗「上官金庸」呢？——這只是筆者的一種莫名其妙的聯想，只是有趣而已，做不得數。

一　武功路數的創新

既然上面已說到了武功、打鬥，我們乾脆順流而下，先說這部小說的武功路數的創新與變化。這也算得上是古龍的武俠小說創作的一項成就，武俠小說總不免要比「武」。

前面已經說到的「天機老人」孫白髮被上官金虹打敗，上官金虹又被李尋歡打敗，這正是古龍變招的成功例證之一。看起來這似乎是個小問題，其實並不小。金庸、梁羽生的小說在這方面做得就不如古龍：人物武功的「名次」一旦排定，就再也沒啥變化，全不管具體打鬥者的身體狀況、競技狀態、意志、心理，以及時間、場地、環境等等的變化或不同，這違背一般的體育競技的常識。金、梁之所以這麼做，只不過是使讀者——及作者本人——容易記住，不至於變來變去引起混亂。

金、梁小說武功描寫的另一違背常識的寫法是：年紀越大的，武功越高，打起來就厲害，總是師父比徒弟厲害，而祖師爺又比師父厲害，不知武術如何發展？爲啥總是一代不如一代？而七老八十歲的老爺子武功再高又怎能與氣血兩旺的年輕人對陣？你叫拳王阿里去與剛出獄的泰森比一場試試?!之所以這兩位作家要違背常理，而讀者又似乎能順利接受，有更深刻的原因，即中國文化的傳統價值觀念，是——簡單說——「越老越好」。我們是農業文明古國，向有尊老敬老的傳統，在道德上固然無啥話說，在智慧和經驗上也有一定道理，於是便「積澱」成文化心理，以至於寫武俠小說的比武拚鬥，也無法擺脫這一「定勢」。

尤其是梁羽生的小說，誰也不是天山派老祖師爺的對手，看起來有時難免氣悶。金庸比較滑頭：（一）他讓主人公博採百家拳法，然後成爲高手，迴避了師、徒之間的高低的矛盾與爭議；（二）他讓書中的老宗師不出手，這叫莫測高深，你也搞不清老的高還是少的強。萬一不得不比時，如《射鵰英雄傳》的最後，讓年輕的主人公郭靖與洪七公、黃藥師分別過招，這叫「華山論劍」，爭奪「天下第一」，但滑頭的金庸仍有詭計：他讓郭靖與洪、黃各打三百招，最後不了了之——叫你哭笑不得，而又無把柄可抓。但，明顯的，金庸也不敢，或不願違背傳統的「老即是高」的價值觀。

古龍讓年輕的戰勝老的，讓排名後的戰勝排名在先的，則是對傳統的價值公然的反抗與挑戰。且理由充足：這不僅符合競技規律，也符合人生及歷史發展的規律。當然又表現了古龍的年輕氣盛及雄心壯志。所以，這種誰勝誰負的「小問題」中，也是大有文章、大有背景的。古龍的描寫、設計，標誌著一種傳統價值觀念的轉變。

現在該說「小李飛刀」了。說武功若不說「小李飛刀，例不虛發」，就等於沒說。因爲這句話比《多情劍客無情劍》這部書還出名，甚至比李尋歡這個人還出名。

「小李飛刀，例不虛發」，誰也不知它是怎麼發出的，忽然就插入了敵人的咽喉。沒人敢不相信這一點，因爲不相信這一點的人都死了。——在這裡，全然不見梁羽生、金庸筆下的那些傳統的招式、寫法。古龍這麼寫，有他的理由：（一）武功是用來殺人的，不是用來給人看的，這是古龍能想出的第一個理由；（二）這叫說時遲，那時快，這樣寫節奏更快，讀者看起來也更感覺到真實；（三）古龍相信，暗器也可以登大雅之堂，他覺得手槍什麼的也是一種暗器，而且也是說時遲、那時快，神槍手可以例不虛發，但你卻看不見槍彈怎麼出膛。有這三條理由，你就不能不相信小李飛刀。

當然也有不說出的理由，即，傳統的招式及其比武拚鬥方式已被梁羽生、金庸寫得淋漓盡致、無以復加，古龍要想超越，連門也沒有。因爲金庸、梁羽生寫武功，不僅需要有想像力，而且還需要有學問，這正是古龍的痛腳，以前也那麼學過，結果是差得太遠。於是心高氣傲而又聰明善變的古龍乾脆揚長避短，另闢蹊徑，創出「小李飛刀」。

孰高孰低？哪個更好看？這很難說。古龍的小李飛刀和金庸的降龍十八掌、梁羽生的天山劍法，各有各的特點。武俠小說中的武功、打鬥的描寫，原本不過是作者與讀者之間建立的一種默契，無論是哪一種招式，哪一種寫法，只要能與讀者默契，讓讀者認可，能自圓其說就可以了。正如古龍常說的：誰也沒規定要怎麼寫，才算「正宗」。其實，就算有正宗，也還是可以打破、重建。——古龍就正是這麼做的。他是打破了舊有的默契，建立了新的默契；打破了舊的神話，建立了新的神話。

不要以爲古龍完全按照「科學道理」來寫武功，如果都那麼「科學」，那就沒什麼武俠小說了。古龍筆下的小李飛刀，發刀人是一個長期酗酒的肺結核患者，卻沒有使他的刀發不出、發不準；小說開頭所寫的「虞二拐子」，卻是輕功驚人，踏雪無痕。這些沒什麼道理可講，只是傳奇而已，信則靈，不信則不靈。

本書中所寫的阿飛的劍、劍法，以及荆無命的劍與劍法，也與小李飛刀一樣，快而準，不可思議，沒啥可說，只要信了，就覺得它有理。既然一劍能夠要人命，又何必多費功夫？要講出奇而有道理，本書中也有，那就是阿飛與荆無命各有一段時間水準失常，幾乎「無用」了，那是因爲他們的心理、意志、生活方法及信念都發生了變化。體育運動員也有這樣的時候。而在武俠小說中，這就不僅出奇，而且又有道理。古龍要另創一格，不能不在這些方面下功夫。例如《楚留香傳奇》中的楚留香，他的武功本身未必是天下第一，卻能戰勝武功比他高的對手，例如石觀音、水母陰姬等人，那是因爲比武拚鬥不僅要鬥力（武功），而且要鬥智；進而還是信心、意志及人格的較量，所以楚留香總能在最後棋高一著，戰勝對手，別人無話可說，只有相信和佩服。這裡寫阿飛、荆無命的武功超常與失常，也是這樣，功夫在「武」外。細想起來，倒也有理。

阿飛和荆無命很相似，劍、劍法、脾氣都有相似之處，誰的武功更高？似乎無法證明，但書中其實又寫了：

李尋歡道：「你只有一點不如他。」

阿飛道：「一點？」

李尋歡道：「為了殺人，荊無命可以選擇一切手段，甚至不惜犧牲自己，你卻不能。」

阿飛沉默了很久，黯然道：「我的確不能。」

李尋歡道：「你不能，因為你有感情，你的劍術雖無情，人卻有情。」

阿飛道：「所以……我就永遠無法勝過他。」

李尋歡搖了搖頭，道：「錯了，你必能勝過他。」

阿飛沒有問，只是在聽。

李尋歡接著說了下去，道：「有感情，才有生命，有生命，才有靈氣，才有變化。」

阿飛又沉默了很久，才慢慢的點了點頭，道：「我明白了。」

李尋歡道：「這還不是最重要的。」

阿飛道：「最重要的是什麼？」

李尋歡道：「最重要的是你根本不必殺他，也不能殺他！」

阿飛道：「為什麼不必？」

李尋歡道：「因為他本已死了，何必再殺？」

……（第六十二章）

上面一段很有意思：（一）比較阿飛與荊無命的不同；（二）寫李尋歡鼓勵阿飛振作；（三）劍術之道需要生命、靈性；（四）一場對話代替了一場打鬥，結果比真鬥更妙。

雖然小李飛刀例不虛發，阿飛、荊無命卻是一劍要人命，但若以爲古龍不寫打鬥的過程，或打鬥的過程寫得不好，那又錯了。

例如第三十二章，寫郭嵩陽與李尋歡的比武，就寫得起伏跌宕，非常動人。「知己仇敵」及「肝膽相照的對手」等詞，發人深省，又感人至深。最後這場比武仍然進行了：

風吹過，捲起漫天紅葉。

楓林裡的秋色似乎比林外更濃了。

劍氣襲人，天地間充滿了凄涼蕭殺之意。

郭嵩陽反手拔劍，平舉當胸，目光始終不離李尋歡的手！

他知道這是可怕的手！

李尋歡此刻已像變了個人似的，他的頭髮雖然是那麼蓬亂，衣衫雖仍那麼落拓，但看來已不再潦倒，不再憔悴！

他憔悴的臉上已煥發出一種耀眼的光輝！

這兩年來，他就像一柄被藏在匣中的劍，韜光養晦，鋒芒不露，所以沒有能看到他燦爛的光華！

此刻劍已出匣了！

他的手伸出，手裡已多了柄刀！

一刀封喉，例無虛發的小李飛刀！

風更急，穿林而過，帶著一陣陣淒厲的呼嘯聲。

郭嵩陽鐵劍迎風揮出，一道烏黑的寒光直取李尋歡的咽喉，劍還未到，森寒的劍氣已刺碎了西風！

郭嵩陽的劍已隨著變招，筆直刺出。

李尋歡腳步一溜，後退了七尺，背上已貼上了棵樹幹。

李尋歡退無可退，身子忽然已沿著樹幹滑了上去。

郭嵩陽長嘯一聲，衝天飛起，鐵劍也化作了一道飛虹。

他的人與劍已合而為一。

逼人的劍氣已催得枝頭的紅葉都飄飄落下。

離枝的紅葉又被劍所摧，碎成無數片，看來就宛如滿天血雨！

這景象淒絕！亦艷絕！

郭嵩陽長嘯不絕，凌空倒翻，一劍長虹突然化作了無數光影，向李尋歡當頭灑了下來。

這一劍之威，已足以震散人的魂魄！

李尋歡周圍方圓三丈之內，都已在他劍氣籠罩之下，無論往任何方向閃避，都似已閃避不開的了。

只聽「叮」的一聲，火星四濺。

李尋歡手裡的小刀，竟不偏不倚迎上了劍峰。

就在這一瞬間，滿天劍氣突然消失無影，血雨般的楓葉卻還未落下，郭嵩陽木立在血雨中。他的劍仍平舉當胸。

李尋歡的刀也還在手中，刀鋒卻已被鐵劍折斷！

他靜靜的望著郭嵩陽，郭嵩陽也靜靜的望著他。

兩個人面上都是全無絲毫表情。

但兩個人心裡都知道，李尋歡的這一刀已無法再出手。……死一般的寂靜。

郭嵩陽長長嘆息了一聲，慢慢的插劍入鞘。他面上雖仍無表情，目中卻帶著種蕭索之意，黯然道：「我敗了！」

李尋歡道：「誰說你敗了？」

郭嵩陽道：「我承認敗了！」

他黯然一笑，緩緩接著道：「這句話我本來以為死也不肯說的，現在說出了，心裡反覺得痛快得很，痛快得很，痛快得很……」

他一連說了三遍，忽然仰天而笑。

淒涼的笑聲中，他已轉身大步走出了楓林。

這一場比武結束了，結束得出人意料，這正是它的妙處；結束得莫名其妙，這就更是它的妙處。——（一）這一戰沒寫多少招式，卻將環境、氛圍寫得叫人透不過氣來；（二）楓林如血、碎葉如雨，始終有一種奇妙的視覺效果，遠比招式名稱更能給人留下深刻印象；（三）特殊的句法，使這一戰的節奏充分的表現了出來；（四）沒寫多少武功，卻將李尋歡、郭嵩陽這兩個人寫出來了，此是最關鍵處；（五）此戰結果出人意料，一波三折，緊張之後再加神秘，後由孫小紅來「解釋」，天衣無縫（限於篇幅，我不能將孫小紅的「評點」也抄下來，讀者可以自己去看），原來如此！既上接「知己仇敵」之語，表現了李尋歡的仁心；又下連「肝膽相照」之言，寫郭嵩陽願為知己者死的真正的大丈夫氣慨。（六）這一戰分了勝敗，卻未煞風景，反而添了風景，將兩位蓋世英雄形象畫出，實屬罕見。

這一戰，堪稱古龍武俠小說中的經典戰例之一。

這部書中的經典戰例還有：（一）天機老人與上官金虹在亭子中抽煙、點煙那一戰，不露痕跡，而又足以讓人驚心動魄；（二）上官金虹與李尋歡「口戰」，兩人並不出手，只說「環已在」及「招已在」，寫出「武學峰巔」（這是繼承了金庸武俠小說的路子），天機老人說這二人「不懂武功」則不但驚世駭俗，而且確實有「理」；（三）上官金虹如何打敗天機老人？李尋歡如何打敗上官金虹？書中都沒有寫，這兩場真正的絕頂高手決鬥，無論如何寫，都會吃力不討好，因而不如不寫，不寫之寫，妙至毫巔，更是「經典中的經典」。

古龍小說中的武功描寫，確實是另創一路，而又自成體系。這應與古龍首創的新的武俠小說模式聯繫起來。也就是說，古龍小說中的獨特的「新武學」，正是他的「新文藝」的一種基礎和揭示：道理相通。而且，上官金虹戰勝天機老人；李尋歡戰勝上官金虹；阿飛最終戰勝荊無命，其實都不僅與武功有關，而是由人的精神意志、心理狀態、人格力量決定的。天機老人之敗，敗在心理的意志衰退；阿飛之勝，勝在自己戰勝了自己。李尋歡的例不虛發，那是由於他偉大的人格精神及信心力量。

如此，我們不能簡單的說古龍小說中的武功打鬥的描寫，不如金庸、梁羽生。

二　俠的新意及人性揭示

所謂俠的新意，是指其反叛傳統，改變常規，寫出俠的新精神、新形象。李尋歡、阿飛、孫白髮、孫小紅等人即是。

傳統的俠的形象，無論是「以天下爲己任」或是「替天行道」，多少都有些概念化，難免有「公式大俠」或「理念之俠」之譏。因爲他們做人做事彷彿都只爲了某種理念，而非出自人性及個人性格。這一點，金庸覺悟到了，古龍也覺悟到了。所以金庸小說越寫越「邪」，以至於最後無武無俠、反武反俠。而古龍的小說，也終於找到了自己的路子，找到了他的俠的定位，即（一）俠不是出於理念，而是出於人性；（二）俠不再是傳統道德人格理想的化身和典範，相反是反傳統的「第三種人」（具有人性、個性、現代性）。李尋歡的形象，尤其是阿飛的形象，是金、梁筆下沒有出現過，也不可能出現的。

有一個很有趣的問題：誰是這部書的第一主人公？是李尋歡？或是阿飛？或是二人並列？看起來這個問題似乎沒多大意思，認真想起來，卻還是有微妙的意義。

很多人都將李尋歡當成本書的第一主人公，當然不能說不對，但又不算全對。這部書的港版將之分爲《風雲第一刀》及《鐵膽大俠魂》二部，若依港版，李尋歡當然是主人公，因爲「風雲第一刀」正是「小李飛刀」。但，古龍原作的書名乃是《多情劍客無情劍》，其中似有微妙的深意，即「劍客」已不是「刀手」，主人公當爲多情的劍客阿飛。——李尋歡只不過是阿飛出道後碰到的第一個人而已，當然也是他唯一的朋友和導師。

筆者要將阿飛當成本書的第一主人公，當然不僅是因爲書名的提示，而是阿飛這一人物離作者古龍更近，古龍寫這一人物花了更多的心血，而且這一人物亦更能代表古龍精神及藝術特色。

如果允許猜想，筆者幾乎要說，阿飛這一形象差不多可以說是古龍的自我寫照，至少有更多的古龍的影子。看起來李尋歡的年齡、境界及人格精神更接近當時年過三十、眼角開始出現魚尾紋的古龍，但實際上，阿飛的身世，他的內心隱痛，以及他的性格、脾氣，甚至他的這個極爲特別的名字，恐怕都與古龍有更隱秘的內在聯繫。前文中我們也曾推測過，「阿飛」這個罵人的貶意詞，完全有可能曾經出現在早期古龍的生活中：他之離家自立、他之停止學業、他之好酒好色、他的呼朋喚友過夜生活……這一切都與「阿飛」的原義較近。若是親近的人罵他是「阿飛」，這不難理解，而在古龍看來卻又是「奇恥大辱」；因爲他相信自己不是流氓阿飛，而且自信天生我材必有用。因而，多年之後，古龍寫這部小說，取這個名字，就是要給那個罵他的人看：阿飛如何？就是要爲「阿飛」平反，且讓他表現出高貴的人性來。——這些，當然只是推測。

但，在書中，我們也不難找到一些證據。如，小說的第二章，阿飛對李尋歡說：

「我和別人不同，我非成名不可，不成名我只有死！」

這是不是可以看成是古龍的自我寫照？因爲書中並沒有解釋：爲什麼阿飛「不成名就要死」，我們只能理解成這一人物（其實是作者）的一種自我要求：不成名、毋寧死。因爲他沒有了家，沒有了學業，甚至連職業也沒有。因爲他要「證明」自己的「價值」。

阿飛又對李尋歡說：

「等我成名的時候，也許我會說出姓名，但現在……」；「很好，現在你就叫我阿飛——其實你無論叫我什麼名字都無所謂。」

他是要用自己的努力證明自己的價值，要讓自己的名字（哪怕是阿飛這個不像名字的名字）光芒四射，這是一種「回答」，更是一種「反叛的宣言」。

這樣的人物，這樣的名字，我們只能在這裡看到。阿飛的身世不為人所知，那是因為他有難言之隱；而小說中不交待人物的身世背景——這也是古龍小說的一個特點——卻又符合「江湖」的特殊環境：在這樣的世界中，不知有多少人混跡其間，誰又能搞得清他們的身世？而江湖中萍水相逢也罷，道義之交也好，又何必搞清別人的身世？對於身世，古龍又有妙論：「人又不是狗、不是馬，非要有純種、名種。」在這個「江湖」中，每個人都是靠自己的努力來書寫自己的人生。這是古龍的認識和信念。

阿飛不是什麼俠，他是求名來了。他的性格，孤獨得像一匹荒野中的狼，而他也確實願與虎狼為伍，而不願與人交往，因為他發現人往往比虎狼更可惡更兇殘。阿飛的方法是：直來直去，一如他的劍，及他的劍法，你兇殘，我比你更兇殘。幸而他碰到了李尋歡，使他改變了對人及人世間的看法，從而改變了他的性格和人生。而這正是小說的巧妙的主題：正如作者在本書的「代序」中所寫：

「人性並不僅是憤怒、仇恨、悲哀、恐懼，其中包括了愛與友情、慷慨與俠義、幽默與同情。——我們為什麼要特別著重其中醜惡的一面？」

阿飛這一形象寫得好，是因爲他奇而又真，且書中展現了性格發展的曲折過程：由一匹狼一樣的外形、劍一樣冰冷——發展出美麗的笑容、溫暖的心靈——再進一步又陷入了人性的弱點：愛的盲目，勇氣的喪失，滑到了平庸與自我毀滅的邊緣——又因「忽然想通了」而重新站立起來：這時才是成熟的、完美的阿飛，當然也是一個真正的英雄和俠士。阿飛的成長歷程，看起來沒有「俠」事，但其中的愛與友情、慷慨與義氣、幽默與同情，不正是真正的、真實的、符合人性及人物個性的俠義精神與人格氣質嗎？當然，這是古龍改造過的俠的精神及人格模式。

李尋歡是傳統的俠的理想（即「以天下爲己任」、「替天行道」）與阿飛式的新型之俠（古龍筆下的新型之俠的確帶有幾分流氓阿飛氣，至少在正統的眼中看來是如此，是以稱爲「阿飛式」最爲合適）之間的一個中介。

李尋歡顯然不是傳統之俠：他自甘「墮落」雖是表面的，但他的灑脫出群、放蕩不羈、酒色俱全，卻是真實的；他的自我放逐及內心隱痛也是真實的、深刻的。看起來他是花花公子，恰好又是「探花郎」，而本質上他又是情種。所以他一出場，就讓我們感覺到了他的情深、情重、情苦、情痛。這樣的形象，當然不是傳統的道德理念之化身及理想之俠。

但李尋歡又不是「阿飛式」的「新人」或「新俠」。與阿飛相比，他不僅更成熟，且顯然更正派、又更保守，他是「愛與友情」的化身。——儘管書中有關他與林詩音的愛，寫得有時發酸，有時做作，有時淺露；但他的這份情感之痛，卻是感人至深；雖然他對龍嘯雲的「友情」顯得有些過份，因而近乎神化、虛假，但他與阿飛之間的友情卻是十分的真摯動人。

李尋歡的形象仍有理想化的痕跡，這是不必說的。正因爲如此，我們才稱之爲「中介」。進而，書中寫到李尋歡個人的生活及其內心隱秘時，卻又將他的神化痕跡抹去了不少，讓他染上真正的人間煙火氣：他的喝酒；他的雕像；他對林詩音的不能忘情；他被孫小紅俘虜……等等這些都使李尋歡成爲一個活人、有了活氣，並具個人風彩。

書中的俠——「正派」之俠，「傳統」之俠，「著名」之俠——如趙正義、秦孝儀、田七、龍嘯雲……之流，雖然名中有「正義」有「孝儀」，但卻是些唯我獨尊、虛僞無理、心胸狹窄的傢伙。在古龍的心目中，這種「正統」已經腐朽不堪，當然不能「繼承」，反而應該給予揭露和批判！

出人意料的是，小說中的李尋歡和阿飛之間，也發生了嚴重的衝突，乃至阿飛一度與李尋歡「斷義」。——阿飛對李尋歡說：

「你又怎知我是幸福，還是不幸福？」、「你以為你是什麼人？一定要左右我的思想，主宰我的命運？你根本什麼都不是，只是個自己騙自己的傻子，不惜將自己心愛的人送入火坑，還以為自己做得很高尚、很偉大！」

小說中寫出這段話，寫出李尋歡與阿飛之間的衝突，妙就妙在，這一段衝突可以「仁者見仁，智者見智」。即可以站在李尋歡的立場上：（一）林仙兒確實是個壞女人，阿飛是鬼迷心竅；（二）李尋歡確實是為了阿飛好，阿飛卻不識好歹——這是一種判斷。還可以站在阿飛的立場上：（一）各人的幸福與否唯有自己心知，唯有自己才有權決定，別人怎能干涉？（二）好心並不意味著一切：李尋歡自己冒傻氣，又有什麼權力干涉阿飛的私人生活？——這一衝突，實際上是傳統價值觀念與現代價值觀念的衝突，值得傳統的教育家（包括家庭教育、學校教育、社會教育）反省和深思！

古龍應該是站在阿飛一邊的。因為上面阿飛的那段話，道出了古龍心中的苦衷和怨氣：在中國，領導們、長輩們、朋友們什麼時候才學會尊重人、尊重人權、尊重人格，尊重每一個人的自由權力及自我選擇生活道路、生活方式的權力？

至少，筆者讀了這一段話，受到了強烈的震憾，並有心理的共鳴，所以將它理解成阿飛式新人對李尋歡式舊人——應稱為新舊之間的中介，他不是阿飛們的「父親」而是阿飛們的「兄長」——的批判和超越。因而，這也標誌著古龍筆下的新人新俠離人性更近，因而更真實，也更能打動人心。

李尋歡的自我犧牲，多少有些做作，本質上卻又是自做自受。也正因爲有這一衝突，使李尋歡這一人物顯得更有典型意義。作者對這一人物顯然是充滿敬意、充滿熱愛之情的。那可能是他一生中所遇到的一個值得尊敬的兄長和導師。當然，換一種場合，換一種形式，那又可能是他自己：他的弟子丁情不就像那個流浪江湖、無人理解他的阿飛麼？丁情面前的古龍自然就是李尋歡了。不過，這是後話。此時的古龍，還是介於李尋歡與阿飛之間。他寫這部書時，好像也還沒有遇到丁情。

《多情劍客無情劍》中的人物，可圈可點的還有不少。

例如林詩音，這位被李尋歡苦苦思念的女性，被古龍寫得十分奇妙。本以爲是一位不沾人間煙火氣的夢中仙女，但她與讀者第一次見面時，卻是一位愛子如癡的凡庸的母親，對兒子的關心，遠遠超出了對情人、恩人、仇人李尋歡的關心。唯有如此，才能寫出真實的人性，而又解決了「夢中仙女如何寫」的難題。此後這一人物很少出場，但每一次出場，她的情感態度又多顯示一點，又複雜一分，她的性格就又豐富一分。她對李尋歡的愛被她小心翼翼的遮掩，更被她深深的珍藏。處在她的地位，確實不知該如何表現才是，而她的表現則恰恰是合適的表現。我們以爲她只是一個盲目愛子的蠢婦蠢母，她卻又露出真情真性的光芒。我們以爲她鼓起勇氣是要重續前緣，卻發現她只不過是在檢討自己內心的軟弱、懺悔自己對李尋歡過份的忌恨。這一幕感人至深。她的最終離去，果如「詩音」一般不可捉摸，卻又縈耳縈懷。

龍嘯雲的形象也寫得出乎意料。他是李尋歡的救命恩人，又是李尋歡的結義兄弟；李尋歡將自己的女友讓給他，又將自己的家業送給他，這兩人之間的關係，應該是義氣重、情誼深。可是，當我們看到龍嘯雲的時候，卻完全不是那麼一回事，龍嘯雲變成了一個忘恩負義、笑裡藏刀的僞君子。實在是出奇之筆，體現了作者的妙想巧思。

若龍嘯雲僅僅是一個小人，天生就是一個惡棍，那就不叫巧思妙想了。若是小人，李尋歡又怎麼會與他結拜兄弟，並將愛人林詩音奉獻給他？若他是真小人，李尋歡又怎會對他一如既往？若他是真的天生小人，那只不過是一個類型人物、淺顯符號而已，就不值一談了。

在本書的最後，終於揭開這一人物內心變態、性格變壞的隱秘：居然恰恰與如願的娶了林詩音有關，與林詩音對李尋歡的深情難忘、與他知道了事情真相有關；與他的「男子漢的尊嚴」及「人性的弱點」（即內心的患得患失的恐懼）有關……也就是說，龍嘯雲並非天生小人，而是人生得失，使他的心靈扭曲，性格變態。這就寫出了人性的奧妙及其深度。龍嘯雲最後的自我犧牲，以自己的血洗清了自己的孽。再一次出人意料，並表現了作者的悲憫之情。而且，還似乎大有深意：當龍嘯雲得到「妻子、房子、兒子」的時候，因患得患失、外強中怯而「異化」成一個虛僞小人；而當他最後眼見著要「失去」這些的時候，反而解脫了束縛而得以「復歸」。此中深意，令人深思。

小說中的其他人物也還有很多的可說之處。例如天機老人孫白髮的神龍見首不見尾，以說書人身分走江湖，知天機更知江湖事；孫駝子一言九鼎，在小酒館裡抹桌子一抹十幾年，抹掉了自己的稜角，卻也抹出了真正的俠的光彩；孫小紅爽朗堅強，敢做敢爲，見識不凡，嬌憨可愛……一一點評過來，篇幅恐怕不夠。

就算是書中的讓人難以置信的林仙兒——老實說，筆者一向不喜歡此人，而且也覺得這個見人就脫、人盡可夫的邪惡天使寫得太淺薄直露、缺乏依據，因而認爲這是書中寫得最差的人物形象——她也有一定的人性的依據：（一）有一種人就是這樣：以爲美可以征服一切，因而自我膨脹；（二）自我膨脹而至變態，施虐狂自必變成受虐狂；（三）許多人得到的東西不知珍惜；而想到珍惜時恰恰是失去時……等等。

書中最令人吃驚的人物恐怕還要數龍小雲，看起來是個孩子，實際上卻似魔鬼附體，他做的每一件事都讓人匪夷所思，但最後他喊出了「如果李尋歡是我的父親……」卻又使他找到了人性的支點。他處於那樣的境地，生在那樣一個特殊的家庭，有那樣的父親、母親，他被嬌寵著卻又被忽視著，因而才成了書中的那個樣子。也只有到小說的最後，我們才知道這一小孩子形象寫得雖奇，卻也並非完全是信口開河。

三　情節結構及敍事藝術

說了武（鬥），說了俠（人），下面該說「奇」——武俠小說的傳奇情節及其結構——了。

古龍的小說創作，老實說，始終沒有真正的解決好這個問題。並不是他的想像力不夠，也不是他的才氣不夠，或沒這方面的能力。而是古龍的創作習慣所決定的，有了某種「創意」就開始動筆，簡單的搭個架子就開始建構，以致於不免思慮不周；而古龍的任性發揮，固然會給他的小說增添不少光彩，但也會造成不少的破綻和漏洞；有時爲奇而奇，則又不免要破壞故事的結構、情節的發展規律，甚至扭曲人物的性格。

武俠小說的傳奇故事，說好寫也好寫，說難寫又難寫。若按一般的故事模式去編故事，那當然好辦。如古龍所說：

「——一個有志氣、『天生異稟』的少年，如何去辛苦學武，學成後如何去揚眉吐氣，出人頭地。這段經歷中當然包括了無數次神話般的巧合與奇遇，當然也包括了一段仇恨、一段愛情，最後是報仇雪恨，有情人成了眷屬。——一個正直的的俠客，如何運用他的智慧和武功，破了江湖中一個規模龐大的惡勢力。這位俠客不但『少年英俊，文武雙全』，而且運氣特別好，有時甚至能以『易容術』化裝成各式各樣的人，連這些人的至親好友、父母妻子都辨不出他的真偽。這種寫法並不壞，其中的人物有英雄俠士、風塵異人、節婦烈女，也有梟雄惡霸、蕩婦淫娃、奸險小人，其中的情節一定很曲折離奇，緊張刺激，而且很香艷。只可惜這種形式已寫得太多了些，已成了俗套，成了公式，而且通常都寫得太荒唐無稽，太鮮血淋漓，卻忘了只有『人性』才是小說中不可缺少的。」（古龍：《多情劍客無情劍‧代序》，海天出版社，一九八八年版。）

古龍顯然不屑重炒別人冷飯，按照老套去寫。否則他就成不了今日的古龍啦。

但，說起來容易做起來難。知道什麼「不該寫」固然容易，要知道「該怎麼寫」卻又難了。古龍將「人性」從「故事」中突出出來，固然是很了不起、很有見識；但將這二者對立起來看，過於輕視故事本身的意義及寫作難度則又「過猶不及」了。

要講好故事不容易，要寫出人性的特點和深度更不容易，而最不容易的卻是將二者結合起來，而且圓融完整天衣無縫。這只有極少極少的人才能做到。

閒話少說，有書爲證。

《多情劍客無情劍》一書的情節結構方面就有不少的問題，諸如：（一）兩個故事之間的關係；（二）故事與人物之間的關係；（三）其他的破綻和漏洞，等等。

首先一個問題是，《多情劍客無情劍》到底是一部書，還是兩部書？這就是個不大不小的問題。若按港版的樣子，它是兩部書，即一是《風雲第一刀》，寫李尋歡破「梅花盜」故事；一是《鐵膽大俠魂》，寫李尋歡破「金錢幫」故事。兩個故事之間當然有一定的聯繫，主要人物都沒變，但它們又各自獨立。這倒沒什麼問題。但，現在，我們看到的《多情劍客無情劍》卻又似是一部書；它們不僅共用一個書名，裡面也不分卷，而且連章節的順序也是沒能間斷變化的。只有了解情況的人，或非常細心的人才知道，這部書的第二十五章是一個故事的結束；而第二十六章則是另一個故事的開始。（編者按：古龍的《多情劍客無情劍》乃是一套書，分爲兩部分。《風雲第一刀》、《鐵膽大俠魂》只是香港版自行加上標題。事實上，古龍原作中並無此二標題。）

說第一個故事結束了，但主人公李尋歡與阿飛還在，連「梅花盜」林仙兒也還在；

說它沒結束，百曉生、單鶚等人又爲之送了命，少林寺盜經之謎又解開了一大半。不論結沒結束，既然還是那些人物，還是那個江湖，「梅花盜」一案怎麼如此無疾而終，沒了下文，連半點反響都沒有了呢？難道這些江湖人果真都像作者那麼健忘嗎？

作者也許不是健忘，而是習慣性的照應不周，他以爲第一個故事結束了，第二個故事重新開始，又何必舊事重提？只不過這樣一來，缺乏照應，使這一部書中的兩個故事間缺乏一點必要的勾連。其實，無論是作爲一部書，或是作爲兩個故事，這部小說的結構都談不上完整，更談不上嚴謹。

進而，在這兩個故事中，也還有不少的疑點。例如第一個故事，林仙兒居然就是梅花盜，奇固然是奇，但她所爲何來？她既然要什麼就能得到什麼，又何必裝梅花盜？既然裝了梅花盜，又何必許諾嫁給殺死梅花盜的人，以使武林震驚？她與李尋歡究竟有何仇怨，定要置他於死地不可？她與龍嘯雲之間到底有什麼關係？龍嘯雲知不知道她是梅花盜？若龍嘯雲不知，他是不是太傻？若龍嘯雲知道，作者是不是該提一筆？……再說龍嘯雲，他陷害李尋歡之事，到底是碰巧，還是早有預謀？……這些疑問不解決，這個故事就有破綻，不大靠得住。只是作者想要怎樣就怎樣而已，缺乏內在的聯繫，缺乏邏輯關係，自然就談不上結構的精妙。

第二個故事中也有不少的疑問：林仙兒如何知道林詩音手上有《憐花寶鑑》？她知道了，爲何自己不想辦法盜取（她要引李尋歡出來，以便找人殺他，想別的辦法亦可以）？金錢幫既然知道了，如何不直接抓住林詩音、龍小雲逼問，而要如此裝神弄鬼？如果真是爲此事而來，爲何此後又不了了之、無人提起？金錢幫既然有如此龐大的勢力，又怎容得下林詩音母子平安無事？上官金虹既然有「正事」要幹，爲啥看起來專找李尋歡的麻煩？上官金虹這樣的人既是梟雄，又何以如此婆婆媽媽？……興雲莊、少林寺、金錢幫總舵主、林仙兒的隱居處到底離多遠？在什麼地方？怎麼說來就來、說去就去？是不是在同一個城市，甚至在同一小鎮上？作者對此全無交待，他也根本不在乎這個，而讀者似乎也是：你怎麼寫、我怎麼看。

最後的問題：阿飛與荆無命之間到底是什麼關係？書中幾次提及，卻都欲言又止，到最終也沒交待出個所以然來。在嚴謹的作家筆下絕對不會出現這樣的問題。

儘管如此，這部小說讓人看起來，卻又似乎沒有那麼多的漏洞。這是因爲作者將鏡頭始終對準李尋歡和阿飛，始終圍著主人公轉，將人和事都串起來，這倒不失爲一種方法。

作者在這部書中採用了「人不惹事，事來纏人」的方法，這在古龍的小說中算是比較獨特的。李尋歡從關外回到關內，原本不過是想了結一番心願，看一看往日的情人，分別十年之後，現在生活得如何。阿飛來到這裡，目的不詳，似乎僅僅是爲了「成名」而來，古龍也沒有解釋。不論怎樣，這兩人顯然一非爲梅花盜而來，二非爲金錢幫而來，而且兩個人又不是像楚留香那樣愛多管閒事，更不是像沈浪那樣要以維護武林正義爲己任。這使李尋歡、阿飛兩人顯得更真實，而又使故事困難的程度更大，純粹讓「事」來找人，那不是一件容易事。寫到這裡，覺得很難下判斷：這究竟是古龍這部書的失敗（因爲人與事之間沒有更緊密的內在關聯）呢？還是它的奇妙的成功呢？（因爲它畢竟在不知不覺中將事與人聯繫起來，而且越纏越緊，彷彿李尋歡、阿飛特意從外地趕來，專門到此「出演」自己的「角色」。）——恐怕只能說，在大的方略上，作者有考慮不周的毛病；而在敘事技術上，作者又有一種推動情節向前發展的特殊才能。

例如小說的開頭，李尋歡在路上遇阿飛，他們分別不久，再一次在一個小鎮上的酒店中相遇，這時發生了一件彷彿與他們全不相干的事，江湖中人爭奪一個包袱，裡面是金絲甲。再接下去，「事」就纏到李尋歡頭上來了，只因李尋歡名氣大，而且傳說又多（包括他是強盜：這不知是江湖中的誤傳呢，還是作品中的一個漏洞），所以很自然就找到他。從此他不能脫身。因探秘而中毒，又因喝酒而遇救星，再又因龍小雲請人治傷而欲傷人，李尋歡不得不出手廢去他的武功；這樣，李尋歡就不得不到興雲莊去見龍嘯雲，不能不捲入「梅花盜」的神秘案件之中。再往後的事，不必多說。上面的「連環」已足以說明古龍小說的聯綴之巧妙。不然的話，這部小說該怎麼看？

說古龍小說的敘事藝術，當然不能不提及它的語言的藝術性，及文體的獨創性。這使得古龍的小說「美在過程」，細處的精妙，可以使人忘記、或至少是忽略整體的某些缺陷。因爲古龍小說的敘事過程，能使你步步留連，這也可說是古龍的一個「絕活」。

說到古龍小說的語言藝術及敘事技巧，不能不提及這部小說的開頭：

> 冷風如刀，以大地為砧板，視眾生為魚肉。萬里飛雪，將蒼穹作熔爐，熔萬物為白銀。
>
> 雪將住，風未定，一輛馬車自北而來，滾動的車輪碾碎了地上的冰雪，卻碾不碎天地間的寂寞。李尋歡打了個呵欠，將兩條長腿在柔軟的貂皮上盡量伸直，車廂裡雖然很溫暖、很舒服，但這段旅途實在太長、太寂寞，他不但已覺得疲倦，而且覺得很厭惡，他平生最厭惡的就是寂寞，但他卻偏偏時常與寂寞為伍。……

這樣的開頭，既簡潔明快，但又意境深遠。天寒地凍。四野無人，一輛馬車獨輾冰雪，這當然會使人感到蒼穹的空曠及內心的寂寞。使小說的主人公的第一次露面便心與物合，情與景合，而且不露痕跡。將流浪者長旅的寂寞人生，寫得讓人耿耿難忘。

再看小說中的「過渡」：

李尋歡一向認為世上只有兩件事最令人頭疼。

第一件就是吃飯時忽然發現滿桌上的人都是不喝酒的。

第二件就是忽然遇著個多嘴的女人。

這第二件事往往比第一件更令他頭疼十倍。

奇怪的是，他現在非但一點也不覺得頭疼，反而覺得很愉快。

大多數酒量好的人，總喜歡有人來找他拚酒的，只要有人來找他拚酒，別的事都可暫時放到一邊。

這拚酒的對手若是個漂亮女人，那就更讓人愉快了。

一個女人若是又聰明、又漂亮、又會喝酒，就算多嘴些，男人也可以忍受的——但除了這種女人外，別的女人還是少多嘴的好。

一路上，李尋歡已知道，那說書的老頭叫孫白髮，就是這位孫小紅姑娘的爺爺……（第三十三章）

這樣的過渡段，就算與正文沒什麼關係，讀者也會樂於接受的。更何況這與正文中還有關係，因爲這也側寫了李尋歡的性格和孫小紅的性格。

這部書的敘事語言中，尤其是人物對話之中，確實妙語連珠，時有「名言警句」，且多半是作者自出機杼、信手拈來。這使小說的敘事過程不僅有某種「戲劇」的形式，而且有了一種深刻的哲理意味。具體的對話，我們不能一一再引，下面一段將是最後的一例：

門已開了。

沒有人能永遠將整個世界都隔離於門外。

你若想和世人隔絕，必先被世人摒棄！

生命原是平等的，尤其是在死的面前，人人都平等，但有些人卻偏偏要等到最後結局時才懂得這道理。

……

「他輸了！」

上官金虹的手緊握，彷彿還想抓住什麼，他是不是還不認輸？

只可惜現在他什麼都再也抓不住了。

阿飛心裡忽然覺得很悶，忽然對這人覺得很同情，這連他自己都不知道是為了什麼？

也許他同情的不是上官金虹，而是他自己。

因為他是人，上官金虹也是人，人都有同樣的悲哀和痛苦。

他雖然沒有輸，可是他又抓住了什麼？得到了什麼？……（第八十九章）

上官金虹死了，卻通過阿飛的眼——當然是通過作者的筆——留給我們很多關於人生的啓示。這樣的敘述句子，幾乎可以當成警句來看，其中飽含了人生的體會、經驗與感悟，足以讓人沉入其中。

這種敘述文體最能表現古龍的性格，因爲他靈活多變，聰明機智，時時有靈思妙想。唯有這種「鬆散」的文體，才可以時時插入，時時發揮，時時、處處可以讓讀者看到作者在寫作中閃現的思想與靈智的光芒。——這種光芒甚至掩蓋的了小說結構的某些或明或暗的破綻與缺陷。因爲古龍是一個詩人、文體家，但卻不是一位有耐心的講故事者。

古龍《多情劍客無情劍》妙句精摘

- 愛情，畢竟不能佔有一個男子漢的全部生命。
在男人的生命中，有很多很多比「愛」更重要的事——比生命都重要的事。

- 仇恨不是天生的，但仇恨若已在心裡生了根，世上就絕沒有任何力量能撥掉。

- 男人都喜歡聽話的女人，
但男人若是開始喜歡一個女人時，就會不知不覺聽那女人的話了。

- 男人在女人面前說話，真應該小心些，尤其是喜歡你的女人。
聰明的男人就算愛極了一個女人，也只是藏在心裡，
絕不會將他的愛全部在她面前表現出來。

● 女人有時就像是個核桃。
你只要能擊碎她外面的那層硬殼，就會發現她內心是多麼柔軟脆弱。

● 一個人的心若已死，只有兩種力量能令他再生。一種是愛，一種是恨。

● 跟男人賴皮，本來就是女人的特權。

● 男人就像孩子，你要他聽話，多少也得給他點甜頭吃吃。

● 世上本沒有絕對可靠的男人。
一個男人是否可靠，全得要看那女人的手段對他是否有效。

● 一個男人若要請人喝喜酒，那就表示他一輩子都得慢慢來付這筆帳。

● 只有驕傲和自信，才是女人最好的裝飾品。
一個沒有信心，沒有希望的女人，就算她長得不難看，
也絕不會有那種令人心動的吸引力。
這就正如在女人眼中，只要是成功的男人，就一定不會是醜陋的。
只有事業的成功，才是男人最好的裝飾品。

● 要說這「愛」字，並不是件容易的事，
有些人不說，有些人不敢說，有些人一生也學不會該怎麼樣說。
你將一個人思念的次數少了些時，並不表示你已忘了他，
只不過是因為這相思已入骨。

● 一個女人若不再將你當做「別人」，那就表示她已跟定了你，
你就算像馬一樣長了四條腿，也休想再能跑得了。

● 男人們常嘲笑女人們的氣量小，
其實男人自己的氣量也未必就比女人大多少，而且遠比女人自私得多。
他們就算有了一萬個女人，卻還是希望這一萬個女人都只有他一個男人；
他就算早已不喜歡那女人，卻還是希望那女人永遠只喜歡他。

● 男人越緊張時越需要女人，年紀越大的男人越需要年輕的女人。

● 男人雖然容易得到，但「真情」絕不是青春和美貌可以買得到的。

● 你若想活得愉快些，就千萬不要希望女人對你說真話。
你若是個聰明人，以後也千萬不要當面揭穿女人的謊話，
因為你就算揭穿了，她也會有很好的解釋；
你就算不相信她的解釋，她還是絕不會承認自己說謊。

卧龍生及其《绛雪玄霜》

第一章　臥龍生其人

臥龍生是臺灣最著名的武俠小說作家之一，自然也是海外新派武俠小說家中的重要一員。

在臺灣武俠小說界，臥龍生曾獨領風騷被稱爲「臺灣武俠泰斗」。後來司馬翎、諸葛青雲脫穎而出，才與臥龍生並稱臺灣俠壇的「三劍客」。那時候古龍還默默無聞。後來古龍名氣漸大，躋身高手之林，才與「三劍客」合稱「臺灣武俠小說四大家」。

再後來，古龍的小說受到電影界的青睞，當然更因爲古龍的求新求變並自創一格，其名聲才後來居上，成爲臺灣武俠小說第一人。而臥龍生等人之名卻並未受到多大影響，他仍然是深受讀者歡迎的武俠小說作家。

筆者曾聽一位臺灣出版機構的總編輯先生聊起臥龍生的「名氣」，說臥龍生的小說《玉釵盟》在臺灣當時最重要的報紙《中央日報》連載時，有一次不幸遇上一次小車禍，無法續稿，不料居然驚動了老蔣（介石），親自過問此事，不僅派人調查車禍，而且還要給臥龍生派保鏢，以防再一次發生類似的意外而影響小說的連載云云。——這話是當著臥龍生的面說的，當時臥龍生先生非但不加否認，而且還點頭微笑。雖然筆者仍不敢肯定此事一定屬實，但臥龍生當年在臺灣的知名度之高卻是可以想像的。

在中國大陸，臥龍生也是最受歡迎的武俠小說家之一。只是臥龍生的作品——當然只是標明「臥龍生著」的作品，而不一定是真的臥龍生作品——實在太多了，多到劣濫成災，市場上能見到的不下於一百種，而其水平參差不齊，大大影響了臥龍生的聲譽。這是臥龍生無法擺脫的一種陰影。這一點，我們在下文中還要專門介紹。

——真正的臥龍生是怎樣的一個人？

——真正的臥龍生小說是怎樣的？

這是臥龍生的愛好者最希望能獲得的訊息，也是我們在這兒所要介紹的。

臥龍生當然不姓「臥」或「臥龍」，他的真名是牛鶴亭，一九三〇年的端午節，出生於河南省鎮平縣。鎮平屬南陽地區，而南陽乃是三國時代最著名的人物諸葛亮隱居過的地方，後世之人辦起了臥龍書院，以紀念這位古代中國最偉大的政治家和軍事家。牛鶴亭少時求學於臥龍書院（原址現為南陽農業學校所在地），因而後來寫武俠小說，自然想到家鄉及少時求學之地，取名為臥龍生，意為「臥龍書院之學生」，既別具一格，讓人一聽難忘，又有紀念價值。他也真沒有辜負這一佳名。

臥龍生少時即逢抗戰爆發，在戰亂之中讀過幾年書，抗戰結束的第二年，即一九四六年，臥龍生剛剛上到高中一年級，沒上兩個月，迫於生計，年方十六就去當兵「吃糧」，第二年就上了戰場。因為上過中學，那時候在國民黨軍隊的士兵中，就算是小小的知識分子了，加上他勤奮好學，於一九四八年到南京考上當時由孫立人所主持的軍官訓練班。

一九四九年隨部隊到臺灣，經過半年的訓練之後，又返回原部隊，當上了少尉排長。再後來，又一次經過考試，被選拔為軍隊政務人員，擔任上尉指導員。在當時，已算是春風得意，前途光明了。

五十年代中期，臺灣陸軍總司令孫立人以及一部分高級軍官，因看不慣國民黨及其軍隊內部的腐敗現象，歸咎於蔣介石，因而發動了一次「倒蔣」事件。可惜以失敗而告終。孫立人等人自然被蔣所打倒。怎料城門失火，總要殃及池魚，「孫立人案」爆發後，軍隊中傳言紛紛，人人自危，一時風聲鶴唳，傳說有一份所謂的黑名單，在冊之人，誰也難逃。臥龍生雖說只是一個小小的下級軍官，但他上過孫立人主持的軍官訓練班。算來該是孫立人的「門生」，這條小小池魚自是非殃及不可，連平日交往密切的朋友也爲自保、避嫌而躲開他。臥龍生在軍隊的所謂「光明前途」，到此面臨絕谷，不得不被迫退伍，結束軍旅生涯。

誰也不會想到，臺灣軍隊上層所發生的一次政治事件，意外的造成了一位著名的武俠小說家。一九五七年，臥龍生剛剛從部隊退伍，馬上就面臨著一種生計的壓力：以啥爲生？前途何在？——

沒有人能幫助他，在那舉目無親的孤島上，職業難求，唯一能幫助他的只有他自己。雖然個頭不大，倒也年輕力壯，這位年輕的退伍軍官所能想到的最佳辦法，只能是蹬三輪車糊口。而當時臥龍生還沒有身分證，沒有身分證還不能找工作，他只得在軍營附近（臺南縣大內鄉）住下來，等待部隊發放退伍身分證。

這一等就是三四個月。人生失意，其心黯然，何以解憂，唯有前人所寫的武俠小說。看著看著，不僅入迷，而且入癡，這些武俠小說，有的固然不錯，但也有些不怎麼樣。別人能寫，自己何不試一試？臥龍生雖然退伍了，但仍不改軍人脾氣，說幹就幹，寫了幾段，寄往臺中的報紙《成功晚報》，沒想到，居然真的被報紙採用了！更沒想到，臥龍生的試筆之作在《成功晚報》上連載不久，就引起了讀者的注意，居然大受歡迎！

這個臥龍生的試筆之作，名爲《風塵俠隱》。主要是摹仿前輩作家王度盧、還珠樓主等人的作品，寫一位叫羅雁秋的男主人公爲父母報仇的故事，又涉及武當與雪山兩大門派的正邪之爭，其中還穿插了羅雁秋與凌雪紅、于飛瓊、余樓霞等幾位少女之間的情感糾葛。雖係初試啼聲，但臥龍生的想像力及其編故事的潛能得以發揮，小說寫得有聲有色。遺憾的是，此書寫到第十集，臥龍生便生病輟筆，而《成功晚報》亦要停刊，此後被出版家看中，由黃玉書代筆續完，交由玉書出版社出版單行本。

《風塵俠隱》雖然中途輟筆，但臥龍生這位少俠，卻已下定出道江湖的決心，因爲處女作的意外成功，堅定了他創作武俠小說的信心。而寫作武俠小說的稿費收入，對他則更是一大誘惑：在報紙上每天載一段，可以得到十元稿費，月收入便是三百元，而當時少尉軍官的月薪才不過一百五十元。更不用說，給報紙寫武俠小說，不僅比蹬三輪車掙錢更多、更容易，而且，對於讀過書、當過軍官的年輕少俠臥龍生來說，當然更體面，可以名利雙收。

於是，他與蹬三輪車的計畫告別，也與臺南縣告別，遷居臺中，決定以寫作武俠小說為生，臺中比臺南更適合他的發展，這是一個更大的舞臺。臥龍生的第二部小說《驚虹一劍震江湖》在臺中的《民聲日報》上連載，再一次引起轟動，進一步鞏固了他的信心。為他帶來了更多的稿費，更大的名聲的同時，也激起了他的更大的雄心：到臺北去！到更大的舞臺上去！到真正的大都市及其文化中心去！

一九五九年，臥龍生來到臺北。不久，他的第三部小說《飛燕驚龍》在臺北《大華晚報》上連載，再一次獲得驚人的成功。而這一次的成功，與前兩次有著根本不同的意義，因為這是在臺北，且《大華晚報》的發行量、名氣、影響，均遠非《成功晚報》、《民聲日報》等地方區域性的報紙可比。而且，《飛燕驚龍》的寫作，臥龍生已由初試進入熟練階段，由摹仿進入自創階段，其成就自比前兩部要大得多。《風塵俠隱》未完成而由別人代筆完成，《驚虹一劍震江湖》亦是如此，《飛燕驚龍》是臥龍生真正完成了的第一部書。因而，這部書被習慣性的看成是臥龍生的成名之作。從此之後，臥龍生變成了「飛龍」。

一九六〇年，臥龍生的第五部小說《玉釵盟》在《中央日報》上連載，使他的名聲達到了一個高峰。一時之間，島內的大小報刊紛紛找上門來「訂貨」，海外的約稿信也如期而至，香港的、新加坡的、馬來西亞的、泰國的、東南亞的華文報紙紛紛刊登臥龍生的小說。一九六〇年，臥龍生的月收入已達五萬元之巨，是少尉軍官收入的三百餘倍。而這一年，臥龍生恰好三十歲，而立之年，真正的立起來了。而且，是立在臺灣武俠小說的最高峰上，一時無出其右者。

此後的二十年，即六十年代至七十年代，是港、臺新派武俠小說的黃金時代，也是臥龍生武俠小說創作的黃金時代。他的絕大部分武俠小說，都創作於一九六〇——一九七九年這二十年中。而六十年代中期至七十年代末，又恰恰是臺、港武俠電影的黃金時代，隨著張徹導演的《獨臂》、胡金銓導演的《龍門客棧》等功夫名片一炮打響，中止了港臺影壇的「黃梅戲時代」或「陰柔時代」，而開始了功夫片時代，從此狂潮迭起，一浪高過一浪。這又給臥龍生提供了新的機遇，他的《飛燕驚龍》、《玉釵盟》、《雙鳳旗》等作品被搬上銀幕，使臥龍生的名氣、影響、收入又更上一層樓，反過來又更進一步的刺激了他的武俠小說創作及其銷路，形成了絕妙的良性循環。

七十年代以後，接著又是電視的影響和刺激，臥龍生的《飛燕驚龍》、《玉釵盟》、《神州豪俠傳》等名作被改編成電視連續劇，進入了千家萬戶，真正使臥龍生之名家喻戶曉。

後來，連臥龍生本人也被捲進了電視圈。臺灣中華電視公司請他做節目製作人，這是臥龍生當兵、寫作之後的另一份正式職業，一幹就是八年，製作了不少電視節目，以電視連續劇爲主，有的非常叫座，如講述一個家族成敗興衰的《洛城兒女》，講述清代乾隆皇帝逸事的《江南遊》和《長江一條龍》等等。臥龍生不僅有講故事、編情節的才能，又有很好的人緣，還有家喻戶曉的名聲，這使他具有特殊的號召力，製作的節目當然能保持較高的收視率。臥龍生在電視公司工作期間，仍舊在業餘時間寫武俠小說，只是數量相對減少，而質量也相對降低，寫作風格也有所改變。以至於有人懷疑那一段時間所出版的署名臥龍生的小說，未必是臥龍真品。（參見葉洪生：《冷眼看現代武壇——透視四十年來臺灣武俠創作的發展與流復》（上）臺灣《文藝月刊》六十二期；牛哥：《臥龍生坎坷江湖行》，《中國時報》一九九〇年第十二期。）依據臺灣出版社業中武俠小說出版的實際情況，以及臥龍生的具體爲人情況，這種懷疑自是有一定道理，而並非空穴來風。

臥龍生拚命工作，數十年間創作了數十部長篇武俠小說，共計百幾十冊之多，以其銷量計，僅是小說的版稅，足以使臥龍生成爲千萬富翁。但臥龍生卻始終並不那麼富有，原因恰恰是由於他的「貪心」，即不斷的拿自己的版稅投資實業，包括電視業、出版業及至工商業，結果大多數是打了水漂，有去無回，在臺灣那樣的商業社會中，這是完全可以理解的。這使人想起法國大作家巴爾扎克，勤奮寫作了一生，而又貧窮了一生，原因恰恰在於他的投資辦實業的熱情大於他的才力和財力。這也使人對這樣的作家產生了同情感與親近感，投資失敗對這樣的作家來說應該是正常的，因爲他們的才能和心思不可能都花在這方面；更因爲從事實業經營不合他們的人品與性格。臥龍生這幾十年來到底有過多少次有去無回的投資，又有過多少次成爲作家企業家的夢想和衝動？無人知道，只怕連臥龍生本人也無法一一記起了。至少，他不願意多談這方面的事。這倒不僅僅是因爲投資的失敗。當然臥龍生並沒有因之而一貧如洗，他還可以在臺北過上較爲富裕的退休生活。

另一方面，臥龍生在名利雙收之後，也不免常常要「花天酒地」，平日每天要寫六七千字，煙就抽得很兇。而諸葛青雲、古龍等朋友一來，必會調侃玩樂，必會一醉方休，必會將舞場酒店之門拍遍。免不了一擲千金，酒色財氣佔全，因爲他們志同道合，才華橫溢，不僅要借此「放鬆」自己，而且也是一種「名士」風度，重要的是他們又還都有這樣的經濟實力，從而選擇了拚命工作、拚命玩樂放鬆的生活方式。這叫做「李白鬥酒詩百篇，千金散盡還復來，古來聖賢皆寂寞，唯有飲者留其名」。後來，古龍這位天才與飲者就是因爲飲酒過度、死不悔改而英年早逝！

再後來，一九八八年左右，身強力壯的臥龍生也終於倒下，住進了醫院，經診斷，結論是心力衰竭，病情危重。大夫認爲已無多大的治療價值了，甚至謝絕他住院治療。這當然主要是因爲臥龍生一生拚命工作，將身體累垮了；同時，與他年輕時的放鬆與放縱，煙酒無度的生活方式亦有必然的因果關係。很少有人知道臥龍生在「等待大限來臨」的那一段時間裡，心裡想了些什麼，是不是像當年等待部隊發放退伍身分證那樣沮喪與急迫？那一次等待，臥龍生創造了一個小小的奇蹟，使他時來運轉，牛鶴亭變成了大名鼎鼎的臥龍生，叱吒風雲幾十年。這一次等待……親友們不知從哪兒弄來一種偏方，說是專治此類疑難雜症，對症下藥，可見奇效，臥龍生雖並未抱什麼希望，但不忍傷親友之心，將藥喝下，沒料到居然真的再一次出現了奇跡！他的康復，讓醫生及醫院感到無比驚訝！——中國的民間偏方當真有這麼奇妙！人的生命當真有如此的神秘！臥龍生福大命大？抑或是還有心願未了？——一年之後，人們在報紙上又看到了臥龍生的新著《袁紫煙》的連載，其後又有這一系列的《九龍玉佩》、《王妃之死》、《玉掌青苗》和《一代天驕》，一直「連續」到一九九四年！

一九五七年到一九九四年，臥龍生的武俠小說創作延續了三十六、七年之久，這恐怕是新派武俠小說家中的一項紀錄。直到近一、二年，臥龍生才真正的停筆不寫。他的最後的心願，就是修訂出版自己的作品全集，要從自己的作品中精選出三十部左右加以修改、整理，並蓋上「臥龍生真品」的印章，還臥龍生以其真實面目！

第二章　臥龍生的小說

臥龍生的小說知多少？只有天知、地知，連臥龍生本人也說不大清楚。——這是事實，筆者於一九九五年九月在北京見到臥龍生先生，問起他的「真品」到底有多少，他先是沉吟，後是講「不好說」，再後來才說「大約三十八部左右」。可是，在同一天，另兩位朋友從臥龍生本人那兒得來的消息，一是三十七部，一是三十九部，果然是三十八部的一左、一右。一個作者不知道自己的作品有多少，當然是一件奇怪的事，但又確實是有其原因，實情如此。

筆者在前文中提及臥龍生小說「數十部」、「百幾十冊」，語焉不詳，大約會有讀者不太滿意。這實在有不得已的苦衷。——說起來是一件哭笑不得的事：筆者六年前準備爲文化藝術出版社撰寫《（海外）新武俠二十家》一書，一方面到市面書攤上去租、借臥龍生的小說，並向有關出版社求購，一邊托人輾轉到臺灣、香港等地搜尋有關臥龍生的資料。兩種方法都見了效，但這「效果」卻是錯得離了譜！以至於《新武俠二十家》中的《臥龍生作品論》一章錯誤率幾達百分之九十九！

首先是將臥龍生先生的生年錯成一九三四年（實爲一九三〇年），其次是，更大的錯誤在於，我自己所搜集的書和書目，加上海外的「資料」綜合而成的臥龍生作品篇名，幾乎只有百分之一是真品！

爲了方便讀者的鑑別，現將假書目抄錄如下。署名臥龍生的作品有：《小邪神》、《十二魔令》、《病書生》、《魔面浪子》、《天馬霜衣》、《七劍九狐》、《七絕魔劍》、《乘龍引鳳》、《江湖路上覓知音》、《蛟索縛龍》、《美人戟》、《傳燈人》、

《俠義宗》、《金龍赤火劍》、《奇俠天驕》、《金童神劍影》、《再出江湖》、《試馬江湖》等等；署名「金童」（原因詳見下文）的作品有：《俠義千秋》、《黑鷹銅令》、《金頂風雲》、《神箭金鵰》、《龍鳳訣》、《鐵堡傳奇錄》、《赤膽紅顏》、《誰是大英雄》、《射鵰前傳》……等。

之所以會出這麼大的錯誤和笑話，一來是筆者當年不了解臺、港及中國大陸出版商和出版社的情況，做夢也想不到，甚至也實在難以置信，武俠小說出版的假冒僞劣品竟到了如此的地步！二來是筆者責任心也不夠，沒有找到真實的資料、確證，就將它們抄錄在書中。爲此，筆者曾向臥龍生先生檢討，在這裡，還要借此機會，向《新武俠二十家》的讀者檢討！我上了別人的當，而您又上了我的當，實在對不起啦！

現在，我手頭有一份《臥龍生小說創作年表》，係參照臺灣中研院文哲所的蔣秋華先生的《以臥龍生爲定位看臺灣武俠小說的特色》（蔣秋華：《俠與中國文化》）等論文中所列舉的書目，加上經過了上海學林出版社的周清霖先生的詳細考證，想應不會有大錯。現抄錄如下，供讀者正誤。

一《風塵俠隱》（一九五七，玉書版【括號中的年份是初版年份；出版社凡未特意注明，均係臺灣出版社，下同不注。】，處女作，十集中輟，由黃玉書代筆續完）；

二《驚虹一劍震江湖》（一九五七，玉書，正七續六共十三集結束，另由「吾愛紅」僞續多集，不詳）；

三《飛燕驚龍》（一九五九，春秋）；

四《鐵笛神劍》（一九五九，真善美）；

五《玉釵盟》（一九六〇，春秋）；

六《天香飆》（一九六一，春秋，部分由易容代筆）；

七《無名簫》（一九六一，真善美）；

八《絳雪玄霜》（一九六三，春秋）；

九《素手劫》（一九六三，真善美，後半部由易容代筆）；

十《天涯俠侶》（一九六三，真善美）；

十一《天劍絕刀》（一九六四，真善美）；

十二《金劍雕翎》（一九六四，春秋）；
十三《風雨燕歸來》（一九六五，春秋，係《飛燕驚龍》後傳）；
十四《還情劍》（一九六七，真善美）；
十五《飄花令》（一九六七，春秋）；
十六《雙鳳旗》（一九六八，南琪）；
十七《天鶴譜》（一九六八，春秋，大部分由宇文瑤璣、沙宜瑞代筆）；
十八《指劍為媒》（一九六八，春秋，大部分由宇文瑤璣代筆）；
十九《翠袖玉環》（一九六九，春秋）；
二十《鐵劍玉佩》（一九六九，南琪，大部分由朱羽代筆）；
二十一《鏢旗》（一九六九，春秋）；
二十二《血劍丹心》（一九七〇，春秋）；
二十三《神州豪俠傳》（一九七〇，春秋）；
二十四《寒梅傲霜》（一九七〇，春秋，大部分由朱羽、宇文瑤璣代筆）；

二十五《玉手點將錄》（一九七一，南琪）；
二十六《金鳳剪》（一九七二，南琪）；
二十七《飛鈴》（一九七二，春秋）；
二十八《八荒飛龍記》（一九七二，春秋）；
二十九《無形劍》（一九七三，南琪）；
三十《金筆點龍記》（一九七三，南琪）；
三十一《煙鎖江湖》（一九七五，南琪，後半部由蕭瑟執筆完成）；
三十二《搖花放鷹傳》（一九七五，南琪）；
三十三《花鳳》（一九七五，南琪）；
三十四《春秋筆》（一九七五，春秋）；
三十五《幽靈四艷》（一九七六，萬盛）；
三十六《劍無痕》（一九七七，萬盛）；
三十七《天龍甲》（一九七八，春秋）；

三十八《黑白劍》（一九七九，南琪，蕭瑟等人代筆完成）；

三十九《飛花逐月》（一九八四，文天）；

四十《劍氣洞徹九重天》（一九八九，皇鼎）；

四十一《新仙鶴神針》（此係《飛燕驚龍》的改寫本，一九五九年香港環球社初版，一九八九年重版，江蘇文藝一九九四年再版）；

四十二《袁紫煙》（一九八九，皇鼎）；

四十三《九龍玉佩》（一九九〇年，皇鼎）；

四十四《王妃之死》（一九九一年，皇鼎）；

四十五《玉掌青苗》（一九九一年，皇鼎）；

四十六《一代天驕》（一九九四年，皇鼎）；

以上書目中共四十六部。現在我們可以來回答有關的一些問題了。

（一）爲什麼搞不清臥龍生作品的確數？連臥龍生本人也說不清？

前一問，牽涉到大量盜版、盜名問題，以及其他的問題，我們在下一個問題時再做解答。臥龍生本人搞不清楚自己有多少作品，這看起來似乎不可理解，實際上，從上述年表的附注中，我們就能找到答案。上面的四十六部書中，注有請人代筆的就佔了十部，其中臥龍生的第二部書《驚虹一劍震江湖》的代筆問題有二說，一說是臥龍生共寫了十三集，但書未完，只得請人代筆；另一說是該書到十三集（正七續六）已可以結束了，代筆係「僞續」（當然這與書商有關）。若依後說，則臥龍生請人代筆的一共爲九部，四十六減去九等於三十七，純粹由臥龍生完成的就只有三十七部；而若依前說，則爲四十六減去十等於三十六部。然而其中《新仙鶴神針》，完全是《飛燕驚龍》一書的翻版，只是人名改動了：楊夢寰改成了馬君武；朱若蘭改爲白雲飛；沈霞琳改爲李青鸞；李搖紅改爲蘇飛鳳；趙小蝶改姓藍……如此，這一部自然也不能計數。進而，請人代筆之書，情況也有不同，如《天香飆》、《素手劫》只是部分請代筆，大部分仍由臥龍生完成，算是一種情況；而《風塵俠隱》、《煙鎖江湖》則是臥龍生寫半部，請人寫半部，又是一種情況；《天鶴譜》、《指劍爲媒》、《鐵劍玉佩》、《寒梅傲霜》四部則是「大部分」由別人代筆，這是最嚴重的一種情況了，這樣的情況還能說是「臥龍真品」嗎？——

—將上述情況綜合在一起，要判斷臥龍生的真品知多少，確實是連作者本人也不大容易說得明白，除非將所有別人代筆的段落全都拿掉，再由臥龍生本人補齊，才好算數，否則這部只有「百分之二十」，那部「百分之四十二」，那部「百分之五十一」，那一部「百分之六十九」……這叫人如何計算呢？

對此，臥龍生本人要負一半責任，給報紙寫文章連載，每天要見報，作者保不齊因病、因事而偶爾不能寫，因而偶請人代筆，以保證報上的連載不斷，這是可以理解的。既是連載，總不能斷斷續續，讓讀者失望、著急，偶請刀手應急，算是沒辦法的事。金庸先生當年寫作《天龍八部》在報上連載，因要去歐洲旅行數月，是以約請他的好友兼才子倪匡先生代筆寫了四萬餘字（這是倪匡的得意事：「曾代金庸寫小說，常給張徹編劇本」），倪匡多才，本人是武俠小說及武俠電影雙料作家，又熟悉金庸的文風，代起筆來不算困難，讀者也不易發現。但金庸先生在修訂《天龍八部》一書時，仍重新補寫了那一段，而將倪匡代筆的幾萬字拿掉了。說是不便將別人的心血長期據爲己有，實際上，這是對讀者負責（保證「十足真金」），更要對金庸這塊金字招牌負責。而臥龍生的表現卻不是這樣，而是（一）長期不補不改不換，讓別人代筆之文署自己之名，出書時不補不改，再版時仍不補不改；（二）更惡劣的是，金庸只不過是偶爾爲之，且確有原因，不得已才請人代筆，而臥龍生則從第一部書（說是因病）、第二部書（又是因病）開始就這麼幹，不但使俠壇風氣大壞自此而始，同時自己亦似找到了偷懶討巧的「竅門」，一而再，再而三，以至於十！這是對自己的不負責任，更是對讀者的不負責任。說得嚴重一點，就是欺騙讀者。

前文中之所以說臥龍生只要負一半責任，那另一半責任，則要報館老板、書商及商業化社會及民族性來負。以下我們將要說明這一點。

（二）武俠小說的假冒僞劣品爲何如此之多？而臥龍生的假冒作品又尤其多？

對此，要分成若干點來說，其一，我們每一個讀者心中大約都有一個答案，那就是書商違法亂搞，爲自己牟利，而大肆盜版、盜名、造假、造劣。這當然是對的，主要原因，確實就是這一點，可是要往深處想：爲什麼這類事在香港較少，而在臺灣特多（八十年代末以後，中國大陸亦有過之而無不及）？商業社會的起步階段，難免有因法制不全，而人欲亂流，違法亂紀而牟暴利的情況。而中國人社會，尤其嚴重，這是因爲中國人自古就「無法無天」，而且自古有弄虛作假之傳說，（「刀手」一說，古已有之，現在發達了，改稱「槍手」了）。其原因是從農業文明轉化成工商文明，社會體制不齊，而農民的小商小販習氣難改，以至於混亂不堪。同是中國人社會，香港情況之所以略好一些（決非沒有），是因爲香港社會的法制體系較爲齊備，不像臺灣，無論是「政治中心」時代，還是「經濟中心」時代，都沒有「法制中心」這一概念，尤其是出版法、新聞法等事關意識形態及民族精神建設方面的法制觀念及體系。按理說，香港的金庸、梁羽生，論名氣、論成就都要比臥龍生強，假冒金、梁豈不更妙？可是相對較少，其中另有奧妙。

如前所述，市面上假冒臥龍生之名的小說不下百部，大約算是假書最多的一個名字。臥龍生先生本人說有一百五十部假書（包括臺、港、大陸的假書），說及此，他有些氣憤，也有些得意。（假冒的多還不是因爲臥龍生之名有號召力！）筆者沒有發現他有羞愧、知恥的表情。大概是他自己覺得這些假冒僞劣品與他毫無關係，他沒有責任——實際上，他是有責任的，不說有主要責任，至少要負一小半。

這是因爲，之所以如此，書商違法（恐怕當時還沒能這個法）是一方面；然而臥龍生、古龍等人，一是接下稿約太多，自己完不成，寫了一半或三分之一，就請人代筆，此爲造假的第一層次；二是進一步發展爲——自己乾脆只列一個提綱，然後請人去寫，這是造假的第二層次；三是連提綱也不用列，只出賣署名權，由別人寫、別人出，署名者坐收「賣名費」，這是造假的第三個層次，也是最惡劣的一個層次。市面上的假冒其名之書，到底有多少是得到賣名者的默許？這只有天知地知，臥龍生、古龍等人自己知，但知是知，卻不會對你說。只是拿了錢之後轉臉再做憤怒、無奈、得意的表演，唯獨無羞恥和惶愧之心意。——筆者曾就此事請教過臥龍生、柳殘陽、于東樓等臺灣俠武作家，回答如出一轍：「這類事太多，面子事，沒辦法」——原來如此！中國人自古有講名譽、講面子的傳統，如今進入商業社會，變成爲面子（或爲錢！）而出賣名號，這也是「中國特色」吧。前面所說的民族性及其劣根性，正是指此。只是，首先應該到這些賣文又賣名、賣面子又賣良心的大作家、名作家身上去找！（不是大家名家，人家還不買其名。）

臥龍生一來爲人隨和、人緣好，二來對錢感情更深，所以別人賣名，他比別人花樣更多。因爲他名氣大，出名又早，是以在這方面的惡劣影響也更大。除以臥龍生之名出賣之外，臥龍生還默許香港書商對他進行盜版，用「金童」之名，盜「臥龍生」之書，真是怪事處處有，臥龍事更奇。這樣一來，加上書商的胡鬧（有許多事臥龍生當然不知道，這叫「道高一尺，魔高一丈」），臥龍生的「真品假名」「真名僞品」之「案」變得更加撲朔迷離，難解難斷！金童本是假名真品，其後又成了假名假書的典型名號。別人又知道臥龍生是金童——好心人以爲是臥龍生被假冒僞劣弄得不耐其煩，而重創招牌；實際上卻恰恰相反。嗚呼！實在讓人啼笑皆非。

筆者自己將臥龍生的作品搞錯了，應該檢討，確實慚愧。難道臥龍生，以及所有「不得不」出賣名號、默許盜名假冒的作家不應該對此負責任，不應該對所有的讀者（包括筆者）檢討嗎？僅僅以「不得不」及「面子事」作出托詞，就可以算是對讀者、對社會盡了一個作家、一個公民的職責？

筆者有些激動。倒不僅僅因爲搞不清臥龍生的小說到底有多少而苦惱或氣憤，而是因爲看到了這些大作家、名作家這麼做，不僅敗壞了自己的聲譽，敗壞了武俠小說的聲譽——武俠小說的迅速衰落不振，固然有很多原因，但與上述假冒僞劣之作過多顯然有一定的關係。敗壞了市場規則，而且也敗壞了社會風氣（當然不是要作家負全部責任，而是要作家負起當負的那部分責任，然後再說其他）。更讓人擔憂的是，臺灣、香港造假之風未過，大陸的造假之風又起，而且漫捲狂沙，鋪天蓋地而來，涉及社會的各個領域、各個角落。想到此，難免要激動。不過，這就與臥龍生沒啥關係了，所以，就此打住。

第三章　臥龍生小說的特點

前文中說及臥龍生在等待部隊發放身分證的三、四個月時間內，由看武俠小說而寫武俠小說，由此改變了一生的命運，這是用傳奇的筆法。

實際上，像金庸、梁羽生等人一樣，臥龍生從小就是一位武俠小說迷。正如一位記者在採訪臥龍生之後所寫：

「在他小的時候，就特別迷戀武俠小說，在臥龍書院讀書，除正常的課本外，他的書包裡總藏著幾本武俠小說，在家裡看，在上學放學的路上看，甚至在上課的時候也偷偷瞄上幾眼，簡直到了著魔似的地步。其中清末民初時期的兩位作家還珠樓主和朱貞木的武俠小說他最是喜歡，愛不釋手，對他影響最大。」（呂思山：《俠氣豪情凝筆端——走近臥龍生》，《長春影視廣播圖書周報》一九九五八月一日第六版。）

臥龍生日後之所以能寫出、並且能寫好武俠小說，當然與此「童子功」有密切的關係。再加上臥龍生雖學無專業，只上到中學，但對民間傳統文化，包括戲曲雜耍、說書講古，都有濃厚的興趣；軍人生涯不僅豐富了他的人生閱歷，增加了他的人生體驗，且軍營生活之中的業餘部分，也是鍛煉他的想像力、創造性的機會。使臥龍生的「功力」無形中增長起來，爲他的「出道江湖」作好了準備。

進而，在談論臥龍生的小說特色之前，還應該提及臺灣武俠小說發展的一些獨特的背景。

一些臺灣學者提出「古龍之前無新派」，不承認梁羽生、金庸爲「海外新派武俠小說」的開山鼻祖。別的且不說，至少有一點是值得注意的，即臺灣的武俠小說確實有自己的發展軌跡，自成體系。我們（大陸讀者、學者）總以爲「臺港一體」，恐怕有些「隔閡」。

理由之一，是金庸、梁羽生等人雖然早在五十年代上半葉就開始寫新派武俠小說，並一舉成功，但對他們小說何時開始在臺灣廣泛傳播，我們過去一直未加注意。實際情況不像我們原以爲的那樣。梁羽生、金庸的小說晚至臺灣解禁、開放之後才在臺灣產生強烈影響，在此之前即使是有，也只能是零星的、地下的和走私（從香港及東南亞）的。

原因不難理解，梁羽生是香港著名的「左派」（親大陸），當然不受歡迎；金庸原先也是在左派圈中（《大公報》及長城電影公司）工作、活動，後來自辦《明報》，堅持「中立」，兩邊都不「吃」，因而一度在大陸、臺灣兩邊都不受歡迎，在臺灣，甚至被禁得更嚴。梁羽生不過是一位小說家及小品文作家，而查良鏞（金庸）卻還是一位具有獨立見解的時事政治評論家兼報業老板，想要中立？非友即敵！在這種政治邏輯下，金庸當然就兩邊不討好了。——說了這麼多，其實只有簡單的一句話，即梁、金的「新派」作品，對臺灣早期的武俠小說創作影響不大，至少對臥龍生影響不大，因爲不容易看到。正如大陸人在八十年代之前不容易看到金庸、梁羽生的小說一樣。

背景之二，在臥龍生之前，乃至在梁羽生、金庸創作武俠小說之前，臺灣的報紙（開始是小報）已有不少的武俠小說連載。臺灣早期武俠作家（在臥龍生出道之前）有夏風、郎紅浣、崑崙、孫玉鑫、太瘦生、成鐵吾（蔣秋華：《以臥龍生爲定位看臺灣武俠小說的特色》）以及伴霞樓主等人。這說明以下幾點：（一）臺灣武俠小說有其傳統；（二）這是對三十年代以來的中國武俠小說傳統的延續；（三）臺灣早期武俠已是四十年代末的衰後之續，水平不高。（所以臥龍生才敢於拿起筆來寫武俠，並且當真能一舉成名，若有梁羽生、金庸等大師當道，臥龍生的命運只怕又是另一種樣子了。）

背景之三，香港當時是純粹的商業社會，而臺灣則是封閉、禁嚴的政治社會，即便是以純粹的娛樂遣興爲目的的武俠小說，亦不能不受此社會制約，及其社會主流意識形態的影響。其中最突出的一點，是內容和主題的限制，不能像梁羽生、金庸那樣大寫歷史興亡，抒發歷史感慨及品評歷史真相。臺灣當局禁止這麼做，因而臺灣小說家如臥龍生、古龍、諸葛青雲等人的小說中大多沒有明確的歷史背景，以免犯忌。這就要求作家在傳奇及形式上大作文章。尤其是一九六〇年的所謂「暴雨專案」，臺北警察大批出動，對書坊進行搜查，其影響更是不言而喻。

了解以上背景，我們對臥龍生小說的特色就能更透徹了解和理解了。

一

前文中已經約略提及臥龍生武俠小說處女作《風塵俠隱》的基本內容及創作特色，

顯然那是從王度廬、朱貞木等前輩作家作品的摹仿與借鑑開始。這就是說，臥龍生的起步，尚未真正走入「新派」，而是對「舊派」的延續和綜合，形式上仿效章回體小說，文句、段落均較長，筆調、節奏都較舒緩，書中人物黑白分明，主題相對淺直。不過臥龍生善於講故事，並且善於情節設計與佈局，因而雖說不完美，卻仍受到讀者的歡迎。這當然可以從兩方面說，一方面可以理解爲臥龍生出手不凡，另一方面亦可以理解爲臺灣的武俠小說起點較低，觀眾的口味也低，並不挑剔，稍有出色之處，即能受到歡迎。

真正使臥龍生成爲「臺灣武俠泰斗」的奠起之作，還是他的第三部小說《飛燕驚龍》一書。它與《鐵笛神劍》（一九五九年載於《上海日報》（《上海日報》臺灣分社，總社在香港。）及次年的《玉釵盟》（一九六〇年載於臺灣《中央日報》）使臥龍生的小說從此洛陽紙貴，臥龍生之名家喻戶曉。

《飛燕驚龍》講述的是崑崙派年輕弟子楊夢寰的成長奇遇，及與沈霞琳、李搖紅、朱若蘭等女性之間的情愛糾葛。本書的主人公楊夢寰同時又是一種情節引線或敘事導遊，真正的情節主線是（一）奪寶故事，武林群雄爭奪武功秘笈《歸元秘笈》，以及萬年火龜等寶物；（二）爭霸故事，武林九大門派與天龍幫的衝突。天龍幫主李滄瀾一心爭霸武林，引起了九大門派的不滿，以致於不斷的——從奪寶時就開始——發生正邪之間勢不兩立的衝突與決戰。

臺灣武俠小說研究專家葉洪生先生對《飛燕驚龍》一書的評價是：

「雖然由於作者寫楊夢寰之種種『不近人情』而拖累全書、令人扼腕；但因故事情節曲折離奇，波瀾起伏，幾無冷場，故能成為當時臺灣最暢銷的武俠小說，並開創了一代武俠新風。今撮要歸納於次：一、臥龍生善於繼承並運用前人武俠遺產，將還珠樓主《蜀山劍俠傳》中的神禽異獸，靈丹妙藥及各種玄功絕藝、奇門陣法、與鄭證因《鷹爪王》中的幫會組織、風塵怪傑及獨門兵器共冶於一爐；再揉合王度廬小說之『悲劇俠情』，朱貞木小說『奇詭佈局』，乃至『眾女倒追男』戀愛模式，兼容並包。因而形成了博採眾長、最具傳統風味的新時期武俠小說風格，被目為一代『武林正宗』。二、臥龍生所倡導以武學秘笈掀起江湖風波、群雄逐鹿以及正、邪雙方大會戰的寫法，成為六十年代臺灣武俠小說新模式。同輩或後起作家競相摹仿效尤，不知伊於胡底！三、臥龍生所創武林九大門派等說法，亦被同行普遍採用；而『爭霸江湖』幾乎變成武俠小說家共同的創作主題了。」（葉洪生：《論〈天香飆〉之壯士魂與烈女血——兼談臥龍生『傳統派』小說特色》，江蘇文藝一九九四版，《天香飆・序》。）

葉洪生先生的評價非常中肯到位。《飛燕驚龍》確實寫得氣勢宏大，情節複雜，奇峰迭起，引人入勝。

進而，這部小說的成功，既有小說之內的原因，亦有小說之外的原因。葉洪生先生明確的說臥龍生的《飛燕驚龍》「開一代新風」，同時又將臥龍生列爲「傳統派」，其奧妙就在於，對於彼時的臺灣讀者，（一）傳統（武俠）的魅力無可取代。（二）臥龍生博採眾長而自成一家，讓人看到傳統諸家之長亦看到共冶於一爐之新。從而，（三）看到小說既有逃避現實之樂，亦省懷念舊情之寄托。（四）筆者仍要堅持說，臺灣武俠小說起點較低，與香港梁羽生、金庸的水準無法相比，但臺灣卻看不到梁羽生、金庸，於是蜀中無大將，廖化作先鋒。

葉洪生先生本人也說：

「其實，在繼承舊派武俠傳統上，臥龍生與前輩名家仍有一段距離。儘管他能活用還珠樓主小說中的奇妙素材，卻乏禪悟意境及玄學依據；儘管他能活用鄭證因小說中的幫會組織，卻乏官府加以復制；而他天生又似缺少三分幽默感，故寫『悲劇俠情』每不如王度廬『笑中帶淚』，動人心魄；至於朱貞木之長於結合史事，又非一意脫離時代背景、獨行江湖道的臥龍生所能應及了。」（葉洪生：《論〈天香飆〉之壯士魂與烈婦血——兼談臥龍生『傳統』小說特色》）

人們之所以仍然認可臥龍生，且推崇臥龍生，是將他當成了「傳統」的「代用品」。如今看來，這部書雖然仍可以看進去，但卻遠不如想像的那麼好。《飛燕驚龍》的毛病太多了：（一）寫情的線索極多，而男主人公卻「不近人情」，讓人莫名其妙；（二）故事說得很不錯，但人物的形象卻單薄，陶玉其人的突然逆轉而成反派，全無鋪墊，似由作者隨心所欲；（三）作爲書中主要情節的爭奪《歸元秘笈》的故事和場面幾近兒戲，破綻較多，看了讓人哭笑不得。

也許我們是以今人的目光去看幾十年前的小說，以大陸人的目光去看臺灣的武俠小說，以過於嚴肅的尺度去衡量通俗文學作品了。在看過了金、梁、古之優秀作品之後，再看臥龍生的作品，難免覺得低了幾個檔次。或許我們應該適當的作些調整，以通俗文學的要求和目光來看臥龍生，以臥龍生的尺度來衡量臥龍生。這樣我們才可以順利的往下談。——《飛燕驚龍》是臥龍生的名著、成名作，也是作者較爲得意的一部書。這由以下幾點可以說明，一是作者在該書的最後，故意讓年輕的反派人物陶玉搶到《歸元秘笈》、跌落懸崖，從而留下一個「話柄」，以便後續。果然在六年之後，臥龍生又以楊夢寰及眾少女等原班人馬來了一部《風雨燕歸來》（老實說，這部書是狗尾續貂，看得氣悶）；二是居然又搞出了一個改寫本，名爲《新仙鶴神針》；三是《飛燕驚龍》不僅被拍成了電影，還被拍成了電視連續劇，以及廣播劇。至今提起，仍有許多當年的讀者、觀眾津津樂道。這就促使我們不得不想一想讀者消費的心理需求及精神層次。重要的也許是，拿什麼作參照：是梁羽生還是太瘦生？是金庸還是郎紅浣？對於當時的臺灣武俠小說，臥龍生的《飛燕驚龍》無疑是達到了一個較高的水準線。並且，爲當時臺灣的武俠小說世界建立了一套能被創作者與讀者共同接受的標準或規範。而對於臥龍生的創作，不過僅僅是成功的開端，臥龍生在初創了自己的武俠世界及其基本規範之後，又再不斷的豐富它、修正它，並且能不斷的取得進步。

武俠世界中的正邪之分，一直是讀者與作者，乃至學者的一個難題。若無正邪之分，則武俠世界的規則就難以成立；若正、邪之分太過分明，則容易讓人索然無味。這個問題看起來似乎很簡單，其實卻難倒了不少的人。其中包括大宗師梁羽生，在前面的關於梁羽生的章節中我們已經說過。梁大俠正因爲過於強調他的「寧可無武、不可無俠」，

「俠為正義的象徵」以及「正邪分明」的觀點，對他的才情反而是一種束縛和限制，使他未能發揮探索人性奧秘、刻畫人物性格深層次的豐厚潛力。而另一方面，一些年輕的作家，卻又走向了另一種極端，以致於正邪不分、人鬼難辨，江湖世界變成了烏煙瘴氣、混沌一片。這又違背了傳統的欣賞習慣，並且也未能對人性的揭示有所幫助。

武俠小說被稱為「成人的童話」，確實有其道理。這一稱謂，本身就包含了一種最基本的矛盾，即「成人」與「童話」的矛盾。中國文化，古稱「文治與教化」，平民百姓，自然是王道、禮制之教化與文治的對象，久而久之，使我們的民族精神及心理，在思維方式和情感方式上，形成了一種「童化」頑症——或許稱為「老頑童」更合適——即平民個體，並無主體性可言，一切文治教化的方式，都以善惡為準則，以正邪之分、黑白分明的兒童心理及思維方式為基準。善惡分明、正邪分明、好壞分明，世界及人生的一切統統都被簡化成廣義的童話，而武俠小說只不過是這一廣義的文化童話中的最通俗的一部分而已。在這一意義上，武俠小說確實必須正邪分明、只能概念化、公式化、千篇一律。

然而，問題是，現在畢竟是二十世紀！即使是古老而封閉的中國也早已被打開了國門，西風勁吹，終於有了「五四」新文化運動的暴風驟雨，而「新文化」的第二要務，正是要改變傳統的「文治教化」的文化本性，改變民族心理的童化結構。接受過新文化運動洗禮的讀者，固然仍保持著傳統心理的慣性，但其接受模式卻在悄悄的、不斷的改變。讀者群中，開始出現了真正的成人，要以「成人的眼光」來觀察世界，品評文學作品了。因而武俠小說面臨著一種無形的挑戰。

金庸超越梁羽生而更被推崇，主要原因之一，就在於他能敏感到這種傳統與現代人之間的矛盾，傳統文化與現代化，以及成人與童話之間的矛盾，並採取了一種偷樑換柱、「陽奉陰違」的方式來創作武俠小說，即表面上是繼承傳統、創作童話，而骨子裡卻是面對現代世界及其成人的閱讀需求。

古龍的大受歡迎，也在於他乾脆放下傳統的包袱，擺脫這種矛盾，求新求變創造出現代化的新型武俠世界。

對此，臥龍生又有臥龍生的方法與節奏，那就是循序漸進。

《風塵俠隱》，黑白分明。

《飛燕驚龍》，表裡不一。即正派的「九大門派」中人，一樣有貪婪，有自私，有暴戾，有殘忍，有爾虞我詐，勾心鬥角，有人性的種種弱點和缺點。而他們卻又保持正派的門風、門面，是以表裡不一，其實是多了一層內涵。

《玉釵盟》，正邪難分。該書塑造了「神州一君」易天行這一獨特的人物形象，似奸雄而又不失英雄氣，作惡而又行善，居心不良卻又並非十惡不赦，真有點「一半是天使，一半是魔鬼」的味道。這一人物形象給《玉釵盟》增加了極大的魅力，然而卻又與一般武俠小說的正邪不分大不一樣，因爲書中的主人公徐元平及少林寺慧空長老樹立了一種分辨正邪的標尺，也就是說，書中的是非觀念是非常清楚的。再加上本書以寫人性、人生及人之情感爲主，而且情節曲折有致，氣勢營造到位，從而被許多讀者所欣賞，人們將它當成臥龍生的代表作。

到了《天香飆》，則不但故事情節更加奇異精妙，而且關於正邪辯證的奇意也更加獨特深沉。如果說《玉釵盟》是對正邪融合的一種探索，那麼《天香飆》則是更深一層，是對正邪世界的一種透視和批判。該書寫的是意氣用事、殺人如麻的綠林盟主胡柏齡，自遇見並娶了單純善良的美女谷寒香之後，愛情的力量使他心性大變，悔悟前半生。當他再次出道江湖時，已懷著向善之心，企圖彌合正派武林與邪派綠林之間的仇隙，為武林的正義和安寧盡到自己一份心力。因而他再次爭當武林盟主，成功之後，明知自己的理想難以實現，弄不好會被正派及綠林雙方所不容，但卻懷著一腔俠義之心知其不可而為之。結果真的死於正邪衝突的夾縫之中，死於正、邪雙方之手，除了他的妻子谷寒香，幾乎無人理解他。而他的妻子谷寒香在胡柏齡死後，因為仇恨而性情大變，決意為胡柏齡復仇而不擇手段，甚至以色相交換武功、收買人心，終於由一位善良真純的美女變成一位讓武林震驚的女魔頭。在江湖世界中捲起了一陣驚人的「天香飆」。（天香既指谷寒香所居住的天香谷，更指谷寒香的美貌如國色天香。）本書不僅情節發展出人意料，而且明顯的有構建寓言的敘事動力和目標：（一）胡柏齡因愛的力量而改邪歸正；而谷寒香則又因仇恨的力量而變善良為狠惡，這是對江湖世界及武林人生的一種概括；（二）胡柏齡心無善念之時，憑著自己超人的武功和機智，人見人畏，活得自由自在；而當他想改邪歸正、行俠武林時，卻從此坎坷不平、屢經挫折，乃致最終慘死人手。行惡易而積善難，這是江湖世界及武林人生的又一大悲哀；（三）胡柏齡與谷寒香的「角色轉換」無疑極深的揭示了武林之中正、邪兩派的固執與僵化，將正、邪當成一種「身分」，而不是當成一種衡量事物的尺度，弄成了出身正而爲正派，出身綠林而爲邪派，全不管人心如何變化，人性如何複雜。書中對武當派道士的描寫，將正派中人的自負、封閉、狹隘、固執寫得淋漓盡致，讓人再三思之。……這都表明臥龍生對正邪的思考與表現，已進入了一個新的層次。葉洪生先生以「壯士魂與烈婦血」名之，對此書表示了極大的贊賞，並非偶然。同臥龍生所有的小說一樣，《天香飆》也有情節拖沓、場景描寫照應不周，一些人物過於簡單化乃至臉譜化等缺陷。而其最大的缺陷其實還是陳腐不堪的「紅顏禍水」及其「命定之說」，似乎谷寒香爲夫報仇而性情大變，僅因爲她是天生尤物而必將爲禍武林，以致於少林寺的高僧替她相面之後，收她爲徒，以結香火之緣，這不僅實質上違反佛理，更違背了對人性深入認識應有的創作目標。奇怪的是，臥龍生小說中常見這種莫名其妙的謬論，而讀者及學者卻少對此進行批駁。

《絳雪玄霜》對正邪描寫又有更進一步的探索，這一點，我們留待後面專文分析。

臥龍生小說創作的進步，還不僅表現在對江湖世界的正邪之分作步步深入的探索，而且表現在他的小說的敘事策略也在不斷的轉化，技藝在不斷的發展，以適應現代讀者的口味。

武俠小說到底應該怎樣寫才算「正宗」，這是許多人思考的問題。平江不肖生是一種，還珠樓主又是一種，鄭證因是一種，朱貞木又是一種，宮白羽、王度廬又各不相同。這些不同的流派，到了臥龍生走上俠壇時業已成了普遍被認可、接受的「傳統」。固然有見仁見智、各人所喜的情況，但對傳統的、巨大的包容性卻無人會懷疑。所謂的大家就是要自創一格；要想當名家，也必須有自己的風度。

臥龍生的創作畢竟是要面對現代的讀者，因而如何適應讀者的口味，如何吸引讀者，是他也是所有的現代武俠小說作家共同面臨的課題。香港、臺灣兩地的社會環境不同，文化氛圍也不同，因而兩地的作家採取了不同的敘事策略。梁羽生、金庸以史爲綱、以人爲骨，講究堂堂正正之陣、明明朗朗之氣；而臺灣作家難以辦到，只得「出奇制勝」，在策略技藝及其故事情節上大作文章。

如前所述，《飛燕驚龍》一洗《風塵俠隱》的傳統包裝方式，用自然而又自由的筆調、形式，展現故事的內容，從而邁出了從摹仿到自創的第一大步。

而《玉釵盟》、《天香飆》則更進一步擺脫傳統小說平鋪直敘、說到哪是哪的巢臼，改變了敘事策略，以經營懸疑與詭奇的情節爲特徵。《玉釵盟》一開場就是主人公徐元平夜探少林寺盜取《達摩易筋經》，卻又巧遇高僧慧空而得以傳授技藝，再力闖少林羅漢陣，不僅氣勢驚人，懸疑更加誘人。其中的人物關係、事件因由，全部有詭奇難測的特點。值得一提的是，臥龍生一向有鬥力不若鬥智的觀念，發展到極端，就體現爲，在這部書中，獨出心裁的創造了女主角蕭婉婉的形象，此人不會武功而胸羅萬有，以智勝人，以智役人，以智處事，以智解難。這一奇詭之筆，別開生面，讓人拍案稱絕，不知金庸小說《天龍八部》中的不會武功而精通百家武學的王語嫣的形象，是不是從這裡借鑑來的？

《天香飆》的敘事，也是轉折奇詭，「後事」難知。胡柏齡再出江湖時所遇之事及谷寒香爲夫報仇時所行之事，都是懸疑重重，出人意料，顯示了作者構思故事的巧妙，及講述的才能。此書的後一部分，由易容代筆，非但毫不遜色，反而力補前書的缺陷，而使此書更加奇特，這也算是一樁奇事。

繼而，在寫作《無名簫》、《素手劫》等書時，臥龍生又由神秘懸疑，進一步發展而爲偵探揭秘之法，雖然二者之間僅差一步，而這一步卻是結合傳統的詭奇與西方偵探形式的嘗試。這也許是無心插柳，卻是前人栽樹、後人納涼——古龍之所以後來者居上，與站在臥龍生的肩膀上，這與臥龍生的發展偵探或敘事策略有很大的關係。這一點當寫入武俠小說史。

《無名簫》的主人公上官琦一出現就被捲進了一連串的懸疑之中，將他逼到了不得不與有獨霸武林野心的滾龍王鬥爭的地步。本書的突出之處，是寫出了一位不懂武功的逍遙秀士唐拓，這當然是《玉釵盟》中的蕭婉婉形象的延續。但在這裡，唐拓發揮了更出色的作用，從而深化了「鬥力不若鬥智」這一臥龍生所喜歡的主題。容家幫及白道英雄從表及裡，由外向內，一邊偵察一邊剿滅滾龍王勢力的寫法，也是本書的一個非常出色的情節設計。

《素手劫》在情節設計上更爲出色，偵探揭秘的敘事策略也更加自覺和成熟。小說的一開頭就發生了一件奇案，即武林四君子的奇死；進而又發生了武林群雄的神秘失蹤案。這回讀者看到了兇手：居然是被武林中人推崇敬仰的「武林第一家」南宮世家的主婦！進而，奇案又引發了更深的懸疑：南宮世家的主婦爲何要如此倒行逆施？南宮世家既然是武林第一家，那麼，這一家的五代男主人爲何無一例外的神秘失蹤？……由此小說自然展開、層層深入，非看到最後，難以明白究竟。男主人公任無心不僅充任偵探一角，而且無形之中也成了武林的領袖人物。這就使小說中的情節安排有了更多的方便之處。妙的是，揭開南宮世家之謎，使我們對世間奇事及人性奧妙有了一種深刻的理解——南宮老夫人之所以如此倒行逆施，原來是出自愛情與嫉妒。她的丈夫與人私通並生下孽子，使她的心理產生了嚴重的變態：一方面有對丈夫的愛，另一方面卻又對南宮子孫（並非她生的）有強烈的恨。是以她設計將他們一一害死，表面上卻又保留著南宮世家的骨架，與其說是家醜不可外揚，不如說是她的心理變態的結果——她要借此紀念對丈夫的愛，並征服武林！另一個值得注意的情節線索，是南宮世家的第三、四、五代寡婦，有著不同程度的覺醒，這是符合人性的。因爲性格不同，年齡不同，這幾人的表現也不同，第五代寡婦，最年輕的田秀鈴雖然覺醒得晚，但由於對任無心產生了愛意，而表現得更加堅決；又由於任無心對她的冷淡和「殘酷」（無情），使田秀鈴反過來化愛爲恨，重歸南宮世家，並發起了對任無心的報復和反擊。這像是代代相傳的「南宮世家病」。其實田秀鈴的反反覆覆，正由於愛恨交織，因而小說情節的發展就有了心理的依據。

接下來，臥龍生又將懸疑詭奇與偵探揭秘結合起來，形成了此後的小說敘事的一種基本策略形式。

不過，名氣一大，事情就多，約稿不斷，應接不暇，臥龍生難免有些被寵壞了。六十年代中期以後的臥龍生小說創作的高峰期內，他要麼同時應付多家稿約而「雙手互搏」，要麼請人代其提刀。蔣秋華先生寫道：

「臥龍生接著在《中央日報》一連串登載的《天涯俠侶》、《飄花令》、《神州豪俠傳》、《金筆點龍記》，以及其他報刊的作品，與其《玉釵盟》的作品相比，非但內容粗俗，毫無新意，文字亦相當拙劣，且以拖延故事為能事。葉洪生說：『然後自一九九六年以後，他為投合讀者『求變』口味而改走新潮派路線，即乏善可陳。如《金劍雕翎》竟拖至九十六集之多，打破歷來武俠出版紀錄；實則冗長雜沓，不足為訓。晚近更縱容若干不肖書商出版冒名偽作，尤損令譽。』對於臥龍生這次的改變風格和他不知愛惜羽毛的作為予以嚴厲的貶斥，又因他以往曾有一再請人代筆續接的不良紀錄，所以葉洪生對於《素手劫》之後新潮派各書，如《金劍雕翎》、《指劍為媒》、《翠袖玉環》、《天鶴譜》、《鏢旗》等，是否與其親撰的真實性，提出強烈的質疑。」（蔣秋華：《以臥龍生為定位看臺灣武俠小說的特色》，《俠與中國文化》。）

蔣秋華、葉洪生二位的意見很對。現在至少已查明，《天鶴譜》、《指劍爲媒》、

《鐵劍玉佩》、《寒梅傲霜》等書「大部分」為別人代筆之作。迎合觀眾口味，這本身倒不一定就是錯誤。問題是：（一）該把握分寸，不應有過於迎合的低級趣味；（二）不應完全失去自我；（三）更不應對讀者不負責任。臥龍生不大、甚至大不愛惜自己的羽毛，實在令人遺憾。

八十年代後期，臥龍生有一段時間停了筆，不知是否有所反思。九十年代重出江湖，《袁紫煙》等書倒是比較平實，但他想要扭轉乾坤，再創輝煌，已有些力不從心，為時過晚了。一是九十年代武俠小說整體上趨於衰落，二是臥龍生本人的想像力與才氣已經臨近枯竭；三是他想要再創一派，名為「俠情推理小說」，則不但古龍已先行一步，而且讀者亦早已見多識廣、不以為奇了。

二

上一節我們概述了臥龍生小說創作的歷程，著重於他的小說變的一面。變革與創新，是所有作家的共同願望和目標，時代在變，社會在變，讀者的欣賞趣味在變，作家的創作當然不能不變。關鍵在於如何變。臥龍生的變革，有得有失，已如前述。

這一節中我們將簡述臥龍生小說的不變的一面，即小說中的一些相對固定的因素。

武俠小說的通俗、娛樂、消費特性，決定了它的類型本質及其模式化傾向。也可以反過來說，即武俠小說的武功、俠義、言情、傳奇等因素組成了它基本的敘事類型模式，從而決定了它的通俗性及娛樂消費性。

戲法人人會變，各有巧妙不同。臥龍生小說之所以廣受歡迎，當然有它的奧妙。前文中所說的，臥龍生將王度廬的悲劇俠情、鄭證因的幫會組織及奇人奇兵、朱貞木的奇詭佈局之法，以及還珠樓主的靈丹妙藥、珍禽異獸、玄功絕藝、奇門陣法等等結合在一起，形成了他的武俠世界的獨特風貌。這是臥龍生小說的幾種不變的因素，其核心是一個「奇」字。靈丹、異禽、玄功、怪陣是奇；幫會規則、風塵隱士、獨門兵刃是奇；悲劇俠情、懸疑佈局還是奇，由此結合而成的「傳奇世界」及其「傳奇故事」，自然能吸引和滿足讀者的好奇之心，因而會大受歡迎。

臥龍生的小說，除了有以上相對固定的敘事元素之外，還有一套相對固定的敘事方法模式，即「奪寶+爭霸+言情」。這一模式，在他的《飛燕驚龍》一書中開始成型，其後不斷的被重複。《飛燕驚龍》的內容及情節，正是先述群雄奪寶（《歸元秘笈》、萬年火龜），再寫李滄瀾及其天龍幫爭霸武林，從而引起了浩大的殺劫和尖銳的衝突，中間穿插以主人公楊夢寰與三、四名少女（外加一位不是少女的玉簫仙子）之間的情感糾葛。這種敘事模式，在其後的小說中，即使稍有改變，那也只不過是，（一）三者比重及順序的改變；（二）敘事策略稍作改變。熟悉臥龍生的讀者仍能發現萬變不離其宗。

這一情節敘事模式可以說是臥龍生廣受讀者歡迎的更深一層的奧妙所在。因爲它可以滿足讀者的好奇心，並且進一步滿足讀者的更隱秘的心理欲望。

（一）奪寶情節，可以滿足人之貪欲；

（二）爭霸情節，出自人類的權勢欲；

（三）情愛線索，可以滿足人之情欲。

再加上復仇欲，就是人類最基本的幾種發展欲望，而這幾種情節因素，即（一）復仇；（二）奪寶；（三）爭霸；（四）情愛，也正是武俠小說的最基本的四種敘事模式。

臥龍生將它們結合起來——臥龍生的小說中也有復仇的情節線索，如《絳雪玄霜》中的方兆南報殺師之仇；《天香飆》中的谷寒香報殺夫之仇；《素手劫》中的南宮世家的老主婦報情變之仇等等，但方兆南的復仇並未成爲小說的敘事主線；而谷寒香、南宮夫人的復仇又與情感悲劇、爭霸江湖兩大主題線索有關，因而難以單列。而其他的書中則較少復仇一線，更少將它當成主線來寫的。這大約是因爲（一）「上山學藝，下山報仇」這一模式被寫得太多了，臥龍生要獨闢蹊徑，因而不屑重複老路；（二）復仇線索有一局限，無論是師仇、父仇、夫仇、多半都只是一門、一族、一家之事，格局有限，難以展開更大的敘事時空；（三）儘管有不少作家力圖將複雜與正義聯繫起來，但就事論事，復仇本身是難說有什麼正義非正義的，這只不過是江湖人的一種習俗及其命運（臥龍生經常在書中將復仇主人公寫成無謂之爭、無奈之命），從而很難真正貫徹俠義的主題。何況寫得過多而又寫不出新意，也容易讓人乏味。——結合言情、奪寶、爭霸三條情節線，除了滿足讀者更多的潛隱欲望之外，還對武俠小說的敘事有極大的好處：

（一）三者疊加，使小說情節更加曲折、豐富和複雜；

（二）三者交織，使小說情節的發展起伏有致、剛柔相濟；

（三）三者組合方式的變化，可以使作者擁有更大的自由度，即更靈活機動；

（四）言情是三四人之間的小圈子；奪寶是數十人、多至上百人的中圈子；爭霸江湖，則是牽涉整個武林世界及千百人生命安全的大圈子。圈圈相套，大小相襯，不難將讀者一一套住、圈定。

這幾點還只是技術層面的優勢，而在意義層面上，那就更有意思了。

先說言情小圈子。

臥龍生小說中的男女主人公，有以下特點：（一）一男多女；（二）俊男美女；（三）女強而男弱；（四）眾女倒追男；（五）女活而男呆。我們也不必費力另找，就以《飛燕驚龍》為例。前二個特點還好理解：一男多女，這正是中國傳統社會一夫多妻的折射，更是男性中心社會中的男性心理的折射；俊男美女，更容易理解，絕大多數武俠小說乃至所有的通俗文學類型小說都這麼寫，為的是便於「移情」和「代入」，否則傳奇之書何以讓人如醉如癡？

第三、四、五個特點就有意思了，首先是費解（女強男弱），其次是興奮而又驚奇（眾女倒追男），最後是失望和埋怨（女活男呆）。這幾點當真是與眾不同，獨具特色。而《飛燕驚龍》中的角色類型設計也非常周到：（一）沈霞琳是傳統天真溫柔型；（二）朱若蘭是冷傲高貴莫測高深型；（三）趙小蝶是情感單純偏激型；（四）李搖紅是變仇為情勇敢無畏型；（五）玉簫仙子是放蕩任性而又情不自禁可悲可憐型——以後小說的女性形象，大致不超過這五種類型。

《飛燕驚龍》中的女強男弱，不僅朱若蘭、趙小蝶的武功強過楊夢寰，而且她們的個性也壓倒了楊夢寰，這就是我們所說的讓人費解處。一般的武俠模式是「英雄配嬌女」，不用說，男主人公的武功、個性都要強過女性。臥龍生反其道而行之，僅僅是為寫出新奇？還是別有用意、有感而發？若是為了新奇，何以會一而再、再而三的這麼寫（當然後來小說中有所改觀）？有感而發，那麼是什麼「感」呢？——是（一）暗示「陰盛陽衰」？（二）是自我寫照：作者個人以及男性群體的情感世界的蒼白、軟弱平庸乃至虛偽的揭露？（三）是由董永與七仙女、許仙與白蛇的傳統審美（心理）模式中套來的？

「眾女倒追男」是女強男弱的自然延伸和發展結果。這不僅是男人們可憐的白日夢，同時也是對男女兩性在情感關係天平上的真實份量的一種稱量和描寫：男人爲了事業而生，女人爲了愛情而生，這是看起來「正常」的一面；還有另一面，則是，男人代表著主流社會及其傳統規則，而女性則可以「非理性」，任情發展，任性而爲，從而成爲主動者、追求者、真純者和強者。而男人們則往往變得格外的虛僞和怯懦，且越怯越虛僞，越虛越怯懦，循環不已，所以這樣的故事也就沒完沒了。

《飛燕驚龍》中的楊夢寰的不近人情，受到了讀者普遍的責難。如此「女活而男呆」，實在讓人莫名其妙而又憤憤不平。要麼是臥龍生不會寫男人的愛情（出於男作家的虛僞、卑怯或茫然無知）；要麼是臥龍生想讓男主人公多多的周旋於眾美之間，享其豔福（理由同上）；要麼更壞，作者不把愛情放在眼裡，而只考慮如何婚配，且最好是父母之命、媒妁之言。

不論是出於哪一種理由，臥龍生的小說意外的表現了中國傳統社會的真實的一面，更寫出了男性心靈世界中真實的一面：呆拙、軟弱、虛僞和卑怯。臥龍生小說中常出現「天生尤物紅顏禍水」的主題，則是傳統文化的最荒謬的男性中心論的表現，也是男性心理的最陰暗的那一面的體現。如此受歡迎，當然只能受男人的歡迎。

總之，筆者所謂的「有意思」，是指臥龍生有心栽花花不發，無意插柳柳成蔭。

再說「奪寶」，這個話題比較簡單，它可以集中矛盾衝突，大打特打；也可以在尋寶的過程中加入撲朔迷離的情節；還可以在藏寶之地佈置機關秘道、珍禽異獸，寫出奇異的環境和場景。而它的意義，是寫出人性的貪婪，及江湖人的種種可笑與可悲。

再說「爭霸」，這乃是臥龍生小說的情節支柱，幾乎所有的小說都以此爲主幹。可以「無情」，也可以不奪寶，但決不會沒有神秘的「魔頭」或「梟雄」在暗中培植勢力、策畫一統江湖的陰謀，對白道武林（以九大門派爲主）造成巨大的威脅，以至於黑雲層層、血光閃閃，牽動全局。這樣寫，除了使小說的情節更爲豐富複雜、場景空間更爲闊大，氣勢更加磅礡，從而奇巧又驚險、更加吸引人之外，還有以下幾點特色：（一）除了《飛燕驚龍》中的天龍幫主李滄瀾差不多是擺明了要與白道做對、爭霸武林之外，後來的陰謀家和野心家，都在暗中行事，以至於迷霧重重。這可以使小說的情節更加曲折，更符合陰謀家的本色。但一些小說中的反面主人公神秘得過了份，非但白道中人搞不清他是誰，連他的屬下亦不知他是誰（例如《春秋筆》、《金筆點龍記》），這未免有些過猶不及。（二）作者寫梟雄爭霸，白道抗爭，但卻不是雙方直接的衝突，關鍵的因素往往是「第三者」，即某個年輕的主人公及其同夥。這就是臥龍生的特別之處了，一來可以寫正派中人的各種內訌式的矛盾及其意氣用事（臥龍生筆下的九大門派絕非單純的俠義正道的概念化形式），從而使矛盾複雜，同時也讓人認清正派中人的複雜性；二來，「第三種人」的出現，即可以看成是作者的一種希望的寄托，又可以看成是老滑的正統派人士要培養和製造鬥爭的工具。如《絳雪玄霜》中的方兆南可以說是少林老僧覺夢、覺非的工具，《金筆點龍記》中的俞秀凡是大俠艾九靈的工具……這很有意思。三來，年輕的主人公們往往有「便宜行事」的權力、能力及獨特品質與價值觀念，這一點，無論是從早期的《絳雪玄霜》中，還是從晚期的《劍氣洞徹九重天》中的主人公江楓身上，都可以看得很明白。（三）一般的武俠小說對於反派人物，大多有臉譜化的傾向，臥龍生當然也不例外，但有不少的小說，往往能在故事結局之前，給予反派梟雄爭霸江湖的一個深刻的心理動機，如：《素手劫》中的南宮夫人的情變之妒恨及復仇的變本加厲；《金筆點龍記》中造化城主是出於對其師兄大俠艾九靈的妒恨：正道上無法超過師兄，只有別尋蹊徑；更不必說，統一江湖，爲天下武林之主的權力夢想，乃是梟雄魔頭們的最基本的，又是最根本的心理動機。（四）臥龍生小說中的正邪大衝突，與眾不同之處在於其不僅兇險而且神秘曲折，不僅鬥力鬥勇而且鬥智鬥巧；這就進入了社會生活及其政治鬥爭的某種象徵的層次，儘管作者並非有意爲之，更無營造寓言的動機（如金庸的《笑傲江湖》那樣），但寫得好的，往往能讓人讀出言外之意。

三

臥龍生小說的特色是突出的，而其局限也是很突出的。最突出的一點，是不愧「臥龍之智」，極盡機巧，致使情節多變而奇詭迭出，可以吸引人一口氣讀下去。

也正因爲這一特點，臥龍生多用心機，而少投入情感；甚至多用腦而不用心，以至他的小說的深度不夠、品位不夠，好看而不耐看。第一遍看，確實很容易被其吸引，臥龍生的想像力及講故事的本領確實不可低估；但若是看過一遍，將其懸疑看破，卻難以提起再看一遍的興趣。這使他的小說無法與金、梁、古的優秀小說相比。

具體說，是小說的主題不夠鮮明突出，更少有深刻與獨特之思想；而且其小說的人物形象一般設計精巧，但類型化較明顯；進而，臥龍生的小說只能做純粹的消遣，而離現實人生距離較遠，看來作者並無明確的「書寫世間悲歡，抒發人生感慨」的追求，而只是賣文為生，編織故事產品。

臥龍生雖說善於編織情節，善於講故事，但因小說篇幅較長，而創作時間也長，臥龍生的小說難免有這樣或那樣的疏漏和破綻。《飛燕驚龍》的缺陷，我們在前文中已經說過，他的最出名的「代表作」《玉釵盟》，也一樣有許多重要的情節有頭無尾，不知所終，因而造成了小說結構的不完整，殊為遺憾。例如小說中對䥥情劍的來歷及劍匣之謎始終沒有揭開；獨孤之墓與南海奇叟的關係到最後也不清楚；而恨天一嫗與少林慧空大師的情仇恩怨及其來龍去脈亦是未加交待，如此等等，破綻甚多。佳作如此，其他的作品，更不用說，你幾乎找不到一部毫無破綻的作品來，這不能不說是作者的態度和才力的問題。這當然也是我們的武俠小說及通俗文學中普遍存在的問題。通俗趣味成就了臥龍生，然而又限制了臥龍生。這位臺灣武俠小說的「泰斗」，終於沒能超越自我，反而被古龍等後來者所超越，其中因由，值得深思。

第四章《絳雪玄霜》賞析

提起臥龍生小說的名篇，人們首先想到的恐怕是《飛燕驚龍》和《玉釵盟》，繼而又會想到《天香飆》和《無名簫》，《絳雪玄霜》當然也不錯，但若論名，恐怕要排到三甲之外。當然這不一定能說明什麼問題，一來是趙錢孫李，各人所喜；二來知名度的大小與小說藝術水準的高低固然不無關係，卻不能構成邏輯學上的所謂必要而充分的條件。

雲南人民出版社策畫出版一套「港臺新武俠小說精品點評叢書」，臥龍生當然入選，可是具體選哪一部卻眾說不一。恰好臥龍生先生當時正在北京參加武俠小說創作研討會，於是順理成章，請臥龍生先生自荐一部。正是這部《絳雪玄霜》，出乎大家意料，倒也平息了紛爭，解決了難題。

事後思之，選擇《絳雪玄霜》倒也沒什麼不對。在臥龍生先生本人，或許不無自家的孩子（作品）個個俏的意思，加上這部《絳雪玄霜》在中國大陸又較少人知，所以就選擇了它，以便讓更多的讀者讀到它。而說到選擇此書的理由，除作者的自薦之外，還有兩點：一是這部《絳雪玄霜》確實寫得不錯，在臥龍生的作品中當屬上乘，是不是最好其實關係不大，因爲臥龍生的作品，尤其是寫得較好的作品，水準上極爲接近，相差無幾。二是這部書中包含了臥龍生小說的基本模式、基本規範及其技藝上的基本要素。也就是說，讀通了這部書，對臥龍生小說的創作風格、創作方法及其基本套路與形式，就能大致了解。此外，還有一個不大容易一下子說得清楚，但卻又相當重要的理由，那就是《絳雪玄霜》這部書，似比臥龍生的其他的小說多一點東西。什麼東西？或許是他寫此書時不僅用了腦，而且也用了心，因而不知不覺的投入了自己的人生經驗及種種感慨。這使得《絳雪玄霜》有了一種獨特的神彩，並能產生一種奇異的力量，振動讀者的心弦。當然，這需要我們用心去讀。

一　主題

咱們還是開門見山，上面所說的那種隱秘的玄妙因素，其實就是這部書所隱含的人生主題，它的妙處與神彩不在於其觀念的深淺及表述的曲直，而在於它具有真摯的情感及其生動的形象性，因而有一種打動人的力量。

武俠小說家創作方法有很多，但基本的方法卻不過兩種，一種是純粹的智能操作，編織曲折玄奇的傳奇故事；另一種則是更進一步，有心借武俠傳奇故事去記寫世間的悲歡和抒發作者的人生感慨。臥龍生，尤其是寫《絳雪玄霜》時的臥龍生，則是介乎二者之間，他的基本的創作動機及目標當然只不過是寫傳奇故事，但卻又不知不覺，或有意小心翼翼，或實在忍不住，在自己編織的人物及故事情節中，寫出自己心中塊壘。這樣，我們用心讀起來，就很有意思了。

比如書名，作者以《絳雪玄霜》爲名，或許原本並沒有什麼特別的意思，只是覺得這一書名比較有趣。一般的讀者在剛剛看到書名時，大約會感到有些奇怪：絳雪、玄霜？絳色雪、玄色霜？哪有此事？等到知道書中有兩個女主人公，一名梅絳雪，一名陳玄霜；一穿白衣，一穿黑衣；一面冷峻，一面熱情……等等，就算是找到「出處」了，於是就不再多想。這就有些遺憾了，看完全書再來想這書名，就會覺得它不但具有視覺形象的鮮明性、奇異性與刺激性，更有語言意象上的一種奇妙的內涵，如不祥不兆一類，至少是「異象」與「異兆」，從而會使人感到驚恐不安，而又沉重壓抑。若是聯繫到男女主人公之間的關係，則是這種驚恐與壓抑就更加難以擺脫了。——這當然只是筆者的個人感受，是主觀印象，不足爲憑。僅在書名上下功夫，而且還夾雜玄虛印象，當然難以使人信服。

下面我們來說些具體的東西。

讓我們倒過來，從小說的結尾處開始說起。結尾處是少林寺長老覺夢和代掌門人大愚等人捧著少林方丈的袈裟及綠玉佛令，來請主人公方兆南去做少林寺掌門人（這真是一種出乎意料的奇思妙想），在場的梅絳雪、陳玄霜、周蕙瑛三位愛慕方兆南的少女連忙搶著發言，或曉之以理，或動之以情，或壓之以師父之命，總之是力勸方兆南不可接任少林寺掌門一職，不可存出家爲僧之念。面對這一幕，方兆南並未做出明確的選擇，而是站在那兒發呆，不知道怎麼辦才好。小說到此全部結束了，留下一個懸念給讀者去思索和品嘗：方兆南到底會做出怎樣的選擇？這確實是一個任何人都不易做出選擇的兩難之境：少林寺方丈在武林中的地位與身分是何等崇高和榮耀！而梅、陳、周三女卻又是如此的美麗和多情！更深一層則是：入世不易，出世更難。方兆南站在那兒發呆，並且心潮起伏、感慨萬千，固然與此有關，但他的心情，恐怕比那兩難選擇更要複雜得多。

要想回答「方兆南爲什麼要發呆」這個問題，必須徹底了解方兆南這個人，了解他的全部經歷，即了解這部書的全部內容。

而這一問題的答案，則正是我們所說的本書隱含的深刻的人生主題。

（一）身分的尷尬

方兆南是本書的敘事主人公，但卻一直不是他所處的那個世界的真正的主角，爲了當上那個主角，方兆南付出了無數的心力，結果卻並不美妙，總是徒勞。這正是本書的奇妙之處，方兆南的「身分的尷尬」幾乎貫穿始終：他想扮演的角色總是得不到他人的認可；而別人派給他的角色卻又非他所願，乃至與他風馬牛不相及。

方兆南彷彿成了整個武林世界的異己份子。邪派的人物，如冥嶽教主及其徒弟藍衣女唐文娟、紅衣女蒲紅萼，江南黑道頭子袁九逵等人欺負他、排斥他、與他爲難，以致勢不兩立，這都是理所當然的，因爲方兆南確實不是他們那路人，更不願與他們同流合污。進而，正邪之間的一些孤怪人物如「袖手樵隱」史謀遁、「玉骨妖姬」俞罌花、一代名醫言陵甫等人或蔑視他，或利用他，或懷疑他，這也情有可原，因爲這些人都是出了名的怪僻之人。

問題是，方兆南在真正的俠義道人物及正派武林之中，非但總找不到自己合適的位置，相反，一而再，再而三的受到懷疑、圍攻、排斥、打擊，如（一）他與天風道長及「神刀」羅昆等人同樣被冥嶽紅衣女所俘，亦同樣被她所釋，但方兆南卻得不到正派人士的信任，反而被他們懷疑和審查、乃至圍攻（妙的是，在方兆南未中紅衣女的毒掌一事被揭穿之前就受到了懷疑，未中毒掌只不過是進一步「證實」而已），若非陳玄霜相救，他將無法逃脫。（二）他去袖手樵隱處借罈子裝骨灰，因爲陳玄霜亮出了半截七朽梭，而被伍宗義、史謀遁所疑。（三）他與陳玄霜一同去泰山參加英雄大會，由於是打上泰山，得罪了少林僧人，這一場懷疑就更是險些要了他的命，若非梅絳雪的到來，他真的在劫難逃了。（四）當他從冥嶽逃生，好心去少林寺報訊，因爲赴冥嶽之人只他一個人逃了出來，而所報之訊又令少林僧人震驚，因而他的身分與來路又受到了懷疑，非但不想領他的情，反而似要將他當成心懷不軌的奸細。（五）在少林保衛戰中，方兆南居功至偉，流血負傷，幾乎送命，但戰事剛過，崆峒派、雪山派、崑崙、青城、點蒼等派的長老和掌門人趕來少林助陣時，石三公、耿震等人居然又將方兆南當成了冥嶽的奸細！而少林寺大愚代掌門居然也起了疑心，因而並不爲他辯解！——在方兆南所經歷的所有的被誤解與被冤屈的事件中，要以這一次最為令人震驚和意外，令人憤慨和莫名其妙，然而，也正因為這一次的意外和震驚，才使我們真正的了解到方兆南受冤屈的內在原因。

以前，我們在方兆南受誤解和冤屈時，總是想，方兆南這個倒霉蛋，確實有「說不清楚」的尷尬，即確有令人懷疑的地方，為他與梅絳雪的關係、他與陳玄霜的關係及陳玄霜的身分來歷和七巧梭的來龍去脈，如他吃了梅絳雪的解毒藥又受到梅絳雪的庇護和指點才逃出冥獄……這些事情確實說不清楚或讓人難以相信。再則，方兆南這傢伙又有些莫名其妙的小聰明，以及說話不盡不實的毛病，如身懷血池圖等事都不願對人坦率而言，這自然也引起了或增加了人們的疑心。

然而，在看到石三公、耿震等人對他的態度以後，我們忽然明白了，所謂說不清的尷尬，以及話不實不盡的可疑，都不過是方兆南被誤解的表面原因。更深一層的原因是：受羅昆等人的懷疑，是因為這些人物要找一塊遮羞布同時又要一個出氣筒；受伍宗義等人的懷疑，是因為陳玄霜不僅身懷七巧梭，更攔阻過他老人家的道路，從而使他老人家大失面子；受少林方丈大方的懷疑，首先是因爲他打上泰山，過了少林高僧把守的三關，讓他們面子大失；再受到少林寺僧的懷疑，乃是因爲他們不願意相信、更不願意承認少林方丈會生死不明，三十六位高僧居然會全部戰死這一驚人的、有辱少林一派名聲的消息！……

但上述的原因還不是真正深刻的原因。真正深刻的原因是，方兆南太過年輕，而且此前沒有任何名氣，只是最常見的武林無名小卒；更重要的是，方兆南幾乎沒有任何背景，他的師父周佩已經遇害，況且周佩也不屬於九大門派的任何一派，以至於少林寺的大方禪師連他（指周佩）的名字都不知道。年輕、無名、無背景的方兆南要想走上前臺，充任這這一世界的主角，就像從底層想一躍而上塔頂，更像想從邊緣一步邁入中心，這怎麼可能不招到正統的九大門派的嫉恨？怎麼能不招致「主流社會」的一致反對？要命的是，恰恰是這個方兆南，不僅有過一些奇遇，學得了一身高超而又奇異、不屬於九大門派正宗的武功，隱隱對正宗武林及其代表人物構成了一種威脅，有時恰恰直接傷害了他們的面子與自尊（如方兆南與少林高僧的比武獲勝，無疑大傷了少林的面子）。進而，方兆南懷有滿腔熱情及雄心壯志，加上年輕氣盛，似要靠自己的武功直接進入武林的主流社會，這就使人感到他是一個不折不扣的異己份子——

武林世界只不過是中國傳統社會的一種投影。在這一世界中，固然有正義與邪惡之爭，然而更多的卻是「正宗」與「邪門」（旁門）之爭，即主流與非主流之爭，統治者與被統治者之爭。武林世界的主流，當然首先是九大門派，即少林、武當、峨眉、青城、崑崙、崆峒、點蒼、雪山、華山等。再加上江湖上的一些高人兼名人。這一世界有幾條最基本的規則，即：（一）以九大門派爲核心；（二）絕對的封閉及等級森嚴；（三）此外還有一條原則，即強者爲尊，但須爲我用，否則便群起而攻之。當年武林群雄圍攻七巧梭主人以及他的師兄，乃至不惜用見不得人的美人計，讓「玉骨妖姬」俞罌花去破壞那對師兄妹之關係；待到事成，見俞罌花又尾大不掉，於是又發動一次對俞罌花的圍攻，當然，這都打著「正義」的旗號。因爲他們是正派，自覺得理所當然的代表著一種正義。所以少林方丈大方禪師在泰山邀集武林高手共同對付冥嶽主人，按說這是整個武林的大事，人人有責，然後大方卻搞了一個「非請勿入」，並將少林僧用作憲兵隊兼攔路打手，凡是未得邀請者，一律不得上山。說起來很好聽，是爲了不使武林震動，並爲未來保留希望的種子，而實質上，泰山之會只不過是武林主流社會的一個俱樂部，與會之人必須有相應的武功、身分、地位。而方兆南打上泰山，無疑破壞了這個封閉保守的高級俱樂部的遊戲規則，他得罪的不僅是少林一派，而是整個的俱樂部成員。因而他之受到懷疑、刁難、蔑視、圍攻，就是必然的了。倒是真正的冥嶽弟子梅絳雪受到了大方的禮遇，因爲擺明了是敵方，而又能爲己用，這樣的人才受歡迎。我們大可以將「登泰山、參與群雄大會」看成是一個寓言：方兆南想強行上山，而大方等人則要將他排除，泰山及泰山之會，都是身分與地位的象徵。而中國人，無論是傳統現實社會，還是虛幻的武林世界中的中國人，恰恰最講究身分與地位！方兆南恰恰缺少這個，一個無名小卒想一步登山，那不是癡心妄想嗎？

現在，我們可以來面對少林保衛戰勝利結束之後，雪山派與崆峒派的長老石三公、耿震及點蒼派掌門人曹燕飛、崑崙派掌門人天星道長、外加青城派掌門人青雲道長、少林派代掌門人大愚禪師等人，爲什麼會懷疑和圍攻方兆南這件事了。肯定有許多的讀者納悶，方兆南爲保衛少林寺九死餘一生，立下了如此之大的功勞，俠義之心天日可表，與冥獄的對敵立場亦絕無可疑之處，何以再一次受到如此不公正的待遇呢？是因爲他如何逃出冥獄一事說不清楚，因而有「歷史問題」？還是因爲他不願意配合石三公等人的「組織審查」而招致了麻煩？看起來似乎這樣，實際上完全不是那麼回事！真正的原因恰恰是方兆南的功勞太大了，大到難以置信，而大愚對他的誇獎及對他恭敬的態度更激怒了在場的俱樂部成員：這小子豈不是要與我們平起平坐，甚至高我們一頭？他的光彩或氣焰不是要將九大門派的臉面和光榮掩抹？這怎麼成?!這又怎麼可能?!沒有九大門派的聯手，就憑他小子一人加上南北二怪？這小子是什麼人？無名小卒！南北二怪又是什麼人？邪門之徒！他們都是異己份子，不殺殺他的氣焰，哪裡能表現出九大門派的厲害，俱樂部規則何存？加上這小子進門之際，並不拜見在座的掌門人、老前輩，卻與青城派的弟子張雁點頭！青城派的掌門青雲道長本人就是因爲以幼代長而當上掌門，因爲破壞規則而受到俱樂部其他成員的冷淡和輕視（當然這仍是俱樂部內部的事），而這小子居然先與青雲的弟子打招呼，這「目無前輩」「沒有規矩」兩項大罪，是可忍、孰不可忍……也就是說，石三公等人早已義憤填膺、成見在胸，早已定了方兆南的破壞規則之罪，並產生了清除異己之謀，其後的審訊，不過是走一個過場而已。沒想到這小子果然屁股上有屎，而又態度惡劣，那就更是坐實了他的敵特之嫌了！——只有青雲道長幫他說了兩名公道話。原因之一，是青雲道長見識過人且心胸開闊；原因之二，則是青雲道長受過「肅反」之苦，深知個中滋味，因而不免同病相憐。——令人不解的是，少林代掌門大愚在審判會上居然一言不發，書中的交待是因為大愚對一些事也產生了懷疑，因而也想借此機會將方兆南審查清楚。其實，更關鍵的是，大愚也是這個俱樂部的成員，而且少林寺還是主要成員，是安全理事會的常任理事派。大愚在俱樂部、理事會與方兆南的衝突中，怎麼可能有那種膽識、那種勇氣來站在方兆南一邊，為他的清白辯護，從而與九大門派做對?!

方兆南應該明白了：這是一個權力結構，尊卑長幼，門第出身，社會關係，以及晉升體制等都有一整套嚴格的規則，不可動搖，因為這也是一個封閉和保守的權力俱樂部，外人休想輕易得到入場券，異己份子一定要被清除。這就是冷峻的武林現實及江湖規則。

筆者不知道這是否與臥龍生本人的經歷及他的人生感受有關?有多大的關係?諸如,他從軍隊中退役一事;以及他作爲武俠小說作家中的巨星而仍是文學的「異己」一事……這不好向他請教,也不好猜測,又不必猜測。相信每個讀者都會有自己的閱讀感受,應該有自己的判斷的思想。這與作者的關係已經不大了。

(二) 角色的迷惘

《絳雪玄霜》從某種意義上講,是方兆南這位敘事主人公在武林世界中尋找自己的位置,確定自己的角色的過程。

他的雄心壯志,是要爲武林正義盡一份心力,以至於報復師仇以及男歡女愛都成了次要之事。他不想成爲武林霸主,卻夢想成爲真正的武林英雄,希望受到武林人物的尊重和愛戴,希望讓人刮目相看……因爲他是一個心存正義而又聰明機智的青年,更是一位熱情澎湃而又壯志凌雲的青年。

可是,前文中已經說過了,這種雄心壯志,在這樣的武林世界中,只能是一種地地道道的夢。實際上，命運分派給他的角色，令他、也令讀者無比的失望，那就是充當真正的武林強者的工具。——（一）俞罌花要他去九宮山以圖換藥，這是他身不由己的第一遭；（二）陳天相（陳玄霜之祖父）之所以教他武功，是要他替他們護法、托囑身後之事；（三）少林高僧覺夢、覺非教他武功，只不過是要他代少林出力，還要他代表他們去與羅玄比武；（四）盲眼道長傳他武功，是要他代做信使；「蜂王」楊孤教他馭蜂之術，是要托付那一籠他鍾愛一生的奇峰；（五）羅玄要他去幫助武林群雄，是爲了清理自己的門戶；（六）少林寺要他去當掌門，是要維護少林的威名（戰勝羅玄的弟子），更是要讓少林武功回歸少林……

這一連串的遭遇，使我們不禁想到了金庸的《笑傲江湖》中的主人公令狐沖（比《絳雪玄霜》及方兆南晚出五年以上）。此人也是被他的師父岳不群、他的岳父任我行，以及各大江湖門派的掌門人當成了權力鬥爭的工具，使他產生「人在江湖，身不由己」之感慨。

而方兆南的遭遇其實比令狐沖要可悲得多，令狐沖不過是華山一派的異己，而方兆南則是整個武林世界的異己。他在少林保衛戰中是何等的無私無畏、何等的卓越輝煌，住方丈室、與大愚並肩同行，少林寺中千百弟子對他是何等的尊敬，然而大事一過，他迅速的由大恩公降為座上賓，繼之再降為階下囚！血池尋寶，落入了冥獄弟子的手中所受的苦痛和磨難，相信遠不如少林寺戰後審判對他的傷害那麼深。

在《絳雪玄霜》的落幕戰中，我們看到了方兆南這位早先雄心勃勃且至今仍懷俠義之心的年輕主人公，其身分的尷尬達到了極點，從而進入角色的迷惘及人生的迷惘之中。曾幾何時，他顧不上找結義兄弟南北二怪，甚至也顧不上救出周、陳兩位師妹，而是去佈置眼線（張一平）、探聽敵蹤，要為武林盡一己之力。最後，他倒也盡力了，可是，一方面，他成了羅玄的一個小小的信使；另一方面，他又根本沒有得到武林群豪的真正認可，在那個以九大門派為主的俱樂部中，仍然沒有他的位置。他只有以參謀的身分幫助伽因禪師指揮進攻，但華山掌門人洪方等人顯然不將他放在眼中；那位伽因禪師雖明知他的才智、武功、對敵情的了解都高過自己，並且還客氣一句，要以盟主指揮一職相讓，但方兆南這回學乖了，他沒有接受，而伽因禪師亦再不說第二句客氣話。因為他知道方兆南這樣年輕而又無名的年輕人，要想獲得他這樣的地位，並且得到俱樂部成員及武林公眾的認可，難！難於上青天！

聰明的方兆南，何嘗不知道這一點？正因如此，他才對自己的角色，乃至進而對自己的人生追求及意義產生了根本的迷惘：爲什麼？到底要得到什麼？又能得到什麼？得到的又是什麼？

（三）幻滅與悲愴

經歷了上述一切，不能不使雄心萬丈的方兆南產生幻滅，亦不能不使胸懷俠肝義膽的方兆南感到悲愴：你得到的，未必是你所追求的；你追求的，偏偏總也得不到。以爲是正的，偏偏卻比邪更惡；以爲是邪，倒又有正大光明。盡力而爲的義舉非但得不到世人的認可，反而遭到懷疑與誹謗；盡性而爲的怪傑並未被世人唾棄，反而舉世讚譽和崇慕……

「鬼仙」萬天成的出現，用封脈之法傷了腿，不但使他明白自己技不如人，從而興起了重修武功而救師妹的決心；更讓他有機會結識爲他治腿的盲目道人與「蜂王」楊孤。這兩位性格古怪的江湖前輩不僅讓他學到了三招掌法及馭蜂之術，更讓他產生了對「瓦罐不離井上破，將軍難免陣上亡」的武林生涯徹底的沉思和深刻的幻滅。

方兆南半年之後重新進入江湖，練好的武藝原只是爲報師仇、救師妹而來，適逢冥嶽教主聶小鳳與「鬼仙」萬天成聯合邀武林群雄參與鵲橋之會，這是萬、聶二人的爭霸江湖之戰。這一局勢又激起了方兆南的雄心與俠心，這將是他最後的機會證明自己的價值，追求自己的人生目標，找到自己適當的位置，以及自己人生的意義，沒有人請他、求他，他照樣興奮不已，覺得責無旁貸。可是他卻遇上了羅玄，這位武林景仰的當世第一高人（當然也是老人）的出現，使方兆南只有聽訓的份兒，儘管方兆南也找機會說了羅玄幾句，而羅玄亦以寬容的態度對待之，但實質上，兩人的身分與地位是早已定好了的：方兆南只能作羅玄的一個小小的信使——這就是他最後的身分之「定位」。他成了一種可有可無的人物（沒有他，誰都可以當信使）。這雖然使鵲橋大陣迅速的、出人意料被羅玄輕而易舉的剿滅了，但方兆南卻因他的雄心大志無法實現而充滿悲愴。因而當羅玄離去之時，他出乎意料的向羅玄挑戰，與其說這是在執行覺非的遺囑、完成覺夢的心願，更不如說他是爲自己的光榮與夢想，及其幻滅和悲愴而戰！這是他真正幻滅的產物、悲愴的結果，當然在潛意識之中，他仍然要想證明什麼。沒想到這一戰的結果，居然會成爲少林方丈的一種考核：他合格了。他終於得到了一張「入會」的證明，可是，此時的方兆南，又怎麼能像以前那樣去接受它呢？

這就是他發呆的因由和背景。

只要我們認真的去品味，我們不難體會到其中微妙而複雜的人生感受。這也就是我們說的，《絳雪玄霜》一書的非同一般的隱性主題。

二 人物

一部書的主題，需要在一定的故事情節中展現，同時更需要一定的人物形象來承擔。我們之所以不專門談情節——本書的故事情節有不少精妙之處可言——而要專門談人物，這是因爲（一）我們在談論臥龍生的小說模式時已經涉及了這個問題；（二）我們談主題、談人物時必不可少的要涉及本書的情節構思。

說人物，首先當然該說主人公方兆南。對此人物我們在上一節中已經涉及了不少，卻沒有談到這一人物形象的特點。這一人物的特點之一，是與往常的俠義人物的理想模式不大相同，也就是本書中的兩位少林寺老和尚對他的判詞「狡滑而不失俠性，毒辣而心存仁厚」。——這也可以看成是作者對這一人物的判詞，或規畫圖。儘管我們只看到了他的狡猾與俠義，而很少看到他的毒辣的一面，但作者能那樣規畫，總是值得注意的。方兆南的聰明機智我們有目共睹，而他的狡猾則是經過了覺夢（也是作者之意）的提示之後才感悟到的；他的毒辣，也許還沒有完全顯示出來。

這就要涉及到方兆南這一人物形象的第二個特點，即他的模糊性。這又可以從兩方面來解釋，即：一方面，主人公形象的模糊性，是作者創作這一人物形象時的失誤所造成的，或者乾脆說是一種失敗。因爲作者想要刻畫一種武林梟雄與武林英雄之間的人物，但實際上卻沒有完成它。按覺夢的設想，方兆南不論是梟雄也好英雄也罷，必定會大放異彩；但誰料方兆南並未成爲真正的雄豪，而是夾在幾派之間的小縫之中充當小小的走卒？這無疑是作者情節設計時的一種失誤和偏差，即沒有按原來的目標去完成任務。可是，另一方面，正像我們在前文中所說到的，正因爲寫到了方兆南的的黯然失色，才使本書的人生意味更加濃郁，而非簡單的離奇故事。從這一角度看，他又是成功的形象，至少有成功的一面：可以啓發人的深思，給予人以獨特的感受，與讀別的書，面對別的主人公頗不相同。這種模糊性，一方面是作者的創作失誤或失神，另一方面卻又無意插柳柳成蔭，引發人們的聯想與思緒。由此可見文學創作這玩意兒當真有不少莫名其妙之處。

其原因不難想到：（一）作者無意將方兆南寫成自己的影子，甚至無意將他寫成自己人生感受的傳聲筒；但在具體的寫作中卻又情不自禁的要加入自己的情感態度及人生體驗。（二）作者無意於將人物的形象置於小說情節構思之上，但在具體的情節發展過程中又不能不考慮人物性格的發展變化，所以形成了一種矛盾，從而最終形成了方兆南這一人物的模糊性。這也正是臥龍生只能是臥龍生，他比不上金庸，甚至也比不上後來居上的古龍；然而卻又比那些只會編故事，甚至只會玩老套的武俠小說的炮製者要高明得多。

除了方兆南，本書的重要人物就是（梅）絳雪、（陳）玄霜了，這兩個人物，雖不無生動鮮明之處，但嚴格的說，形象比較單薄。應該說，作者對這兩個人的設計是相當妙的：梅女著白，陳女穿黑；絳雪冷傲而內熱，玄霜多情而偏激；絳雪形象的點睛之筆，是她對男人只求名義或名份，而怕肌膚之親；玄霜形象的點睛之筆是她但求擁有，以至於鐵鏈綑情郎。小說中也提供了這兩個人物的不同性格的背景與因由。絳雪是長期生活在冥嶽門下，性格的形成當然與環境相關；玄霜則只伴祖父一人，孤單而又任性，總之，我們能在她們的不同的生活環境與背景中找到其性格形成的合理性和必然性。這兩人可謂黑白分明，似天生的冤家對頭，容易給人留下鮮明的印象。

作者的設計很妙，但表現的卻只能說是一般，比下有餘而比上不足。其原因，可能是作者在寫作過程中，（一）對愛情情節的描寫總體上重視得不夠；（二）對人物性格及心理的深層內容挖掘得不夠；（三）對人物形象的發展變化表現得不足；（四）歸結爲：作者想玩弄機巧，以奇招取勝。

所謂的奇招，就是梅絳雪自始至終都只說一句話「我是方兆南的妻子」，並要方兆南「不要忘了對月盟誓」。這樣，奇則奇矣，但自頭至尾都這麼寫，反而又呆板又淺露了。實際上，梅絳雪這一人物大有可寫之處的。她之所以要與方兆南對月盟誓，並且自此以後用這條盟誓當成無形的鏈條綑住方兆南（這與陳玄霜的有形的鏈條相映成趣），當然是因爲（一）她確實愛上了他，且越來越深；（二）她不懂得愛的表達方式，因而只有以婚姻的盟誓形式來做代用品（傳統社會中對婚姻的重視程度遠遠大於愛情，彷彿婚姻是愛情的最高形式或取代者）；（三）她的性格冷傲，能說出這句話即已了不起，其他還能指望什麼呢？（四）她有畏懼肌膚之親的毛病，因而但求一夫妻之名足矣。所以，她總是說「我是你的妻子」。只要我們注意去看，書中的梅絳雪對方兆南的愛意，有不少是通過一些微妙的言行細節表現出來的，這就是說，作者也注意到了細處，並在書中寫了出來。不看不知道，一看挺美妙。

那麼，毛病出在哪兒呢？（一）是對梅絳雪的心理把握的不夠透徹，表現的也不明確，很容易使人造成誤會，此女總是一味的冷傲而卻要逼方兆南承認婚姻之約，這算什麼？（二）盟約之語，可以說，甚至也可以多說，但不能從頭說到尾，而且說來說去只有一句老話，這容易使人感到乏味，更會使人物形象陷於呆板單薄；（三）對梅絳雪的形象整體始終未做明晰的勾勒，只說她面冷心熱，但卻說變就變：先將冥嶽之圖交給大方，然後卻又不將具體的內情相告；後來在冥嶽中又變得莫測高深；最後又變成了羅玄的衛道士。加之她數次救方兆南的命，卻又數次冷淡他，有時使他莫名其妙，又有時使他氣憤懊惱。關鍵之處，總乏點題之筆，因而讀者情況不明，只能平平看去，當然難解妙趣，反而會如入五里霧中。這就是作者弄奇弄巧，反而成了拙。

陳玄霜的形象比較統一鮮明，少女懷春，癡情偏激，遇到梅絳雪，本能的感到威脅，便想殺了她；後來更想出「絕妙」之法，用鐵鏈將方兆南鎖住，不讓他與其他的女子接觸；再後來又希望與他同死，一了百了。這些都是傳神之筆。問題在於，陳玄霜的形象，總使人覺得缺乏深度和厚度，除上述內容之外，小說中對她的來路及身分的處理似乎太簡單了一點，而對她性格的發展變化，及心理深處的情緒與意識又挖掘得不夠，須知絳雪、玄霜不僅是書中的兩個主要人物，而且還上了書名，讀者對她倆關注較多而期望較大，當在情理之中。而書中寫得這麼簡略，難免會讓人感到有些不滿足。

上面說了那麼多，並不是說絳雪、玄霜寫得不好，而是說，設計得非常之好，而完成得相對一般——沒有我們期待的那麼好，卻又比一般的印象實際上要生動得多。總之是作者有寫人的才能，卻沒在寫人上下夠功夫。

才能有餘，而功夫不夠；細微精彩，而大處粗疏，是臥龍生描寫人物形象的兩大特點。這使我們很難在文學形象的較高水準線上來評價和分析臥龍生筆下的人物性格。而另一方面，臥龍生筆下的人物，比之於一般的武俠作家作品，卻又精妙得多了。

《絳雪玄霜》一書中有不少的人物值得一提——或者說有不少人物的某些寫作特點值得一提，如南北二怪、石三公與耿震、羅玄與聶小鳳等等。認真的說，這些人物都只是類型化的人物，但我們要說的正是臥龍生在類型化的描寫之中，常常能有精妙之筆，使這些人物給人留下特殊的印象。

南北二怪的形象本身沒什麼特別的地方，這樣的怪僻人物，並不少見，而臥龍生所寫的又不是什麼主要人物，也不怎麼用心，是以出現之初也並不讓人注意。但書中寫到方兆南化解南北二怪之間多年的積怨，而讓他們坦露無形中生長起來的惺惺相惜之情，以及對人生的反省與懺悔，卻是讓人刮目相看。因爲這一筆不僅寫出了人類心理的一種奧妙，而且還寫出了人性善惡的可轉化性。南北二怪的改邪歸正，是本書中最動人的場景之一，因而也使這兩個類型人物擺脫了概念公式，而獲得了人性的靈光，從而給人留下了深刻的印象。

石三公與耿震二人的形象，與南北二怪形成了一種對比。這兩個人給人的第一印象，是倚老賣老和脾氣暴躁；接著又顯示出某種霸道和殘忍；再接下來又有狡猾自私的一面；再後又表現出貪婪與愚蠢；繼之經歷一次生死考驗，表現出了卑怯與可憐；後來又忽然有所感悟，最後則歸於貪婪。由於有不少的篇幅寫到他們，所以作者對他們的性格描寫，可以慢慢展開，寫出他們的不同側面，以及隨環境的變化而產生微妙而又深刻有據的變化。這不但使他們有更多的活氣，而且也有較爲突出的個性。當然，我們對這兩個人的深刻印象，還因爲，在寓言層次上，這兩個人物可謂是傳統社會之長老的象徵：他們的存在與方兆南的追求有某種本質性的矛盾衝突。

羅玄這一形象之妙，就在於大部分時間，此人的形象雲遮霧罩，傳說紛紜而又評說不一，說神道鬼都有，善惡正邪不辨，甚至生死存亡都莫衷一是，待到本書的結局部分才出場，大出人們意料，他不僅已經殘廢，而且已到油枯燈滅之時，形象與人們的料想大不相同，既不是人們想像的那麼好，又不是人們想像的那麼壞。他給人的印象比較複雜，既有狂傲的一面，又有人之將死時懺悔的一面；既有坦蕩的一面（如對方兆南、梅絳雪講述了他與聶小鳳之間的關係），又有神秘的一面——他的出場就帶有明顯的神秘色彩。不過作者最終還是將他寫成了一個真正的人，一個老態龍鍾的武林人物，這與傳說中的羅玄大不一樣。這種不一樣，亦正是本書的一個妙處。

再說聶小鳳。老實說，這個人物從整體上說是寫得不成功的，基本上是按照簡單的女魔頭的形象來寫的。但到了小說的最後，羅玄講述了聶小鳳的故事，卻又出乎我們意料之外。這一筆使我們找到了聶小鳳成為女魔頭的真正的原因：（一）不管她的生父是不是少林寺方丈，她的父親都是不負責任的，方生和尚對她也是殘忍的；（二）她的幼年極為不幸，幾乎在逃難中長大，這使她經歷了磨難、鍛煉了性格，也使她積澱了仇恨；

（三）她的青年時期被自己的師父姦污，這是一個女性的極大不幸；（四）更不幸的是，師父姦污她以後，不及時懺悔自己並取得對方的諒解，反而把一切責任推到她的頭上，對她冷淡和輕蔑，這就不僅玷污了她的身體，更侮辱了她的人格，壓抑了她的自尊、扭曲了她的靈魂；（五）所有的這一切，居然只因她的母親及她本人的美貌，以及「紅顏禍水」的荒謬之論。這種典型的男性社會的惡劣價值觀，成了男人們逃避自己的責任、乃至逃避罪惡的托詞。（更莫名其妙的是，作者臥龍生對此謬論似乎也信奉不疑，更無一言批判。）

由以上幾點，聶小鳳從害師報復到成爲魔頭，找到了源頭和依據，而真正的責任該由羅玄及其男性社會來負！至少主要責任不應該由聶小鳳來負。也由於有了這一筆，聶小鳳的形象有了很大的變化，有了一定的深度。不過遺憾的是僅此一筆，僅此一點，原先似乎沒有真正的注意到聶小鳳性格的豐富內涵。

三　局限

《絳雪玄霜》同臥龍生的大多數小說一樣，是由報紙先載而後結集成書的；加上臥龍生才子氣較濃，信筆滔滔；再加上臥龍生本人一直沒有好好的修訂過他的作品，因而不免有這樣或那樣的局限或缺陷。

首先要說的一點，倒未必是一種純粹的缺陷，稱爲局限或更合適，於是便以此爲本節之題了。我們要說的是，這部小說的愛情故事線索及人物的愛情心理方面存在的一些問題。有些問題我們在前文中已經談及，而本書中又出現了這種情況。只不過，在這部書中，有些問題似該具體分析才是。最突出的一點。就是方兆南的愛情心理曖昧不明，致使小說的愛情情節總是原地轉圈，停滯不前，最終也難以測知會有怎樣的結局，會不會成爲無果空花。這是方兆南及臥龍生本人的「不近人情」之處，遺憾多多。

要說這個問題，其實並不那麼難以解決。方兆南態度的曖昧不明，或許有他的難言之隱，作者只要寫出這種難言之隱，就可以畫龍點睛，使本書的愛情故事成爲言情的佳品。

比如說，（一）方兆南真正是恪守傳說道德及社會習俗，即認爲婚姻大事須有「父母之命，媒妁之言」才行，從而對絳雪、玄霜二女雖有愛慕之心，卻終究不敢越雷池半步，苦苦自我克制，以至始終態度曖昧。這不僅引起了梅、陳二女的怨恨，同時還引起了周蕙瑛的誤解；周女與方兆南青梅竹馬，且老父死前又有交代，本可與方兆南有情人終成眷屬，但因梅、陳二女之介入，致使方兆南左右爲難，從而誤會重重。這是一種處理方法，可以使故事更精彩而且情節更曲折。（二）另一種方法，是方兆南對絳雪、玄霜二女的情感，本限於感恩報德，只因梅、陳二女追求過緊，一以無形的鏈子綑他（明誓），一以有形的鏈子綑他，大大的傷害了他的自尊心，反而使情變成仇。方兆南鍾情於師妹周蕙瑛，但周蕙瑛卻又另有遭遇，致使這幾位主人公之間的關係，撲朔迷離，複雜萬分，情仇交織，愛恨莫辨，這樣寫可以使情節更爲複雜，人物的心理也更有依據。

（三）還有第三種可能，即方兆南對梅絳雪感情深摯，自己卻並不自覺，總以爲此女出身冥嶽門下，必爲妖淫之人；加之梅女冷傲，更使他覺得難以捉摸，是以梅女多次表態，總不能得到他的呼應；另一方面，陳玄霜的介入，使他借以擺脫梅女，而這一來，又雙倍的對不住青梅竹馬的周蕙瑛；因而最終三面不是人，內心苦衷，無人可說。（四）第四種可能，是方兆南對絳雪、玄霜、周蕙瑛三人都有情意，但絳雪、玄霜一個冷傲、一個偏激，恐非良配，更主要的是，方兆南總覺得絳雪、玄霜武功太強，怕自己不是她們的對手，出於男人的可憐的自尊心（骨子裡的自卑），對她們只得敬而遠之，想要等到自己的武功勝過她們之時才談情說愛，而真到了那一天，梅、陳二女只怕又要改變態度，而周蕙瑛亦有一種自尊與變態，即自己的武功一天蓋不過絳雪、玄霜，便一天不與方兆南談娶論嫁。

（五）最後一種可能，是方兆南近朱者赤，跟覺夢、覺非練功，觀念、心理上逐漸發生了變化，而梅、陳、周三女咄咄逼人的性格，又進一步推動了這種變化，從而成了難以收拾的局面……以上五種可能性，都是存在的，任何一種，也比現在書中所寫要好。因爲不論是哪一種，都有一定的性格與心理依據，合乎情理，而不至於像現在這樣讓人莫名其妙。

再一點，臥龍生的小說的細節，常多精彩之筆，本書對若干主要人物（尤其是女性）

的衣衫色彩做了特殊的設計，如方兆南穿藍衫（後來穿破衣）；梅絳雪穿白衣；陳玄霜穿黑衣（認識方兆南之前一直穿襤褸之衣）；周蕙瑛穿綠衣（後來因爲當了萬天成的弟子，與玄霜同門，也穿上了黑衣）；蒲紅萼（梅絳雪的二師姐）穿紅衣；唐文娟（大師姐）穿藍衣；聶小鳳或披黑紗，或著黃衫……應該說，這是一種非常美妙，並且富有匠心的設計和描寫，一來可以使本書色彩繽紛，娛人耳目；二來可以讓讀者以衣認人，不至於認錯，一目了然；三來各人的衣衫又恰好是各人的性格或身分的一種提示：如藍色深沉；白色純潔而冷漠；黑色神秘而玄詭，而女子穿黑紗當然又妖冶淫邪；黃色至尊至貴；綠色活潑生氣；紅色火辣刺激……這與各衣衫之主都很吻合。

但這種妙想及妙筆，在書中也產生了副作用，（一）是作者以衣代人，幾乎重複無數遍，這就過猶不及，讓人反覺囉唆生厭；梅絳雪的大師姐、二師姐出場次數極多，每次多以藍衣、紅衣代之，用一長串衣、飾、兵刃的描繪以代姓名，未免累贅，而紅衣女本名（可能是）雲夢蓮，她自稱蒲紅萼（是不是她，下面還要說及），都只出現過一次。讓人無法記住；唐文娟、聶小鳳的名字也是很晚出現的，開始或是爲了神秘，但有梅絳雪在，又有何神秘可言；一變而成作者賣弄機巧，甚而故弄玄虛。這又引出了（二）讀者搞不清倒也罷了，作者也被自己弄糊塗，搞得張冠李戴，就成笑話了——書中還真有這樣的笑話，第四十四節至第四十五節中，一直是寫「藍衣女」（即大師姐）抓了陳玄霜、方兆南及青城派掌門人青雲道長，而到了血池尋寶時，抓著方兆南、陳玄霜、青雲道長的，又變成了「紅衣女」！前文中藍衣女自稱「蒲紅萼」，後文中藍衣女又名「唐文娟」！這不是作者自己將自己繞糊塗了嗎？

其三，本書的情節設計和安排，大體上是合理的，其中不乏精妙的轉折及奇巧的連環，從報仇的線索過渡到尋寶的線索，再過渡到武林爭霸的線索，以及對今日事之昔時光的追溯，都稱得上巧妙。加上作者有一波三折、起伏跌宕的寫作才能，使本書的情節十分的吸引人，懸念一個接著一個，讓人非一口氣讀完不可。

可是，仔細的看，其中的疏忽與破綻也有不少。小而言之，那張血池圖的傳遞過程，始終未寫清楚：怎麼到了周佩手中，而冥嶽教主又如何知道此圖在周佩手中？進而，方兆南與周蕙瑛從朝陽坪的山洞中進入地穴，那地底老婦（俞罌花）何以一把就能從周蕙瑛身上取去此圖？她怎麼知道？方兆南持圖到九宮山換藥，梅絳雪何以知道並跟蹤而至？方兆南後來淋雨、換衣、失圖也寫得相當生硬，張一平盜圖及陳玄霜反盜其圖也語焉不詳。再後來藍衣女（或紅衣女）從陳玄霜身上取去血池圖，根據何在？……這些細小之處，作者或缺乏交待，或缺乏照應，讓人遺憾。

總而言之，俞罌花這一人物的出現，顯然與武林前輩故事關係較多、較深，她與陳天相、蕭遙子、萬天成等人之間，顯然都有某種極爲密切的關係。但到底是什麼關係？書中始終未能交待明白，甚至對她如何死去，周蕙瑛如何「死」裡逃生，都沒有一點交待，更有甚者，那地穴醜婦到底是不是俞罌花？後來的屍骨是不是方兆南一開始遇見之人？也都沒有補充交待，以至造成一種明顯的漏洞。

再如張一平這一人物，雖然算不上是重要人物，但他是最先出場的人物之一，又是主人公方兆南的師長，因而人們自然要關注此人。他如何落入了冥嶽女魔手中？方兆南後來幫他恢復了神智，理當有此一問，但方兆南居然沒問，張一平（作者亦是）也不說。進而，方兆南又派他去當臥底間諜，且不說時間只有三天，而唐文娟又知道了他們見面之事，張一平此去之後，便再也沒有了下文，這未免太讓人掛念了。其實要補上此漏，也花費不了多少筆墨。

再如書中的葛煒、葛煌兄弟，本不是什麼重要人物，但到了冥嶽之中，正派人物全都中毒，眼見劫數難逃，武當派掌門人金鐘道長當機立斷，將僅剩的兩粒解毒固本的武當秘藥相贈，並號召當場所有各派高手，將自己的得意武功寫下交給葛氏兄弟，為武林的未來保持一份薪火與希望。金鐘等人不惜一死，周密安排加上機緣湊巧，居然真的讓葛氏兄弟逃了出去，其父葛天鵬則慘死當場。這樣一來，葛氏兄弟便成了重要人物，按理，當大有作為才是，可是，四人同時逃生，方兆南、陳玄霜逃出去了，而葛氏兄弟則始終未逃出去；進而，葛煒又被梅絳雪美色所迷，情不自禁的成了她的跟屁蟲，棒打不去，怒喝不走（這一情節本身寫得相當精妙），以致於出了血池，這二人既不回家探母、報喪，又不以武林大局為念，只想與梅絳雪在一起，而且葛煒如此，葛煌居然也無二話，這未免太簡單了一點。更重要的是，這一對希望的種子，始終沒見開出什麼花結出什麼果來，只是奉梅絳雪之命將聶小鳳一干四犯押解到群雄面前。他們倆是否參加了擒獲聶小鳳、萬天成等人的戰鬥？這聶、萬二人當是絕世無雙的高手（羅玄已不能動手了），又如何能抓獲？書中居然隻字不提，這也是稱得上是一大奇觀。說抓到了就抓到了，羅玄莫非是神仙？

大而言之，方兆南是因師父周佩一家遇害而進入江湖尋找仇人的，此仇在方兆南的心中倒並未忘去。但，周佩一家的遇害詳情究竟是怎樣？到底是誰人動的手（主使之人當然是聶小鳳）？書中始終沒有交待。梅絳雪當時在場，事後方兆南與她關係非同一般，卻未見他問過一句；方兆南到冥嶽、在少林寺、在血池多次見到聶小鳳，應該有機會當面問清，可是也沒有問；周蕙瑛對父母之喪，以及報仇雪恨，更沒什麼積極的表現。這只能說是作者的疏忽，而不是人物的無情。

更大的漏洞和破綻，正是出在這位周蕙瑛身上。她雖非絳雪、玄霜，但因爲是主人公方兆南真正的師妹，且又是青梅竹馬、情意深濃，所以應算是書中的重要人物之一。方兆南原以爲她被俞罌花殺死了（有一具女屍與她近似），悲痛萬分，幾難自釋。後來，她又突然出現在少林寺，說是找方兆南，但真正找到方兆南（方兆南「巧」遇她：此處寫得比較生硬、有編造的痕跡），卻又不許他進門，繼之又用左袖遮面，似臉上有什麼問題；她對方兆南的態度大變，以致於方兆南措手不及，全然莫名其妙，可見她經歷了重大變故，心上的「問題」更大，但她不說到底怎麼回事，方兆南沒辦法，讀者也沒有辦法，只有乾著急，只有等待下文。可是，書中再也沒「下文」了：周蕙瑛究竟發生了什麼變故？如何死裡逃生？俞罌花結局如何？周蕙瑛爲何對方兆南態度大變？爲何遮臉？爲何說：「此生不相見」？她說過半句「我已經……」到底是「已經」什麼了？陪她同去少林並劍阻方兆南又連傷四名少林僧的那位「姐姐」又是何人？……統統都沒有下文。後來方兆南見到周蕙瑛，似少林寺那一幕並未發生，又似作者將那場神秘兮兮的把戲全部忘了一般。對筆下的重要人物及其重要情節如此掉以輕心，缺乏照應，在報上連載，邊寫邊發稿丟了或情有可原，但出單行本、乃至一版再版仍不做修訂，可就說不過去了。周蕙瑛的經歷不作交待，人們就無從判斷她的心理變化的因由；方兆南對此不作探究，讓人覺得不合情理；前因未明，後果難測，使小說的完整性產生了缺損。

最後，小說的結局之戰，即萬天成、聶小鳳兩位當世絕頂高手聯合，又有鵲橋大陣相輔，居然說敗就敗，而且敗得不明不白，未免叫人難以接受。再說如此結局也未免太過匆匆，與以前的鋪墊頗不相稱。羅玄的能耐再大，至多或能破除自己所創、聶小鳳所佈置的鵲橋大陣而已，他既身已殘廢多年而又死之將至，無力動手，又何以能對付敵方那麼多人？「鬼仙」萬天成及女魔頭聶小鳳的武功我們已經見識過了，方兆南與梅絳雪決非其敵，那麼，這二人要殲滅方、梅及群豪或許無此能力（因爲有羅玄），但自保總該不成問題，就憑梅絳雪帶領葛氏兄弟以及天星、石三公、耿震、曹燕飛等人，能一舉抓獲萬天成、聶小鳳、唐文娟、陳玄霜、周蕙瑛等人？……這一落幕之戰的匆忙結束，許多事寫得不清不楚，想必是作者覺得篇幅太長，不宜再拖，於是反其道而行之，乃至從一個極端走向另一個極端，大減特減。又或是作者覺得冥嶽大戰及少林大戰已經寫得夠了，再寫也寫不出什麼名堂，不如別走蹊徑，玩點花巧。羅玄重現江湖，自當有驚人之舉，這位人間怪傑，能者無所不能，讀者縱有懷疑，也不好多問，否則便是對羅玄的大不敬了。問題是，作者已將羅玄從神降爲人，而且是垂死的老人，就只能以人的標準去衡量他，鬥智或許尚有一點勝機，鬥力卻已完全不中用了，作者再搞神秘，乃至神化，豈不是自相矛盾？羅玄是「神」，萬天成是「鬼」、聶小鳳是「魔」，方兆南是人，若小說最後，再一場神、鬼、魔大決戰，鬥智、鬥力、鬥陣、鬥計、鬥正、鬥奇，豈不大妙？不論怎樣，也該說出個道理因由來吧？可是，沒有，因而讀者只能永遠遺憾了。

溫瑞安及其《四大名捕會京師》

第一章　溫瑞安其人

溫瑞安是新武俠小說優秀作家中最年輕的一位，也可以說，是年輕一代武俠小說作家中最優秀的一位。而且，八十年代中期以後，金梁等作家均已封筆，古龍及臥龍生等優秀作家逝世，溫瑞安成了「古龍之後，獨撐大局」（香港作家倪匡語）的作家。

九十年代以後，溫瑞安更是成了熱點中的熱點。有人說他可以與古龍相比，也有人說他甚至可以與金庸相比。對溫瑞安的極力稱讚和截然相反的貶斥，亦成了九十年代後中國武俠文壇上的一種獨特的文化現象。

無論是在香港、在臺灣，在中國大陸，即使是在武俠小說已處於明顯的不景氣的時候，溫瑞安的書仍照樣暢銷於市。至一九九二年，溫瑞安出版的著作居然多達三八二部（陳雨歌主編：《劍挑溫瑞安》；香港敦煌出版社版。）——這是一個令人難以置信的數字，而當時溫瑞安不過三十八歲！——如今四年過去，溫瑞安的著作數目想應早已突破了四百本大關了吧。據說，新加坡、馬來西亞的華文讀者將溫瑞安當成是他們的英雄，而馬來西亞的一份大報（陳雨歌主編：《劍挑溫瑞安》，香港敦煌出版社版。）以「劍挑溫瑞安」爲專欄，開設半年之久，吸引了大量的讀者。還有一件值得溫瑞安驕傲的事是，他的武俠小說居然被譯成朝鮮文，在韓國的報紙上連載，這是中國武俠小說家中的第一人。

有人以爲溫瑞安是八十年代中期，乃至九十年代才突然「冒」出來的，尤其是大陸的讀者，對溫瑞安其人不很了解，只知道他是一顆閃閃發光的新星，而他的小說則是從八十年代末才大量出現在大陸書市上，因而難怪有人以爲他是八十年代以後才開始寫武俠小說的。——這當然是一個誤會。

其實，溫瑞安早在一九七四年，二十歲時就以他的處女作《四大名捕會京師》震驚武俠界，而在那之前，他亦非藉藉無名，而是在臺灣小有名氣的詩人和評論家，甚至曾發表過現代心理學及中國歷史學的論文。自《會京師》出版之後，溫瑞安一發而不可收，至今已過了二十餘年，應算是一位年輕的「老」作家了。

這位年輕的傳奇文學作家，自己的經歷及其成就，本身就稱得上是一部絕妙的現代傳奇。

溫瑞安，原名溫涼玉，祖籍廣東梅縣，一九五四年元旦生於馬來西亞霹靂州美羅埠火車頭。一九七三年赴臺灣深造，往來於臺、馬之間，並在臺灣闖出了自己的名聲。一九八〇年被臺灣當局以「涉嫌叛亂」的罪名與女友一起被捕入獄，其後飄泊一段時間，終於在香港扎下了根，至今仍居住香港，創「自成一派文藝創作推廣合作社」，事業興隆，以至於無暇成家。——溫瑞安是梅縣作家？馬來西亞作家？臺灣作家？香港作家？他和你們都可以自由選擇：梅縣是祖籍、馬來是國籍，臺灣是成名之地及發表許多重要作品的地方，香港是他的現在居住地。

溫瑞安的「傳奇記錄」還不是指以上這些，而是——

九歲時就開始正式發表作品，並成立文社；

十三歲時創辦《綠洲期刊》；

十五歲時主編《華中月刊》；

十七歲時與人共創「天狼星詩社」，擁有十大分社，一三五名會員，是當時新馬文壇第一大文藝性社團。

赴臺深造後六年間，先後主理「神州社」、「青年中國雜誌社」，主編《神州文集》，主創《天狼星詩刊》，主持《神州詩刊》，主管「試劍山莊」，主辦「剛擊道武術訓練班」，組織「長江文社」和多個文化出版公司，成員一度多達數百人，串連各地結義兄弟姊妹多達百數十人之多！在彼時的臺灣，鬧出如此之大的「動靜」，無疑會「儒以文亂法，俠以武犯禁」，因而自己入獄、被驅逐出境自不可免，而結義兄弟亦星流雲散。

歷遍艱辛，坎坷半世，溫瑞安性情不改，到香港之後依然如故，創「朋友工作室」以及「自成一派文藝創作推廣合作社」，麾下幹將不少於十幾、二十名。

奇的是，溫瑞安有如此之多的社會活動，有如此之多的坎坷曲折，卻似乎毫不耽誤自己的創作。他創作的作品之多，使人難以置信，而創作的範圍之廣亦使人目瞪口呆。——他不僅是傑出的武俠小說作家，同時還是詩人、散文家、雜文家、文藝小說家、文藝評論家。這可不是泛泛而談，而是有書爲證：

（一）溫瑞安的詩集有《將軍令》（一九七五）、《山河錄》（一九七九）、《楚漢》（一九九〇）等；

（二）散文、雜文集有：《狂旗》（一九七七）、《龍哭千里》（一九七七）、《天下人》（一九七九）、《神州人》（一九七九）、《中國人》（一九八〇）、《不讓一天無驚喜》（一九八六）、《水性楊花》（一九八七）、《風騷》（與臺灣李敖合著，一九八九）等等；

（三）小說集（非武俠類）：《鑿痕》（一九七七）、《今之俠者》（一九七七）、《浮名》（一九八六）、《雪在燒》（一九八六）、《吞火情懷》（一九八八）、《暴力女孩》（一九八九）、《她男友的女友》（一九八九）、《他在臉上開了一槍》（一九九〇）、《殺青》（一九九一）……等；

（四）評論集：《回首暮雲遠》（一九七七）、《談〈笑傲江湖〉》（一九八四）、《析〈雪山飛狐〉、〈鴛鴦刀〉》（一九八五）、《〈天龍八部〉欣賞舉隅》（一九八六）……等。

以上書目，是止於一九九一年，僅限於筆者所見及所知，而且，還只是溫瑞安武俠小說創作之外的「業餘之作」，任何一個人只要在上述幾類中的任何一類，取得溫瑞安這樣的成績，已經滿足了。而在溫瑞安卻不過是「九牛一毛」——限於篇幅，筆者不可能將溫瑞安的作品目錄全部開列出來。好在，這裡乃是重要介紹溫瑞安的武俠小說的成就與特色，對於武俠之外，我們只需了解大概足矣。不可能一一介紹，更不可能展開分析。

溫瑞安有一本小說集，名《雪在燒》（香港敦煌版），一共選了十二篇作品，卻分列為十二個種類：即（一）推理小說「叫飛雪停止」；（二）冒險小說「鑿痕」；（三）文藝小說「大哥」；（四）恐怖小說「壁鐘」；（五）科幻小說「酷刑」；（六）象徵小說「處境」；（七）詭異小說「游魂」；（八）寓言小說「齊諧」；（九）愛情小說「乍逢」；（十）反小說小說「午夜」；（十一）新派武俠小說「雪在燒」；（十二）現代派武俠小說「結局」。——以上這十二類小說，分類不一定十分準確合理，也不是每一篇都寫得很好。但，由此足可證明作者的探索和嘗試的勇氣和才能，集中的作品雖然非篇篇妙絕，但卻篇篇可觀，這對於一位武俠小說作家而言，無疑是一種奇蹟。而對於溫瑞安而言，卻是自然而然——這才是真正的溫瑞安，不甘寂寞，不甘平庸，不甘守舊守成，而勇於創新，勇於探索，勇於超越他人亦超越自我。——要想深入的了解溫瑞安及其文學才能，這本小說集不可不讀。

此外，溫瑞安的非武俠類小說中，言情小說與推理小說也寫得相當出色，值得一讀。言情小說《浮名——九個不同的愛情故事》以及《我女友的男友》（一名《殺青》）；推理小說《她男友的女友》和《暴力女孩》等，是其中的代表性佳作。溫瑞安的言情小說不重故事情節，而重情感世界的微妙而又深切的感受，清新獨特，具有現代性，大都是悲劇故事，有激動人心的藝術力量。溫瑞安的推理小說也與一般的推理小說有所不同，案件的偵破與推理小說的故事情節敘述中並不佔有絕對的中心地位，作者著重描繪的是現代都市生活中的人情世態背景下的人物心態，及其各種壓抑、扭曲狀態，從而揭示人物內心世界及人性的隱秘，常常讓人震驚而又讓人深思。

也許正因爲此，溫瑞安的一些通俗文學作品經常刊登在港、臺的一些純文藝雜誌上，如《聯合文藝》、《當代文藝》、《明道文藝》等。雅文學之園中時常出現溫瑞安的作品——通俗性質的作品，這是他最爲自豪的一件事，也是又一個溫氏奇蹟。然而仔細一想，卻似乎又覺得對溫瑞安來說，當是自然而然、順理成章的事。這不只是說港臺地區的純文藝雜誌門戶之見較少（其實不是我們想像的那麼回事，尤其是臺灣），而是因爲溫瑞安的通俗文藝作品經常寫得很清新、很高雅、很有個性，而且還很「現代」。臺灣文壇稱溫瑞安的推理小說是「現代派推理」。他的言情作品，其實也一樣可以稱作現代派愛情小說，至於「現代派武俠小說」，溫氏亦早已打出了旗號，這個我們待後文再說。

溫瑞安不僅是奇才，更是一位奇人，這才有上述多曲多折而又多姿多彩的人生奇遇。

首先，他是武俠小說中爲數不多的真正的「會家子」，自中學時起，便愛好武術，並苦練不休，是以他不僅能創辦多種文藝團體，還創辦習武的團體，如「試劍山莊」（好氣派的名字！後來被他用在了《白衣方振眉》系列故事中，作一個篇名）及「剛擊道武術訓練班」（不知那「剛擊道」是否由溫氏所創？至少與溫氏性格及才能相近）等等。這不僅使身體強健，甚至也不僅是對他的武俠小說中的武功技擊的描寫有所幫助，而在於鑄成了他的性格，進而鑄造了他的命運。

其次，溫瑞安不僅是「會家子」，而且對俠義之道也是身體力行，這在武俠小說家中也非常少見。溫涼玉的意思是「溫涼如玉」，溫瑞安的意思當是「祥瑞平安」，但實際上的溫瑞安，卻是熱情如火、豪氣干雲。他之所以能夠組織一個又一個文藝及武藝的社團，不僅因爲他有詩才，不僅因爲他有組織才能，而且也因爲他有過人的熱情、過人的精力以及能夠團結人、吸引人的人格力量。這種人格力量，當可以俠義人格名之。他似乎有天生的領袖才能，那是因爲他能將自己的人生理想及其人格力量全都投入自己的人生實踐之中，奮進追求，熱烈執著。他似乎不是生活在一個現代的社會，而是生活在一種半理想半創造的廣闊的江湖世界，是以一次又一次的結社，而又一次又一次的「結義」；是以免不了要打抱不平，要拔刀相助，要仗義行俠，扶弱濟困，鋤強除暴……從而多次以武犯禁，因打架鬥毆而被學校除名；以至厲害到驚動和惹怒臺灣官府！——溫瑞安顯然不是一般意義上的那種好孩子、好學生，因爲他總是不「安」於平凡的世界及瑣碎乏味的人生，而希望開拓出理想的樂園。

這對於溫瑞安的武俠小說創作，自然有極大的幫助和影響：（一）身體力行俠義之道與純粹的空想與理念自會大不相同，是以溫氏下的人物有其獨特的光彩；（二）經歷江湖的坎坷，使他對人生的體驗異於常人，江湖黑幕，人心險惡；流浪飄零，不僅加深了溫瑞安的深度，也提高了他的境界；（三）他的經歷及他的個性、他的武俠實踐為他的武俠小說提供了直接的、鮮活的材料。他不僅將「試劍山莊」寫入書中；更將「神州結義」寫成了一部大書，甚至許多人名都直接進入他的小說之中。

另一方面，作為「神童詩人」、散文家、評論家，對作為小說家溫瑞安當然亦有重要而又明顯的影響。他的小說的「招式」有不少來自詩歌和散文，而他的小說的「內力」則多半來自於他的研究與沉思。這就是說——

其三，詩人的敏感、激情與「多變性」，散文家的精緻、細膩與「隨意性」，在溫瑞安的小說創作中起了相當重要的作用。我們在其小說的形式到內容方面都不難看到這種作用和影響。溫瑞安的小說語言不僅像散文那樣優美精緻，而且還明顯的追求詩意，形式簡短，節奏明快，跳躍性強，適應現代讀者的口味，且使我們獲得一種獨特的藝術享受。同時，溫瑞安的小說結構形式，也受到了詩與散文（當然還包括電影、電視）的影響，具有隨意性及多變性的特點，蒙太奇的運用也相當熟練，好處是生機勃勃、創造性強，壞處是鬆散而不易把握整體。這也是溫瑞安的長篇小說的一種缺陷，是其不如中短篇那麼精緻的原因。也就是說，溫瑞安的小說常常細處精緻而整體宏觀卻不盡如人意。這使溫瑞安的小說創作既引起了人們廣泛的興趣，而又引起廣泛的爭議。因爲它們在總體上是在「快餐文化」的背景與節奏中創作而成的，成也蕭和，敗也蕭和。

其四，溫瑞安對文學批評的鑽研和對金庸武俠小說的研究，尤其是對美學理論及精神分析理論的鑽研，使他獲得了小說家必要的「內力」，使他有別於一般的武俠小說作家及純粹的詩人和散文家。他的作品常能找到一種合理的內核，並能找到敘之不盡、分析不盡的「話題」，即人的精神世界及人生現實中的神秘狀態。他似乎找到了「獨孤九劍」那樣的武功秘笈，使他寫什麼像什麼，任何招式都擋它不住。然而另一方面，溫瑞安畢竟又是一位詩人，而且自兒童時代就以詩人的激情與夢想，選擇了自己的人生方式及其個性目標，這使他熱情澎湃、衝動頻頻，而難耐書齋苦讀之寂寞。溫瑞安的學習，也是扎實不足而機變有餘，他的研究同樣是悟性超過智性，技術超過學術。因為他是一位實踐者，一位活動家，一位善於臨場發揮、隨機應變的人，因而一分內力能發揮出二分，看起來似乎像三分、四分，外行人看來更為七八分、八九分。也就是說，溫瑞安的劍術還遠遠超過了他的內力，而且他的臨時發揮的變招又超過了他的基本套路的訓練。前文中提到過他對中國歷史的鑽研，並且還寫過研究文章，但從他的小說中看，他的那種歷史知識實在少得可憐而且還怪得可以，這位作家在歷史學習與研究上也是創造性的發揮多於老老實實和事實求是的學習。是以有人說溫瑞安：「他是武俠作家群裡個人相片出現最多的作家、題字最多的作家、以相當有型（見仁見智）的鬍子為『商標』的作家，明知道《神州奇俠》、《四大名捕》、《說英雄，誰是英雄》的時代先後有問題，少時曾在史學上下過功夫的他居然『知錯不改』的固執作家。」（吳明龍：《劍挑溫瑞安・代序一》）

這就頗能說明問題，即溫瑞安的「下功夫」恐怕是活學活用太多而扎扎實實不夠，否則（一）不該出現基本的常識性的錯；（二）不會知錯不改。

總之，溫瑞安是一位才子加浪子式的人物，一位江湖俠客兼作家。他的習武寫詩、行俠結義、作文結社，看起來有些風馬牛不相及，實際上對於溫瑞安來說卻是統一在他的「追求行動」或「行動追求」的人生方式之中的。這種人生文武結合，現實與夢想結合，俠義與詩情結合，真理與想像結合……只有行動，溫瑞安才能獲得真正的人生快感與樂趣，寫作只是這種行動的一種形式而已，與他的其他行動緊密難分。也只有這樣，溫瑞安隨機應變，善於臨場發揮的天賦才能才可以獲得最大限度的釋放。

他找到了自己的行動方式及行動的人生，他創造了這種方式及人生。這位富有古典俠義精神的現代派，正因爲其人如此，才有其文如此。

第二章　溫瑞安的武俠小說

武俠小說創作是溫瑞安的文學創作中的重頭戲，數量上佔了壓倒多數，他的文名也以武俠作家之名最盛。往深裡說，溫瑞安的人生可以說是不折不扣的「武俠人生」。他的習武、行俠自不用說；他的結社、結義亦是如此；他的詩歌與散文的創作，也是在其武俠人生形成之前的一種激情與技藝的訓練和實踐。

溫瑞安的武俠小說數量驚人，筆者手頭雖有其創作書目，但若一一抄錄，那會佔去太多的篇幅，且溫瑞安的武俠小說寫作仍處於「正在進行式」，要想一一盡錄，也不可能。因爲溫瑞安速度驚人，出書常常每周一冊。

大體上講，溫瑞安的武俠小說作品——作者給其不同的作品取了不同的名號，有稱武俠小說的，也有稱「武俠文學」的，有的稱「新武俠」，還有的稱「超新派武俠」及「現代武俠」等——可以分爲以下十個系列：

四大名捕系列；

神州奇俠系列；

白衣方振眉系列；

神相李布衣系列；

殺楚系列；

七大寇系列；

說英雄、誰是英雄系列；

游俠納蘭系列；

武俠文學系列（中篇故事爲主）；

現代武俠系列（當代背景）。

既稱爲「系列」，自然不只一部兩部，而是小則五六部，多則十幾、幾十部（冊）。溫瑞安還節外生枝、枝外生葉，供其系列更加繁茂；且許多系列又連成網絡，更加便於開放和發展，隨時可以「續列」，甚至「再生系列」。

例如「四大名捕系列」，因爲溫瑞安的處女座《四大名捕會京師》一舉成名，「四大名捕」變成了「名人」和「明牌」，因而作者又寫了《四大名捕震關東》、《碎夢刀》、《大陣仗》、《開謝花》、《談亭會》、《骷髏畫》、《逆水寒》（因爲《逆水寒》的成功，差一點又搞出一個「逆水寒系列」）、《殺楚》（已經獨立成一個系列）……等等。

從此「四大名捕」成了名牌商標，溫瑞安當然不會輕易放過，而要繼續生產其「系列產品」。於是在若干年後，又寫了《少年冷血》系列，《少年追命》系列，《少年鐵手》系列，《少年無情》系列，包括《一個對十一個》（上下）、《殺人好寫詩》（上下）、《大割引》（上下）……等十二部共二十四冊（每一冊的書名還各不相同）！繼而，興猶未盡，又寫了《四大名捕戰山西》、《對決》、《猿猴月》、《四大名捕捕老鼠》、《四大名捕重出江湖》、《四大名捕捕四大名捕》……作者宣布要寫二十八輯，每輯數冊，有的有名無實，有的則連名也未定，只好等著瞧。——這四大名捕系列共有多少部、多少輯、多少冊？恐怕連作者本人也說不清楚：一來還有未完成的多部（會不會完成亦很難說）；二來還有續之再續的可能性；三來還可以「節外生枝」，如《殺楚》寫追命破案，此書大獲成功，作者一時興起，居然將這一線索又發展爲一個系列，後面又有《破陣》、《驚夢》等等。因此「四大名捕系列」知多少？只能用「沒完沒了」來回答。

再說「神州奇俠系列」，這也是溫瑞安早期開始創作而今延綿不斷的一個系列，是溫氏的又一個「名牌系列」。

這個系列是一個「母系統」，其中又包括以下幾個「子系統」，即：

《神州奇俠》（正傳）；

《血河車》（外傳）；

《大俠傳奇》（後傳）；

《蜀中唐門》（續傳）；

《唐方一戰》（別傳）。

「子系統」內，還有分部，如果要創新，則只能稱其爲「孫系統」了。其中又各自包括了不同的作品、冊數不等，各成小系列。例如「正傳」《神州奇俠》包括《劍氣長江》、《兩廣豪傑》、《江山如畫》、《英雄好漢》、《闖蕩江湖》、《神州無敵》、《寂寞高手》、《天下有雪》等八部十幾冊書。

而「外傳」《血河車》則又包括《大宗師》、《逍遙遊》、《養生主》、《人間世》等四部——篇名取自《莊子》一書——「正傳」的主人公是大俠蕭秋水，而「外傳」的主人公則換成了年輕的方歌吟，蕭秋水在這裡只是一個影子，一段傳說和一種想像（這一點倒很妙）。

「後傳」《大俠傳奇》包括《剛極柔至盟》、《公子襄》、《傳奇中的大俠》等三部。

「別傳」《唐方一戰》的故事並沒有寫完，且至今仍未看到下文。

「續傳」《蜀中唐門》更妙，只是一座空門，只是一種計畫與設想，書還沒見到。

這樣，我們要統計「神州奇俠系列」，仍然是力不從心，理由同前。

其他的系列，與此相差無幾。《白衣方振眉》這一系列，本已出版五篇，即《龍虎風雲》、《長安一戰》、《小雪初晴》、《落日大旗》、《試劍山莊》等，但作者卻又宣布還要重續。

似這樣說續不續，吊人胃口的事，在溫瑞安是司空見慣之事，真是苦熬人也！難怪吳明龍先生要說：

「溫瑞安可能也是當代武俠作家裡開筆了最多的故事系列，但也最多系列『未完成』的人。到目前為止，說句不客氣的話，除了五十年前的還珠樓主，就要算他筆下的故事為數最多的有上沒下：沒寫完。雖然他一再強調且允諾會把作品續完，而且筆者也了解無法寫完的苦衷（其實作者比讀者更急，但一本書數十或數百萬字，寫完要天時、地利、人和缺一不可），並且也相信他不致主動找人『代筆』，但仍認為『此風不可長』。」（吳明龍：《劍挑溫瑞安・代序一》）

一

既然從溫瑞安武俠小說作品系列的角度說不清、說不完甚而還說不通，我們只有換一種角度說，即從他的創作的分期上說。

大體上，溫瑞安的武俠小說創作可以分爲三個階段。

（一）早期，自一九七四年至一九八一年，此時溫瑞安的創作基地在臺灣，銳氣正盛，理想化傾向明顯，而對古龍小說摹仿的痕跡也明顯；

（二）中期，自一九八二年至一九八六年，此時溫瑞安移居香港，經受挫折之後，人生的體驗加深，創作也進入了一種努力尋找自我的新時期。小說主調轉入深沉，創作技法也逐漸成熟，總體來說，這是一個過渡階段。

（三）近期，自一九八七年至今，溫瑞安在古龍去世之後，意識到自己獨撐一局，出頭露面之日已經來到，此時武俠創作界已是蜀中無大將了。溫瑞安的使命感、責任感更加強烈。再則在香港也牢牢的站住了腳根，雄心壯志再起，於是提出了「超新派武俠小說」的創作口號，並付之於實踐，求新、求變之風大漲。

這裡我們先來說溫瑞安武俠小說創作的第一階段。從七十年代中起步，到八十年代之初被臺灣當局拘捕及遞送出境，溫瑞安寫出了「四大名捕」系列中的《會京師》，以及「方振眉系列」（此書在大陸出版了三卷本五部合集名《白衣方振眉》）和「神州奇俠系列」（正傳）等三大系列的開頭多部書，爲溫瑞安在武俠文壇上爭得了一席之地，被人視爲後生可畏。

若是簡單化，大可說這一階段處於對古龍小說的摹仿階段。證據是，溫著中的不少人物都有古龍小說人物的影子，如《四大名捕會京師》中的冷血，無論形象、氣質、性格及行爲細節（喜立不喜坐）等都與古龍的《多情劍客無情劍》中的阿飛相似，甚至他們的劍、劍法都是如出一門。在《白衣方振眉》中的主人公方振眉、我是誰、沈太公身上，我們不難看出有古龍筆下《楚留香傳奇》的楚留香、胡鐵花、姬冰雁等人的影子。

進而，溫著中對友誼的認識及其表達方式；關於俠義與王法之間矛盾的理解與表達；乃至關於愛情的感受與處理方法，也都有似曾相識的地方。

在作品形式、技法上，摹仿的痕跡更加明顯：如（一）簡潔明快的句式和章法上；（二）蒙太奇式的組接方式及快速時空轉換；（三）現代西方偵探、推理小說技法、形式的引進；（四）現實——現代感的強化，歷史背景及古代生活情景的談化；（五）直接了當的感嘆、抒情，隨時由書中敘事情節中走出的自由發揮……等等。

且看：

……

他突然抄起了一把刀。

一把黝黑的刀，沒有絲毫光彩的刀。

四劍叟與蕭開雁諸人正在等著他出手。

一待出手就全力還擊。

兆秋息出刀。

刀劈天門石。

轟隆一聲，丈高的天門石，分裂為二。

石破天驚，兆秋息回刀橫胸，大笑三聲，滿目是淚，但激動已平息。

他的悲傷與憤懣，已隨著那一刀劈進了山石之中。

他又恢復了灑然。

一個刀法大家睥睨群雄。

他屏息看自己的刀，幾綹烏髮散下來，與天地氣息同度。……

劍迅若電！

喝聲未聞，劍已刺到！

這劍比聲音還快。

但就在這時，一點刀光，一明即滅。

刀光一點而已，

可是劍未刺到，已從中被劈成兩半。

劍裂為二，劍勁全失，這一刀，正好擊碎了劍的精氣神。

閃電劍叟的劍，便成了無用之劍。

……

（《劍州無敵》）

上文若不標明是溫瑞安的名字，人們多半會以爲是古龍的作品片斷。短句、分行、快節奏、文筆優美準確、注重心態描繪、創造技擊氛圍……這都與古龍的文體文風近似。

這不難理解。古龍創造一種嶄新的文體，總會有人去摹仿，這是文學史的規律。何況古龍當時如日中天，領導時尚潮流；更何況溫瑞安的氣質與古龍很接近，也是一位才子型的作家，聰明過人，富於機變，善於靈巧。

當然，溫瑞安不一定就是「古龍第二」。一方面，他比不上古龍銳利和秀逸，也比不上古龍的機智和大氣，溫瑞安的對話更比不上古龍小說的生動幽默，妙趣橫生。畢竟，溫瑞安是摹仿者。

另一方面，溫瑞安的小說也有與古龍相異之處。溫瑞安喜歡古龍，但也（或更）喜歡金庸，而且顯然認真的研讀過金庸，其後還寫過三部金庸小說賞析與評論專著。只是溫瑞安少年成名，才思敏捷，不免「內力」欠缺，難以練出金庸的「降龍十八掌」乃至「黯然銷魂掌」那樣陽剛正大、純然內力的大巧若拙的功夫。溫氏只能得其「劍招」而難以得其「劍意」，或者，即使得其「劍意」亦缺乏內力而難以練成。即使如此，也足以使溫瑞安得益匪淺。

具體說吧，溫瑞安的《四大名捕》、《白衣方振眉》、《神州奇俠》等系列作品，有以下幾點與古龍小說不同。

其一，古龍的名作都是沒有時代背景的，這是因爲臺灣當局不讓多寫歷史興亡，而古龍恰好揚長避短。溫瑞安的這三個系列，則都選取了宋、金對峙時代爲小說的歷史背景，江湖傳奇之中插入了民族衝突及歷史氛圍，又不似金、梁那樣真切而充實，而是處理得虛、淡、遠，似有似無，若非「四大名捕」的老師諸葛先生提起，若非「神州奇俠」蕭秋水經常想到，若非「白衣方振眉」還與金國高手搞過一場擂臺決鬥，人們大約不會想到，這幾部小說居然還有歷史背景。

其二，古龍的小說是些純粹的江湖人物的故事，與國家、朝廷之類關係不大，而溫瑞安創出「四大名捕」，必然涉足官府乃至朝廷，這使他的故事與古龍有明顯的差異。白衣方振眉一介江湖白衣寒士，但他對民族、國家的關心，有如梁羽生筆下的張丹楓。大俠蕭秋水在「神州奇俠系列」中雖未見其像郭靖保衛襄陽那樣的舉動，但他保衛岳飛的令牌一戰，足以表現出與古龍人物相異的「神州」之大俠的氣質。

其三，溫瑞安的小說，雖然是有歷史背景，卻又有現實的投影，乃至有對現實人生的寫實和寫意。前文中提到的溫氏主創的「試劍山莊」之名，出現於《白衣方振眉》一書中，這還只是表面的借用。《神州奇俠》系列的大結義，以及結義諸人的性格與人際關係，與溫瑞安本人的「神州社」及其「大結義」則有更直接、更深刻的關係。書中的美女唐方之「方」，似是當時溫瑞安的女友方娥真之「方」名。而溫瑞安在其作品中對朋友之道的描述與感慨，大多有其現實的背景和依據，所謂有感而發，爲情造文，結果自然有自己的獨特的風貌。

其四，古龍小說總是試圖更多的表現愛與憐憫，幽默與同情，俠義與友誼，光明和歡樂等等，讓人輕鬆愉悅，皆大歡喜，其人物的人生智慧，表現爲豁達與幽默。而溫瑞安的小說則因貼近歷史並充滿理想，而富有大俠「正氣」，同時又因寫實，有感而發，從而充滿了理想與現實的矛盾，而使人感到一種獨特的悲沉。當然這種悲沉只是一種人生的感受，而非金、梁書中所寫的那樣透徹和明確。這時的溫瑞安畢竟年輕，二十餘歲，旭日初升，總是充滿理想、不怕挫折，像其筆下的冷血和蕭秋水，能遇折不回，反能愈挫愈奮。

二

一九八〇年溫瑞安的入獄及被迫離開臺灣，對他的人生及武俠小說創作產生了巨大的影響。如此無妄之災，對人生自然是極大的不幸，但對一位作家的創作，卻是有壞的一面也有好的一面：（一）讓他漂泊也讓他沉靜，從此變得成熟了；（二）讓他有動盪的生活，卻又有更多的時間從事寫作與思考；（三）讓他對人與社會認識得更深、更透。正因爲此，溫瑞安開始了他的創作的新的階段。

嚴格的說，從一九八二至一九八六年，在溫瑞安的武俠創作生涯中，只能算是一種過渡，而不能說是一個完整的階段。這幾年，他生活上的最大的轉變，是從臺灣到香港之後的重新適應、重新開拓，對自己進行重新規畫和重新界定，與舊友的分手並結識新的朋友，乃至生計問題等等，困難不小，問題不少，溫瑞安終於挺了過來，並未放下手中之筆，而是更勤奮、更專注了。

在創作上，這一階段也是標準的「承上啓下」，即，一方面，開頭是以接著寫前幾年開始的三大系列的故事；另一方面，後幾年則開始了新的系列，及新的武俠小說形式與技法的嘗試。這就是「啓下」了。

具體說，這幾年中，溫瑞安的創作包括以下幾個部分：

（一）繼續寫「四大名捕」系列故事，尤其是寫出了《逆水寒》及《殺楚》兩部，讓人刮目相看，這實際上也是溫瑞安成熟的標誌；

（二）繼續完成了「白衣方振眉」及「神州奇俠」的後幾部；

（三）寫作「神相李布衣」系列；

（四）開始了「說英雄・誰是英雄」系列的寫作，出版了《刀》（一九八六，後改名《溫柔一刀》）這部書（共四冊），爲其武俠小說創作的變革打了基礎。

由上我們可以看出，溫瑞安在這幾年的時間內，不僅完成了開頭的幾個系列的故事，也更進一步完善了自我；進而又開始了新的嘗試和探索，處於將變未變的狀態。這一階段總的特點，是：

（一）創作技法更爲成熟，故事講得更爲精彩，敘事語言也更加幹練。

沉。

（二）精神狀態有所改變，由理想化的時代轉而成爲「逆水寒」時代，變得更加悲

（三）不僅開創了新的系列，還嘗試了新的形式，更值得注意的是《溫柔一刀》的主人公王小石這一人物形象與以前的「神州大俠」蕭秋水、大俠方振眉等人大不相同，更似平民之俠，更帶世俗之氣，更近人生真實。

（四）總之，這一階段，溫瑞安在不斷的完善自我的同時又在不斷的重塑自我，在形式上變化的同時又在精神層次尋求新的變化和寄託。正因如此，這一階段才具有重要的意義。

前三個系列，我們在前文中已經提到過主要篇目。「神相李布衣系列」共有八個故事組成，即《殺人的心跳》、《葉夢色》、《天威》、《賴藥兒》、《風雪廟》、《刀疤記》、《死人手指》、《翠羽眉》等。

若將前三個系列算「承上」，而「說英雄」及「七大寇」（僅出一部）兩系列的開頭算是「啓下」，那麼其「中間」，就只有「神相李布衣系列」了。然而，最能代表溫

瑞安這一階段的成就與特色的，卻不是《神相李布衣》，而是《逆水寒》。

《逆水寒》是「四大名捕系列」中的一部，不過部頭較大，分三卷，專寫名捕鐵手的一段人生經歷。這部書其實也可以取名爲《易水寒》，不僅是因爲書中的故事多半以上都發生在易水兩岸，而且還因爲本書有「風蕭蕭兮易水寒，壯士一去兮不復還」的意蘊——名捕鐵游夏（即鐵手）居然毅然辭去捕頭之職，而到綠林中的連雲寨「落草」爲寇！——這無疑是對溫瑞安的成名招牌「四大名捕」的一種反撥。也正因如此，才稱得上是第二階段的代表之作。

這此之前，「四大名捕」的故事，基本上是以江湖上的是非善惡的爭鬥爲內容。諸如第一部《會京師》以及其後的《大陣仗》、《開謝花》、《骷髏畫》等小說，雖也涉及官場內幕，也只是「只反貪官，不反皇帝」。看得出來作者總是努力在俠道與王法、正義與皇權中尋找一條調和折衷的敘事路線及價值形成。這是「四大名捕」的獨特處境和身分所造成的。當然這也正是該系列的突出特色。

但現在，作者似乎不得不正視正義與王法之間，江湖世界與官府社會之間存在的尖銳的對立與衝突了！

書中寫鐵手追捕逃犯，無意中陷入了官兵圍剿連雲寨「悍匪」的戰場中。站在官方立場，連雲寨主戚少商、穆鳩平等人佔山爲王、目無「王法」，當然是「悍匪」；然而站在江湖人物及其道義的立場看，戚少商等人劫富濟貧、行俠仗義，無疑是真正的俠道英雄，而官兵倒恰恰是百姓的禍害。鐵手不僅陷入雙方勢力衝突的漩渦，更陷入了雙方價值矛盾的衝突之中。他必須迅速的做出選擇，他選擇了——當然只能選擇——江湖道義，即幫戚少商等人突圍，將官兵主將冷呼兒當人質，以便連雲寨中人能安全脫險。鐵手的這一舉動，本身並非反叛官府，而仍想折衷調和，即爲了道義他不得不做出格之事；而爲了維護王法的尊嚴，他又不得不自縛請罪。不料此舉非但得不到官方的諒解，反而連續遭到了黃金鱗、冷呼兒、鮮子仇以及李福、李慧等官方人物殘酷的報復、肉體的摧殘和精神的侮辱與折磨；更料不到，他的犧牲，並沒有真正挽救連雲寨諸人的危難，因而，他終於發現，他自己一向尊崇的王法，在黃金鱗、顧惜朝等人的眼裡，只不過是一種權力鬥爭的招牌和工具，是他們的陰謀與殘忍的遮羞布。因爲「法」是掌握在「人」

的手中，而那些人則早已被權力所腐化！已經失去了善良慈忍的人性，更遑論法律與道義的公正。

進而，當鐵手被神捕劉獨峰救出，並發現劉獨峰其人在「維（護）法」與「違（背）法」之間的矛盾心理及行為，鐵手的自省與反思進入了一個新層次：「維法」與「違法」之間的差異及其衡量標準到底是什麼？正義與邪惡果真像人們以為的那樣黑白分明嗎？他原以為他的遭遇只是一種偶然的事件，但往深處想，卻越發看到其中牽連到更大的、更具根本性的價值衝突。由是，鐵手真正的做出了自己的人生選擇，不做名捕而去當寨主，重整山寨，建設自己人生的新的樂園。

鐵手的感悟與選擇，無疑也正是作者溫瑞安的感悟和選擇。這與溫瑞安的經歷和反思是分不開的。正因如此，《逆水寒》一書標誌著溫瑞安的精神的成熟和轉變。

同時，《逆水寒》人物形象眾多，氣勢非凡，結構嚴謹周密，在藝術上達到了前所未有的成熟之境。——小說中不僅將鐵手的經歷及心理轉變過程、層次寫得入情入理、絲絲入扣，而且對神捕劉獨峰，以及殷乘風、戚少商、雷卷、息紅淚、唐晚詞、秦晚晴、赫連春水……等一系列人物形象，都刻畫得非常鮮明生動。殷乘風喪妻之哀，暴露了這一人物性格內核中的脆弱；戚少商的情感方式及內心痛苦，更是栩栩如生。其次，小說中對人物的心態描寫，也取得了極大的成功，對一些次要人物，諸如書中的「天棄四叟」劉學平、吳雙燭、巴奇、海托山四人對群豪逃亡至此而來投奔的不同態度，寫得各不相同、分寸得當，活化了人物的心理與性格。再次，小說中的戚少商與息紅淚的愛情故事，寫得一波三折、蕩人心魄，在溫瑞安的小說中極為少見，尤其是最後出人意料的結局，即息紅淚終於選擇了深愛她的赫連春水，更將這個愛情故事推上了一個更深更絕的美妙境界。這似乎與溫瑞安本人的情感生活的變故，有著密切的聯繫。不少的段落，簡直像溫瑞安在自抒其情，因而感人至深。

最後，更為可喜的是，《逆水寒》的完整而又精妙的長篇小說結構，標誌著溫瑞安長篇創作的真正的成熟——在此之前，溫氏小說以中篇故事為佳，藝術上甚至以短篇小說為最佳，長篇如《神州奇俠》則拖沓散亂，結構無力，讓人失望。——《逆水寒》始終雙線並行，即以鐵手的逃亡為主線，無情的追捕為副線，其間又插入劉獨峰，將鐵手、無情兩條平行線連接起來，組成一個完整而又複雜、靈活的敘事結構。雷卷、戚少商的相逢、離別、再相逢，跌宕起伏；而群豪各自逃亡之後又會於一處，既絲縷分明、雜而不亂，而又千溪萬河終歸大海，每一條線都與小說的主體線索關係密切。在溫瑞安的長篇小說中，這部書的結構與敘事最爲出色。

《殺楚》一書，寫追命捲入洛陽四公子之間的明爭暗鬥，揭示武林及其武人的真相，也相當出色。且情節巧妙，文筆優美，節奏快捷，一氣呵成；池日暮、劉是之、方邪真、顧佛影、回百應、顏夕等人物形象也都很生動，情仇恩怨既有「言傳」之巧，更有發人深思、讓人意會的言外之妙。許多人以爲這是溫瑞安寫得最好的一部書，多少有些道理。當然，在結構上、氣勢上，以及對主人公精神世界的表現及對人生主題的完成方面，它還不及上面所說的《逆水寒》。

三

溫瑞安是一個不甘寂寞、更不甘平庸的人，所以不可能滿足於僅作爲「古龍傳人」

而知名於世，而希望真正成爲武俠小說創作的「掌門宗師」，要開創自己的溫氏一派。因而在一九八六至一九八七年，當他生活安定、事業順遂、環境安定、創作技法成熟之後，當武俠小說的大宗師金庸、梁羽生封筆不寫，古龍不幸英年逝世之後，溫瑞安豎起了「超新派武俠小說」的大旗。

「超新派」的潛臺詞，當然是要超越金庸、梁羽生之「新」，也要超越古龍的「新」。尤其是古龍，此時已成了溫瑞安難以擺脫的影子，甚至是溫瑞安的「求新求變論」，也似乎正是古龍妙論的翻版。如溫瑞安說：

「不新不寫，這是應該的，也是當然的。前人積累了這麼多可珍可貴的書山字海，如果再重複的、因襲的、一成不變的、亦步亦趨的寫，累人累己，誤人誤己，何必？何苦！要寫就寫出點新意來。」（江上鷗：《獨闢蹊徑的溫大俠》，《溫柔一刀・代序》，雲南人民出版社一九九五年版。）

「什麼是新？寫前人沒寫過的就是新；寫前人寫過的，但用不同方式寫也是新；寫前人寫過或沒寫過的，但用自己領悟的方式去寫，更是新。」

……

這些話亦如古龍口氣，好在，我們不僅要看作家怎麼「說」，更要看其怎麼「寫」。

一九八七年後，溫瑞安共開創了下面的六大系列，即：

（一）「七大寇系列」（第一部寫於一九八六年，爲便於敘述我們在這兒一起算，下同）；

（二）「說英雄・誰是英雄」系列（第一部亦是寫於一九八六）；

（三）「游俠納蘭系列」；

（四）「武俠文學系列」；

（五）「現代武俠系列」；

（六）「少年四大名捕系列」或「大將軍系列」。其中，「七大寇系列」包括《戰將》、《闖將》、《悍將》、《鋒將》、《虎將》、《麻將》、《愛將》等七部。

「說英雄系列」包括《溫柔一刀》、《一怒拔劍》、《驚豔一槍》、《傷心小箭》、《朝天一棍》、《天敵》等。

「游俠納蘭系列」包括《游俠納蘭》、《納蘭一敵》、《此情可待成追擊》等。

「武俠文學系列」包括《刀叢裡的詩》、《殺了你好嗎》、《絕對不要惹我》、《江湖閒話》、《殺人者唐斬》、《俠少》、《銷魂》等等。

「現代武俠系列」包括《今之俠者》、《黑火》、《金血》、《紅電》、《藍牙》、《綠髮》、《青目》等，該系列亦可稱「六人幫傳奇系列」。

「少年四大名捕系列」我們在前文中已經涉及，後文中還將說及，故不多提。

現在的問題是，溫瑞安本人除了提出「超新派武俠小說」的概念外，還提出了「武俠文學」及「現代武俠」等概念。這三者有何區別？又有何關係？這兩個問題，或許會有許多人不大清楚。

「超新派」、「武俠文學」與「現代武俠」三者之間當然有差異和區別。其中「現代武俠」與前二者的區別最明顯：所謂「現代武俠」，就是寫現代生活中的武俠人物，即「今之俠者」的小說。——中國傳統的武俠小說，一直有一種約定俗成，即以晚清至民初作爲它的時間下限。對此，梁羽生先生說得很明確：在槍炮出現之後，再寫人物的武功打鬥就失去了可靠的現實基礎，因爲武功再高的人也敵不過槍彈和炮彈的。再一個原因，是寫「今之俠者」還缺乏想像的餘地及對讀者的吸引力，因爲讀者對現實生活非常了解，作者若要傳奇，弄不好容易「穿幫」而被識破，再好的今日傳奇也比不上寫古代故事那樣可以天馬行空。因而現實生活是武俠小說的禁區。溫瑞安不信這個邪，定要試一試對「今之俠者」的描繪，這在理論上當然也是有一定的依據的，今之俠者依然有存在的可能性及必要性（當年溫瑞安本人不就是一位不折不扣的「今之俠者」麼）。於是他就寫了一個行俠仗義的「今之俠者」的小團體「六人幫」（是不是從「四人幫」這個政治名詞中代出來的！）在香港及東南亞各地行俠仗義的故事，他們不騎馬而坐飛機，不用輕功而開汽車，武功很不錯但有時也用手槍。上面提到的《今之俠者》（這不屬於「六人幫傳奇」）及「六人幫傳奇」中的《黑火》、《金血》、《紅電》、《藍牙》等小說，筆者都看過。印象是，可以一觀，但不如寫古代之俠那麼順眼，主人公們乘飛機的鏡頭總使人感到它不大像是武俠小說。不過，作者勇於探索的精神可嘉。

「超新派武俠小說」與「武俠文學」之間的區別要微妙一些。最主要的區別，當在於，「超新派」著重於小說的表現形式的創新與變化，而「武俠文學」則著重於小說的內容品級及審美價值的的追求。不過，理論上是這樣講，而且也能講得通，但實際上，卻不易準確的區分。在其「超新派」的旗號之下，固然有不少形式創新之作，同時也有對文學價值的追求，如《溫柔一刀》、《傷心小箭》等書即是。同樣，在「武俠文學」中亦有內容、形式都很妙的作品，如《刀叢裡的詩》、《江湖閒話》等即是。反過來，「超新派」中也有形式很普通的，而「武俠文學」中也有內容很平庸的，甚至兩項指標都不上線的，看起來就沒有那麼有意思了。

溫瑞安的「超新派」受到了一些讀者的歡迎，也受到了一些讀者及學者的攻擊。攻擊的理由，是溫瑞安的「超新派」及「武俠文學」常常不過是一些「文字遊戲」，有時還很低級。——例如他的一些書名，顯然不像是武俠小說的書名，而像是胡說八道，這就有違於武俠小說讀者傳統的閱讀習慣。例如「少年四大名捕」（或「大將軍系列」）

中的一些書名：《乳房》（！）、《一條美艷動人的蜈蚣》、《一隻十分文靜的跳蚤》、《你從來沒有在背後說人壞話嗎？》、《沒有說過壞話的人可以不看》、《各位親愛的父老叔伯兄弟姐妹們》、《突然，有一隻眼睛》、《力拔山河氣蓋世牛肉麵》……若不說這是書名，誰能知道？溫瑞安之「超新派」可真有些邪乎吧？

還有，溫瑞安的另一些書名，是根據一些中外文學名著之名「化」來的。如：

《戰僧與何平》——《戰爭與和平》；

《傲慢雨編劍》——《傲慢與偏見》；

《阿拉丙神燈》——《阿拉丁與神燈》；

《金梅瓶》——《金瓶梅》；

《三角演義》——《三國演義》；

《水虎傳》——《水滸傳》……

看來，溫瑞安倒真「學貫中西」，而且還真能「活學活用」。

進而，一些小說的書名「超新」之後，其中的章回（節）之名也不甘落後。最突出的例子，是《說英雄・誰是英雄》系列中的《傷心小箭》一書，硬是湊出了百餘個與「機」字有關的詞和詞組作爲章節的名稱，這且不說，這部寫宋代故事的小說中，章節之名出現了諸如「機票」、「登機」、「終端機」、「太空穿梭機」、「傳真機」……等現代化的「機名」。更有甚者，作者湊不夠數，乾脆「創機」，編出了「民機」、「機逢」、「斑機」、「上機」、「夢機」、「搞機」、「舊機」……這樣一些或明顯不通，或讓人莫名其妙的名稱詞組。而作者本人卻似相當得意他的這種作法，在本書的「後記」中，他如此寫道：

這樣做一是要紀念我在紫微斗數天機命盤上即將過去的十年大限：天機化忌。二是給自己一個考驗；這麼多重複而無味的題目，我都能未算離題的一一處理、一再運用無礙的話，那麼，那可真是沒什麼題目能難倒這支寫了廿八年還算是專業的筆了。……在創作上，我一向喜歡為難自己，跟自己過不去，向自己約定俗成的習慣挑戰。唯有這樣寫，才能勉強可算得上，不是

「塗鴉」——

溫瑞安真了不起！這樣不算塗鴉，那什麼是塗鴉呢？

再其次，溫瑞安在小說的敘事文句中，也搞許多「超新派」的試驗，主要是借助漢字排版及印刷形式的改變，造成特殊的視角效果，給人以新鮮的刺激——這倒不完全是「文字遊戲」，更非有意的瞎胡鬧——同時探索漢字表達的音樂性（韻之美及節奏變化與標點符號的活用）及其繪畫性（形象性建構之美及其視角效果）。試舉兩例：

馬奔騰而至
奔騰而至馬
騰而至馬奔
而至馬奔騰
至馬奔騰而

鐵
手
馬馬馬馬馬
馬馬馬馬馬
馬馬馬馬馬
馬馬馬馬馬
馬馬馬馬馬
馬馬馬馬馬

——《三角演義》（溫瑞安：《三角演義（卷上）·鐵手追命鬥將軍》，香港敦煌版。）

這無疑是要表現一種「萬馬奔騰而來」的形象效果，前半截是橫、豎都可以讀出「馬奔騰而至」這句話，只是中間的一些句子，例如「奔騰而至馬」「至馬奔騰而」之類，令人匪夷所思。古人有這類橫豎都可讀（甚至斜讀亦可）的詩文形式，可見這不算太新奇，而且還不夠地道。下半截六行五個馬字，以三十個馬字排出，「萬馬奔騰」之象，倒有些意思。

再看下面一例（按原版豎排形式）：（溫瑞安：《三角演義（卷下）．對酒當歌，人生三角》，香港敦煌版。）

鞭
一
于
大將軍　　　的「三角形」
追
命
鐵
手

這一例的特殊排列方法，是要表現「于一鞭與追命、鐵手三人站成了一個三角形」，取其形象，並與書名《三角演義》（正題）及《對酒當歌，人生三角》（分冊題）相襯。

溫瑞安的新小說中，諸如此類的花樣頗有不少。上面的兩例不過是信手拈來。

第三章　溫瑞安：成就與局限

現在我們要面臨一個難題：如何評價溫瑞安的武俠小說創作？這個難題之難，在於（一）溫瑞安至今不過四十二歲，其創作仍處於「正在進行式」，這遠不到定評的時候；（二）溫瑞安已經出版的小說數量太多，而其水平與成就又高低不一，難以把握適當的分寸；（三）溫瑞安的小說創作變化很大，路子較多，這又增加了評價的困難程度，我們既不能將他的作品一一點評，又不能太過抽象概括，以防以偏概全。

讓我們從近期小說開始，倒過來說。這樣可以接上一章未完的話題，而且近幾年「超新派」創作亦恰恰是評價溫瑞安的焦點和難點。

對於溫瑞安的「超新派武俠小說」創作，當真是褒貶不一，而且各走極端。正如吳明龍先生所說：

「溫瑞安的武俠小說，是時下引起最多爭議的武俠小說，毀譽參半，讚彈各走極端，喜愛溫派武俠的人，簡直將之奉為經典，認為新一代武俠非此不可，非此不通，令人耳目一新，產生共鳴，且當作人生寶鑑，愛不釋手……不喜歡的人，覺得溫氏劍走偏鋒，故弄玄虛，好作文字遊戲，完全不能接受。」（吳明龍：《劍挑溫瑞安．代序一》）

對此，筆者主張不妨走一走「中庸之道」，一要對溫瑞安的創新追求有足夠的理解和尊敬；二要認真的、具體的看一看，以便做出事實求是的評價，具體問題具體分析。

所謂理解與尊敬，是指要搞清溫瑞安要搞「超新派武俠小說」的原因。即一，出於一種使命感和責任感：在金、梁、古等人之後，繼任俠壇掌門人，希望能有所創造，以符合「獨撐一局」的身分地位。第二，出於一種文化環境的壓力，時代在發展，傳媒增多，訊息爆炸，生活節奏越來越快，讀者口味越來越刁，武俠小說不變恐難以爲繼。第三，出於一種文學觀念。純文學既已進入了「後現代」，武俠小說至少應該「現代化」，一個時代有一個時代的文學，一個時期應有一個時期的武俠小說，所以要新而「超新」。第四，出於一種人性或個人風格的追求，要真正寫出「溫氏武俠風格」來，以便真正的區別於古龍等前輩大師，即便不能，至少也努力一試。第五，出於一種信念：正如古龍所說，誰規定了武俠小說該怎樣寫才算「正宗」？沒有創新與探索就沒有真正的發展前途。第六，出於一種遊戲心理：試試看吧，也許人們會欣賞、會理解、會接受吧？——以上諸種原因，不論是哪一種，都可以理解，而且也應該尊敬。因爲不論怎樣，它們導致的結果，是創新的探索和實踐，而勇於探新的藝術家正是人類文藝發展的可敬的先鋒，總比那種一味的墨守成規的藝術工匠要可敬的多，即使是先鋒探索失敗、試驗不成功，我們也不能對其失去應有的敬意。

當然，另一方面，我們更需要認真的閱讀和分析溫瑞安的作品本身。口號、理想與真正的實踐及其結果並不是一回事，我們總不能僅停留在對溫氏的理想追求（口號、概念）表示理論上的讚賞和尊敬的層面，而需要深入到其創造的「超新派武俠小說」創作中去。

一

要評價溫瑞安的「超新派武俠小說」的成就和局限，我們將面臨一連串的難點：

其一，是作者的創新追求、口號與其實踐的結果不完全一致。

其二，作者的創新目標，是要提高武俠小說的藝術層次，發掘小說敘事的新方法、新形式，及漢語言的潛在能力，這與武俠小說本身的通俗性特徵之間無形中產生了矛盾，即先鋒與通俗之間的矛盾。

其三，作者的嚴肅的藝術追求和隨心所欲的文字遊戲有時搞得難分難解，使人難以評價，其藝術與遊戲的比例與分寸極其矛盾。

其四，作者的藝術態度、藝術水準與其追求的目標之間的矛盾或差異；進而其態度本身也有變化，有時認真，有時任意所之，這使其小說的藝術水準也隨之高低起伏。

其五，作者這一時期的創作，一方面開創了許多系列，讓人眼界大開；另一方面卻又有太多的故事「未完成」，讓人胃口大吊，點評起來，就有些哭笑不得了。

其六，這一時期，作者一方面利用「四大名捕」等「老牌明星」大作文章，這其實是一種標準的商業手段，甚至可以看成是作者創作的一種衰退，從而不得不祭起老明星的「法寶」。而另一面，作者卻又能不斷的創造出一些新的藝術形象及其故事系列，表現出作者的才情和創作能力的勃勃生機。

其七，一方面作者大搞花樣翻新，越寫越虛玄，而另一方面，又不斷的創作出中短篇及長篇局部的寓言情境，並有向現實靠近的傾向，有其總體上的對藝術真實的追求。

其八，一方面不斷的借鑑與創新，讓人目瞪口呆，而另一方面卻又有向傳統文化學習和靠近的傾向。如《江湖閒話》一書——這是溫瑞安的一部佳作——就利用了傳統的說書、彈詞、相聲等藝術形式及技巧創作而成。這使人感到加倍的親切。

其九，九九歸一，溫瑞安「超新派」並未完全徹底的脫離武俠小說的傳統及其民族文化的背景和基礎；而溫瑞安搞「超新派」也並未在一夜之間脫胎換骨，某些形式的創新與轉變，未必能作爲判斷和評價溫瑞安的小說創作成敗得失的根本性依據。這固然是引起爭議、且讚彈各走極端的原因，但據此來對溫瑞安的小說進行褒貶，未免失之膚淺，因爲書名、章節名以及部分敘事語言的印刷排列形式，只不過是小說的一種「皮毛」，甚而不過是一種「包裝」罷了，不是血肉，更非筋骨。

溫瑞安自言道：

「我也沒有什麼語不驚人死不休的話，但向來堅持：寧作不通，不作庸庸；寧可不屑，不作愚忠。話也可以這樣說吧：寧試刀鋒，不願跟風；寧可裝瘋，不為不公。」（李潛龍編：《溫瑞安語錄‧序二》，香港敦煌出版社版。）

這話說得很好、很直，但也給我們出了一道難題；是「不能」好，還是「庸庸」好？

下面說得具體一點。上一節中，筆者抄錄了溫瑞安的一些「超新派」的書名，以及《傷心小箭》一書中的某些章節之名，並舉了敘事行之中的「超新派」兩例。在那裡，筆者未作評價，這裡不得不說了。這些書名，老實說筆者也不以爲然；而「百機」之節名，更覺得不好，因爲有明顯的不通；進而作者的得意，尤其讓人反感：玩這點小聰明還自以爲是？在這一點上，筆者與那些對溫瑞安小說「超新派」反感者的感受是一致的。雖說藝術與遊戲並非勢不兩立，而是有相通之處，但其中的關鍵，在於有「度」，即要把分寸。藝術的創新絕不等於可以毫無節制的、隨心所欲的胡編，「不通」的書名、節名，也來充創新之數，那是對藝術的不忠實，更是對讀者的不恭。什麼「力拔山河氣蓋世牛肉麵」，什麼「搞機」，這不是胡搞嗎？由此我們不難看出溫瑞安「霸氣」，即想怎樣就怎樣；同時還可以看出他有些愛耍小聰明：溫瑞安才思敏捷，反應迅速，隨機應變之能過人，任何一個「題目」都可以給你敷衍出文章來；任何一句話都可以觸動他的靈機，取出題目來；任何一個文字上的難題都難他不倒……然而這只是藝術創作的淺表層次和初級階段，是以只是一種小聰明，而非真正的才華，更非大智慧。這種小聰明實在沒啥可得意的。

提到觸動靈機、舉一反三的聰明勁，我們或許能找到溫瑞安開了許多系列的頭，而卻又讓許多系列未完成的一個重要的，乃至根本性的原因，那就是溫瑞安聯想豐富、才思敏捷，可以從一斑而見「全豹」，由一葉而見「全樹」，由一個故事想到一個新的「系列」，而且說幹就幹，於是就有許許多多的開頭。但是，他忘了，一斑畢竟只是一斑，一葉畢竟是一葉，要想畫出全豹、全樹，並非靈機一動的聯想一下便可完成。那種靈機與聯想，仍不過是藝術構思的淺表層次和初級階段，若缺少深入，缺少整體的構想，自然只能有頭無尾了。所以說，溫瑞安的有頭無尾現象，可以說是聰明反被聰明誤，一步三計不若三步一計：善而不善斷決非真正的智者。真正的藝術創新，聰明不足持，小聰明則更會弄巧成拙。

不過，筆者與徹底的否定論者又有不同。對那些書名、節名雖然不以爲然，但並不那麼反感及厭惡（我反感的是作者對「不能」及小聰明的洋洋得意），更不能以此來否定溫瑞安的創作全部。另一點不同，是對溫瑞安小說行文中的創新和「異端」，筆者認爲不可一概而論。前面所舉的兩例，固然有些不通之處，但大體上還是可以接受，甚至值得欣賞的。而下面的一個例子，則稱得上是精妙了：

他、要、出、劍。

他，要，出，劍。

他——要——出——劍。

他……要……出……劍。

（《斬馬》）

這是寫冷血與薔薇將軍決鬥時的一個小段，聯繫上下文，即能品味其中之妙。江上鷗先生寫道：

「表面上看似像文字遊戲，仔細體會，四行十六個標點符號，寫出無盡意味，這其中包孕著冷血一剎那間內心的急劇變化，同時也表現了他從果決殺敵，到遲疑手軟的情緒變化和動作變化。這四句話的文字表徵，取代了長篇大論的心理描寫，給讀者以十分寬闊的想像天地。」（江上鷗：《獨闖蹊徑的溫大俠》，《溫柔一刀》「代序」，雲南人民版一九九五版。）

江上鷗先生分析得透徹，筆者完全同意，不用多言了。

總體上說，溫瑞安的「超新派」時期的創作，有以下幾點值得肯定之處：

其一，是創作了「平民之俠」的形象，這可以說是「超新派武俠小說」的一種成就標誌。代表人物當然是《說英雄・誰是英雄》系列的主人公王小石等人。還有少年冷血等人，也與以前的形象有明顯的不同。簡單說，以前是貴族式的、高貴的「大俠」；而今是平民式的、平凡的「小俠」，其中人生的滋味更加真實而豐富。這種形象的改變，頗能代表九十年代武俠小說創作的積極傾向，與整個的文學大勢相符。

其二，是試驗了各種不同的文學形式，並取得了一定的成績。超新的形式、文學的品級，以及現代之俠的描寫，達到了溫瑞安寫前人所未寫（現代之俠），用不同的形式寫（超新派），以及用不同的感悟方法寫（武俠文學）這樣一個目標。作者有對新技法、形式的開拓（如對漢語的音韻、節奏、建構形式及形象的潛力發掘），也有對傳統藝術形式和技法的借鑑和翻新（如相聲、彈詞的借鑑）。

其三，是通過新的技法與形式的探索，加強了人們對武俠小說敘事過程的欣賞，甚至部分的改變了讀者的閱讀習慣：即由原來一味的對「後事」與「結局」的期待和追求，變爲對現在的「過程」與「形式」的欣賞。使武俠小說的講故事形式，由僅著重於「故事」一個重點，發展至「講」與「故事」並重，甚而「講」法與形式的藝術性趣味，使人們暫時忘卻了「後事如何」，而留連於講述的過程及技法形式之中。

其四，溫瑞安的小說，「超新派」實驗，在形式上有從傳統到現代的轉化，而在趣味意旨上甚至有「後現代」的痕跡，即塡平「意義」的峰谷，而創作出無數的「片斷」。——我們在後文中將要看到，這也正合溫瑞安的特長，同時也存在著某種局限。

下面我們正要說溫瑞安小說的一些局限。這也可以分爲幾點說：

其一，最明顯的缺陷是許多故事有頭無尾，作者給讀者開出了太多的空頭支票，讓人不耐其煩。原因之一，是作者的創作態度不夠嚴謹；原因之二，是作者才能的局限，常常想當然的憑一時聯想與衝動列出一長串名稱，卻因缺乏深思熟慮及認真的構思和準備，致使這些書名大多有名無實。

其二，作者大量開出空頭支票而不能兌現的另一個原因，是在創作中仍不能自我節制，從而在寫作中節外生枝、枝外生葉，情節線索雜亂而繁複，致使出現拖沓冗長的「超長篇」。如《少年四大名捕》系列的故事越拖越長，全無早期四大名捕故事的乾脆和圓滿，倒像以前的《神州奇俠》那樣太過散漫。《說英雄‧誰是英雄》系列的《溫柔一刀》及其後的幾本書，情節上並無各自成篇、成體，一個「金風細雨樓」的故事搞得如此之長，既可以說是作者的才華橫溢、倚馬千言，更可說是作者的散漫無度、毫無節制，無視長篇小說創作的基本規範。或者說是作者對長篇小說的結構技巧與方法，缺乏耐心、熟練和才能。

其三，由於作者的霸氣和任性，隨意遊戲筆墨，造成了小說中許多人不必要的瑕疵；

而由於作者對長篇小說整體缺乏深思熟慮和精密設計，從而使溫瑞安的小說有小處精彩而大處不佳的毛病。這樣，我們在溫瑞安的近期創作中，很難選出一部完整而又高質量的代表作來！看起來不少作品都值得一觀，但實際評說或反覆再觀，卻又讓人爲難。如《溫柔一刀》——該書獲得首屆中華武俠文學創作獎的銀獎，之所以得銀牌而不能得金牌——看起來確實有讓人耳目一新之感，奈何這是一部須聽「下部分解」的書，結構上不完整。所以也不能嚴格的評爲溫氏的後期代表作。

二

由於溫瑞安的「超新派武俠小說」尙處於探索之中，很難找到成功的代表作及完整的典範，加上人們對溫瑞安的遊戲筆墨的任性無度的反感，是以有不少人對他的近期創作持否定觀點，認爲他將新武俠小說引進了死胡同。而早期的溫瑞安小說又有明顯的摹仿古龍的痕跡，因而導致了一些專家學者對溫瑞安的總體評價不高：「前期摹仿，後期胡來」這個帽子一扣，還真讓人一時難以反駁。

當然，對於溫瑞安後期小說創作，我們在上一節中證明了，至少不是完全的「胡來」，而是確有成績的。而溫氏前期的創作，也不是純然的「摹仿」，而是有自己的特點和新意，展示了作者的寫作才華。

溫瑞安的武俠小說處女作《四大名捕會京師》之所以能一舉成名，在數百名武俠作家中脫穎而出，就是一個證明。——這部書的具體特色，我們將作專章分析。

《四大名捕系列》的早、中期續作，確實有其精彩、獨到之處。一是刻畫、並在續作中不斷的豐富和深化四大名捕的形象、性格及其情感世界。二是這四兄弟離多會少，使作者在續作之中獲得了自由變化之機：他們你來我往，此起彼伏、或單兵作戰，或二人聯手，或三人同行（哪二人、哪三人還可以排列組合），使得小說的人物突出，情節有序。如《碎夢刀》與《大陣仗》寫冷血與鐵手；《開謝花》寫追命和冷血；《談亭會》寫無情與追命；《骷髏畫》寫冷血；《逆水寒》寫鐵手與無情；《殺楚》則只寫追命……如此變化多端，讓人可以常與「老友」相見，卻無重複乏味之感。三是「四大名捕系列」的故事，不斷改變內容、視角、形式，富於變化之巧。《會京師》中五個故事各不相同且待後面再說，《碎夢刀》從「黑道」轉向「白道」；《大陣仗》、《開謝花》則從江湖惡勢力的犯罪轉向官府首腦人物的貪贓枉法、胡作非爲的揭露；《骷髏畫》進而將矛頭直指朝廷……總之，《四大名捕系列》各不相同，每部都有創意，可觀之處不少。此成爲溫瑞安的「名牌產品」乃至成爲「王牌產品」，以至作者在後期創作中仍要重新「開發」這一系列，並非僥倖而致。——這裡還有一個重要的奧妙，即這一系列的作品，除《逆水寒》是一部完整的長篇小說，《殺楚》勉強可以算作是一部長篇外，其餘的小說都只能算是中篇故事。這一系列的成功並受到讀者的肯定，與此大有關係：溫瑞安善寫中篇，短篇尤佳，而長篇小說卻非其特長。

說起短篇尤佳，有不少的例子可舉，早期的例子是《白衣方振眉》中的《試劍山莊》。——《方振眉系列》中的前幾個中篇故事也都寫得不錯，只可惜還有一點古龍的痕跡。而最後一個短篇《試劍山莊》卻是古龍也未必寫得出來的，所以說「尤佳」。首先，這篇小說雖是《方振眉系列》，但主人公卻是兩個青年，而方振眉連「名」也沒寫，只寫一個「白衣白襪的人」出現在試劍山莊大門口，對兩位因怕戰敗受辱而萌沮喪之死志的兩位年輕人說了一番話，鼓勵起他們的鬥志就走了，可謂君子動口不動手，又是神龍見首不見尾。正因如此，方振眉的大俠形象及其魅力更加突出，且留給人以足夠的理解與想像的餘地。方振眉雖沒顯露武功，也未顯露過人之智，但他的一席話，嬉笑怒罵、冷嘲熱諷、諄諄告誡兼而有之，恰是對症良藥，用他的仁愛之心及智慧之計點燃了兩位青年的生命之火，從而讓他們創造出戰勝了原本不可能戰勝的敵手這樣一個奇蹟。其次這篇傳奇故事，有讓人驚奇之處，卻絕無為奇而奇的痕跡，更無故弄玄虛之處，而是從容淡定，不動聲色，娓娓寫來，意蘊豐富，行文優美生動，加上構思精巧，境界幽深，足可與純文學短篇小說的佳作比美。

相比之下，篇幅超長，名氣也不小的《神州奇俠系列》可就不那麼令人滿意了。

當然，它有其可取之處，具體如下列幾點：

其一，「神州結義」，青少年人的笑傲江湖的雄心、夢想、銳氣，寫得有聲有色。雖然個體的人物形象不一定特別突出，但對結義群體的描繪卻相當不錯，寫出了這群人的青春氣息、英雄氣概、初生牛犢不怕虎，天下之事無不可為的群體心態及「集體無意識」，這給人留下了深刻的印象。如前所述，也許作者有這方面的真實體驗，甚至滲入了自己的人生現實，因而寫起來自是格外的得心應手。讀者自然也感到格外的親切，並激起人們對青春的懷念或憧憬。

其二，蕭秋水是一位獨特的主人公，一方面，他無疑是一位真正的俠者，而另一方面則又是一位「不合時宜的人」：不該恨他的人恨他，不該罵他的人罵他；而他的頭號大敵——「權力幫」的幫主李沉舟反而成了他的爲數不多的「知音」之一。他的朋友和兄弟雖然有很多，但他卻常常被孤立，更不必說其內心的孤獨。這一形象，以及作者對這一形象的設計與敘述，是十分奇特、具有深意，有明顯的獨創性的。

其三，小說中的「黑道」與「俠道」的分別，遠不似其他作家作品中那樣黑白分明。蕭秋水與權力幫作拚死搏鬥，但得不到白道英雄及俠士的支援和理解。——武林中一盤散沙，內訌不斷，「窩裡鬥」的情勢和本領遠遠超過「抗金」的民族大義；「內戰內行，外戰外行」的人極多，武林中人自私自利，貪生怕死，畏怯保身而又能找到種種堂而皇之的理由，以保住俠道的聲譽和面子，這種現象不僅讓人觸目驚心，更發人深省。其中有對民族性的揭示。

其四，小說中寫到蕭秋水的不少朋友和兄弟紛紛離去，進而背叛，進而反過來暗殺他們的大哥，這也是此書中的一種獨特的現象。作者寫此，或有其生活經歷的依據，而在書中，卻是對「江湖道義」及「桃園結義」的夢想的一種反襯，從中讓我們看到人性的弱點及一些人心理的卑污：得勢時車水馬龍，失勢時門可羅雀。這也許是社會中的普遍現象及人性本能的弱點？每讀及這些情節，總讓人震驚不已而冷汗淋漓。

《神州奇俠系列》的缺陷也是十分明顯的，主要有以下幾點：

其一，這個「系列」，其「正傳」共分八部十幾冊，其實卻是「一個故事」。而說是一個故事，卻是缺乏統一的構思、缺乏整體性，重心不突出，主線也不明晰，似乎是作者的「信天遊」，寫到哪算哪；而另一面卻又節外生枝，如竹生筍、筍又生竹，拖沓冗長，枝蔓多而雜亂，全不似金庸的《射鵰英雄傳》、《笑傲江湖》那樣完整而又精緻的「大塊文章」，而似是水瀉平地，四處亂淌，並不成型。

其二，讓人難以想像，也難以接受的是，既然一部書的故事還沒寫完，何必又要另換書名，給人造成一種重打鑼鼓另開張的錯覺——這個毛病到後來發展得更厲害，同一部書分成若干部，每一分部又分成上、下冊，而每一冊居然「另賜芳名」，讓人眼花繚亂，更莫名其妙——不知作者是不是要追求小說「部數」的增加？卻又不想一想讀者的閱讀習慣，如何能受得了那個亂？更如何受得了那個「拖」？

其三，雖然篇幅超長，卻未有真正突出的人物形象，連主人公蕭秋水的形象也不豐滿飽實，其他人就不用多說了。作品未以性格統帥情節，而是以「事」拖「人」，進而還是以「雜事」誤人，更不必說喧賓奪主、旁生枝蔓的毛病時有發生。而作者又沒有認真的處理那些雜亂頭緒，恐怕也不一定有處理這些雜事的能力，如此之多的頭緒被作者扯出，又將作者纏住，真可謂是自作自受自誤自了。主人公蕭秋水與唐方的愛情線索，處理得尤其不能讓人滿意，只是時不時的加入些「唐方，唐方，你在哪裡」或是「唐方、唐方我愛你」的酸語，實在讓人牙疼，甚而反胃。

《血河車》一書，是溫瑞安從初創到成熟的一個環節，此書繼大俠蕭秋水的故事之後，又寫了一個方歌吟，從一個武功不高的鄉村少年成長爲一代大俠的故事，情節相對集中，從情節構思到敘事語言，都不似《神州奇俠》那樣散漫，似乎作者要在金庸、古龍之間，一邊採其眾人之長，一邊闖出自己的新路。這部書情節複雜，人物眾多，富有想像力，相當好看。節奏變化快，而較少拖沓，因而可算是溫氏長篇小說創作的一個進步。只不過，方歌吟的武功成就的未免太快、太過輕易，「血河車」每一次出現，都會給他帶來內力，「給養」，這種情節再三重複，讓人感到乏味。好在作者對人物形象的塑造投入了較多的才力，從而使方歌吟以及「三正四奇」等人物不至於被複雜的情節及快變的節奏所淹沒。

三

綜觀溫瑞安的創作——不論是早期、中期或近期，我們不可能一一點到，因而只能綜觀——我們不得不說，他的作品數量極多而真正成型佳作卻少。「文多好的少」，也許是絕大部分武俠小說作家的一種通病，又尤其是那些才氣不少、速度極快、文不加點的才子型作家的通病。因爲快而不能深思遠謀；因爲多而不能保證重點工程。

進而，溫瑞安的小說，中短篇較好，而長篇、超長篇則較差。甚至可以說，越短越好，如《試劍山莊》、《今之俠者》及《江湖閒話》等；而越長越差，如《神州奇俠》《少年名捕與大將軍》等。溫瑞安的長篇小說及超長篇小說，雖不能說沒有完整的佳作（前面提到過的《逆水寒》、《刀叢裡的詩》就不錯），但大多是局部精彩而整體欠佳，有些不僅欠佳，而是「不佳」，乃至「太差」了。

之所以如此，我們在本卷的第一章中就曾提及，溫瑞安的詩人氣的多變及散文氣的隨意，對他的長篇小說創作是有幫助（局部精彩、語言有特色），卻是負面的影響，即不利於嚴謹的結構和佈局。這不僅是一個才能的問題，而是性格與心態的問題：詩人氣的溫瑞安難免衝動太多、變化太快而使心氣浮躁。這對長篇小說的創作——在某種意義上也是一種技術操作——當然不利。更爲不利的則是：溫瑞安自信過人、任性亦過人，當慣了老太，聽慣了掌聲，恐怕難有自省與自審的閒空，而亦少接受批評的準備，因而以他的才華，本可以克服某些缺陷而更上層樓，終於卻沒能如此，那只能說是性格所致了。除此之外，長篇小說的敘事結構及其完整性、創造性的問題，一直是中國文學史中的頭號難題，可以說是一個民族心理及思維習慣的問題。不僅俗文學是如此，純文學創作亦是如此。我們是「詩歌之國」，向來缺乏邏輯思維的傳統，以及理性建構的學術——藝術的傳統。因而一部分長篇尚停留在講故事的層次，而另一部分長篇則滿足於「講經」（即以「經」的思想作爲小說的結構框架和情節發展的依據）。正因爲此，金庸的小說結構之精妙才稱得上是一種奇蹟，而溫瑞安缺乏結構意識及結構才能，反倒是很正常的了。

不能不承認溫瑞安想像力豐富，而且才華橫溢。他的武俠小說創作，起點就高，雖說小說的結構總有些問題，但他的故事，卻仍有許多精美的典範。

本章本節的最後，似乎應該點一點溫瑞安武俠小說的代表作。這是一個難事，一是總數量太多而選擇不易；二是有仁者見仁、智者見智的問題。

好在，溫瑞安本人曾經對他的創作有過一次特殊形式的總結，即前面多次提到的《江湖閒話》一書。這本書中共有十九篇，寫了十八個人物，都是我們的「熟人」，即溫瑞安多部小說中的主人公，計有：大俠蕭秋水、神相李布衣、冷血、追命、鐵手、無情、方振眉、我是誰、張炭、唐寶牛、納蘭、雷損、戚少商、息紅淚、蘇夢枕、沈虎禪、諸葛先生、唐斬等。——這是作者的「閒話」，當然無疑又是一種自我選擇及評價，凡入選此書的人物，當有其成功之處，有一定的名氣。

當然啦，作者是作者，讀者是讀者；更何況，作者選的是「人」而不是「書」，所以要選，還得花費一番功夫。

依筆者之見，下面幾部作品值得推薦：

《四大名捕會京師》；
《碎夢刀》；
《逆水寒》；
《殺楚》；
《方振眉・試劍山莊》；
《刀叢裡的詩》；
《今之俠者》；

《江湖閒話》；

《溫柔一刀》。

以上只是個人之見。對此當然可以仁者見仁、智者見智。對溫瑞安的小說品頭論足，那是每一個讀者的自由，也是讀者的樂趣。然而，要對溫瑞安這位年僅四十二歲的作家及其創作進行「定評」，卻是爲時尚早，因爲溫瑞安還處於「前途不可限量」的創作盛年，你可以喜歡他，也可以不喜歡他，「定評」卻該留待後人去做。

第四章 《四大名捕會京師》賞析

《四大名捕會京師》是溫瑞安武俠小說的處女作，同時又是他的成名之作和代表作。其時溫瑞安年方弱冠，以此書一鳴驚人，讓人刮目相看。二十多年後重讀此書，仍覺其出手不凡，創意了得。儘管溫瑞安此後又寫了《白衣方振眉》、《逆水寒》、《殺楚》、

《刀叢裡的詩》、《溫柔一刀》、《傷心小箭》等優秀作品，論作品的質量與水準，決不低於《會京師》，在某些方面還有過之，但論名氣及影響，恐怕哪一部也不能與《會京師》相比。這部小說中所刻畫的冷血、追命、鐵手、無情等「天下四大名捕」的形象，足以與古龍的李尋歡、楚留香、蕭十一郎、孟星魂等著名的藝術形象相比美，其「知名度」也決不低於梁羽生筆下的張丹楓、白髮魔女、金世遺，以及金庸筆下的胡斐、袁承志、郭靖和楊過。可以說，《會京師》這部溫氏武俠的創牌作品，業已經歷了一段不短的時間考驗，獲得了海內外廣大讀者的認可和喜愛，從而以其實際成就與影響，成了中國新武俠史的一部經典性作品。

當然，天下四大名捕的知名度，不是《會京師》一部書所造成的，而是一系列的作品造成的。名氣越大，續作越多；續作越多，名氣也就越大。這種符合商業法則的良性循環，使四大名捕成爲八十年代至九十年代新武林中最具知名度的大俠。而這一切，乃是從一九七四年的《四大名捕會京師》開始起步的。僅此一點，《會京師》的地位和意義，不問可知。而溫氏最出名的《四大名捕》系列，乾脆稱爲《四大名捕會京師》系列，原因也正在於此。

一　形象的創造

談論《四大名捕會京師》的成就與特色，當然不能不從它的人物形象的創造開始說起。——說是創造，而不寫塑造，是因爲四大名捕的形象的原創性意義大於它的藝術構成的意義，若僅說是塑造，未免有些低估。

這本書的最大的成就和特色，正是它創造了冷血、追命、鐵手、無情的形象。寫四大名捕小說這一創意的產生，標誌著新武俠小說創作的意識及技術的一次有意義的轉化和進步，也是對千百年積澱而成的武俠傳統的一種有意義的反撥或挑戰。——武俠的傳統是非法的傳統，武林正義及俠士義氣都是建立在法律之外，或超乎法律之上的，甚至是與法律、秩序及社會體制相對抗的。新武俠作品中，梁羽生、金庸等人的作品，其立場和觀點是民族主義、愛國主義與反政府主義的混合體。這當然是受到二十世紀中國歷史及其主流意識形態的影響，即採取「人民」的觀點和立場，反對「統治者」

及其「走狗」（武俠術語是「鷹爪孫」），這當然有其積極的進步意義。具體說，金、梁作品的主題與立意是堅決站在被壓迫的人民大眾一邊，站在反叛者一邊，而反抗的又是「封建官府」，這使人無話可說。但這改變不了其非法的本質，所以金、梁的作品多寫亂世，王綱解紐，作者亦乘「亂世英雄起四方」的機會，逃避了「法」的追問。

另一方面，臺灣當局另有所忌，規定不許寫「興亡之慨」，因而臥龍生、古龍的作品乾脆建立一個完全獨立的武林世界，沒有時代背景，也沒有官府，當然也就不用考慮「合法與非法」的問題。——武俠小說的作者和讀者，有幾個人會去考慮這麼個可笑的問題呢？合法？那您乾脆甭看武俠得了。——的確，考慮這個問題的人不多，但並不是沒有人考慮。古龍就是一個最突出例子。他於一九六八年開始寫出了《鐵血傳奇》（楚留香故事系列，包括《血海飄香》、《畫眉鳥》、《大沙漠》及其後的《借屍還魂》、《蝙蝠傳奇》、《桃花傳奇》、《新月傳奇》），楚留香這位新的主人公，有一個與眾不同的觀點：「我不是王法，我不能隨意殺人、處置人」——言下之意，是若非執法者，誰也不能隨意殺人、處置人。這一觀點在正常的社會中，當然是一種常識，可謂婦孺皆知，而在武俠世界中，卻是獨樹一幟，稱得上是意識形態的革命。這位楚留香的偉大之處，在於他身經百戰，伏魔無數，但卻沒有殺死過一個人，因爲他認爲他沒這個權力。

在武俠世界中，這不僅是一個奇蹟，簡直是一種神話。然而不論怎樣，我們卻得承認，這是新武俠小說的一種意識的變革。楚留香的完全不同於前此武俠人物的現代性風貌走到我們的視野之中，是中國武俠小說史上值得注意的一個重要事件。

如果說古龍的楚留香既不是執法者而又要多管閒事、並以喜歡多管閒事而出名，這多少有些尷尬的話，那麼，年輕而又才華橫溢的溫瑞安讓「天下四大名捕」來管這些事，就更加名正言順，順理成章了。溫瑞安在古龍的影響下再進一步——也許只有半步——乾脆讓官府的執法者成爲小說的正面主人公，讓俠義公正與法律意識結合在一起，正是前文中所說的武俠小說創作的觀念、意識的變革。

當然，要說這種變革是一種徹底的反傳統，那又不完全準確。肯定有人會說，中國的武俠小說史中還有另一種傳統，即以《三俠五義》、《施公案》爲代表的「清官+俠士」型的「公案小說」。這種小說顯然是以承認和維護王權正統為基礎的，魯迅先生在其《中國小說史略》中曾批評這類小說是「奴化的表現」，當然是有其一定的道理，因為這類小說在晚清出現，不僅表明了漢人對異族統治的反抗意識的徹底消失，而且也表明平民百姓對統治者的徹底的服從。但從另一方面說，這種小說出現，又表明中國人民永恆不滅的可悲可憐的「清官夢」中，有著對法律、秩序、公正的期待與信念。「寧為太平犬，不為亂世人」這句俗話，正是中國人民千百年來悲慘境遇的深刻描述：太平之犬固然是「奴化的表現」；但亂世之人，只怕連「犬」也不如！在一個完全沒有秩序的世界中，誰能生活的幸福而快樂？那將使人類社會退化為狼群。

既然有公案小說的傳說，溫瑞安的四大名捕的出現又有何值得大書特書之處？按說冷血、追命、鐵手、無情只不過是「三俠」與「五義」的後代子孫而已，其創意不過是在三、五之間寫了個「四」。但認真閱讀《四大名捕會京師》之後，我們會發現，這幾位名捕與他們的前輩，在精神氣質與思想意識上有很大的不同。他們有不同時代的時代性，及不同的意識形態背景的影響痕跡。

也許換一種角度，即從技術轉化的角度能說得更清楚。《會京師》是古代公案小說與現代偵探小說相結合的一種「新武俠小說」，它既不是公案，也不是偵探，而是借用其技術方法及類型規範而為武俠小說創一新的形式。在這種技術轉換與借鑑中，當然有古與今，以及中與西的交織和融匯，使作者獲得了更豐富的技術手段，更靈活的創作形式及更開闊的創作視野和更自由的創作心態。這種創作心態之下，不僅可以「洋為中用」，「古為今用」，而且還可以「今為古用」及法為俠用、俠為法用。從這一角度來看「四大名捕」形象的意義，更加明顯。

「四大名捕」之形象的意義之二，是創作方法上的創意與發展。

一是在武俠小說創作的情節與人物的矛盾中，鮮明的以人物作為矛盾的主要方面，並以此為小說創作的重點與核心。這在一般的文學理論及創作中算不上多麼高明和新鮮，甚至在武俠小說史上也算不上具有首創意義，但是，要知道一般的武俠小說的作家，為了迎合讀者的口味，依照讀者的接受模式來編織驚險傳奇的故事情節及其公式化的類型形象，且絕對以故事情節為第一要素、乃至唯一要素。而溫瑞安能挑明以寫「四大名捕」

形象爲主，並且依據人物的性格來安排情節，這就比一般的武俠小說進了一步、高了一層，效果自然就大不一樣了。

二是在類型與個性的矛盾中，突出人物個性，使之形象生動鮮明、深入人心，以其新穎獨特而留在人們的記憶之中。一般的武俠小說中的人物形象多半是一種類型形象。這也難怪，來是受情節模式的限制，本就沒有多少描寫人物的餘地；二來俠士形象本身就是一種約定俗成的理念化身，即是一種人物類型。這兩點加在一起，要想寫出人物的個性形象，其難度當然就更大。所以一般沒有真正的文學理想與抱負的武俠作家，乾脆就不想自我麻煩的知難而上，而是順流而下，編出什麼就是什麼，公式化、概念化也好，千篇一律、千人一面也好，反正有人看、有人賣，何苦去費那份心、吃力不討好？——這正是鑑別武俠作家及作品之優劣的一個標尺：顯然只有少數作家才具有描寫人物形象、刻畫人物個性的抱負和才能。

而溫瑞安即是這少數人中的一個。「四大名捕」形象的個性設計與創造，顯然是煞費苦心的，而其成就也是有目共睹的。具體說，四大名捕的共通性，是四人職業相同，又都是諸葛門下，而且又都有一個讓人——準確說應該是讓壞人——聞之喪膽的綽號，合起來是「冷血追命，鐵手無情」與「天網恢恢，疏而不漏」合成一副聯語。

作者在四大名捕的個性形象的設計中，注意抓住或表現這四個人的各方面的突出特色，這包括，（一）武功方面，冷血劍快；追命腿兇；鐵手拳硬；無情精通暗器與機關之術，各有特長，讓人一見而知。（二）形象方面，冷血年少英俊，喜立而不喜坐，如劍如松；追命相貌平凡，喜坐更喜臥，如韜如弓；鐵手壯年，因內功精湛，而如淵停岳峙，坐臥行止都有氣度；無情年輕，卻雙腿殘疾，行難離轎，特點一望而知。（三）性格方面，冷血剛毅冷峻，心熱面冷，氣盛而不凌人之上；追命隨和詼諧，滑稽喜樂，智多而不露鋒芒；鐵手恢宏大度，平和知禮，臨大變而無驚；無情最是多情，心軟而易上當，偏激卻又有度。綜合以上所說的武功、形象、性格三方面，再加上他們年齡的微妙差異，即少年冷血、中年追命、壯年鐵手、青年無情，就使這四大名捕的個性形象十分鮮明，極易分辨。只要一見，便不能忘懷。

三是，作者設計這四大名捕的形象，不僅在其俠義之上加了一層執法的護圈，調和了一種很讓人爲難的矛盾；而且在正常的武俠人物的武勇特徵之外，又給人物增添了智慧的風貌。因爲他們是名捕而非一般的武夫浪人，所以他們不僅要常用他們的拳腳，更要常用他們的頭腦。這使得他們的形象特色更爲突出，在古龍筆下的楚留香、陸小鳳等人之後，使這種智、力合一的人物形象增添了新的光彩，也豐富了武俠人物的類型，使讀者大飽眼福。智慧的妙用，有時比武功的比拚更加精彩動人；嚴密的推理和精確的判斷，既能揭開種種玄秘，而又能造成更大的懸念；既能讓人恍然大悟，而又能讓人受到更深的精神激盪。而這種智慧風貌，顯然會使人物更具動人的神采。

在本書中，當年輕的冷血開始揭露狡猾而又深藏不露的柳激煙，指出他的一個、二個破綻，找到一個又一個證據時，我們的閱讀快感才真正的達到頂峰，覺得冷血這位勇敢、剛毅、武功高劍術好、敢拚命不怕死的年輕人，到這時候才真正具有一種讓人折服的氣質和力量。當追命智破九回陣、兩次酒噴石幽明；鐵手計勝戚少商、揭露柳雁平、急激楚相玉；無情北城避險、智鬥姬搖花……這些不僅是小說中最精彩的情節，同時更是這幾位主人公最動人的時刻，他們的形象的光輝也因此而更加奪目。

例如第三部《毒手》中的「十面制強敵」一章，寫到鐵手計勝戚少商，明知對方的劍術高強，自己並非其敵，但卻提出以十招爲限，即在十招之內戰勝戚少商，若不能勝即以敗論，此計提出，無人理解其意，直至鐵手真的在十招之內讓戚少商認輸，仍是沒人明白究竟。鐵手對他們解釋說：

「愛貪便宜乃人所難免之惡習，況且是我引君入甕，此語絕非譏諷戚少商之意。我與戚少商一戰，對他甚是折服，此人沉著鎮定，才智雙全，應變之快，絕非我所能及。我既知久戰必敗於他之手，只得用計，說必在十招之內敗他，條件是他必須以『一字劍法』以對我。」「看來那個允諾是我吃虧，其實他比我吃虧又何止五倍！……要他不能以劍招的長處來戰我，是一倍；因為他認定挨過十招便算勝我，所以只守不攻，我則全力搶攻，是一倍；因為搶攻得逞，我才能逼他到樹前，以致他後退無路，心神大分，是一倍；我要他允諾使『一字劍法』，但我先前已在他和周誠主一戰之中，把他的使劍方法，出手方式記住，他用『一字劍法』連鬥兩場，未免會有招式相同，他那一招『一飛衝天』，我原先已料到他會用，才把『十面埋伏』使低一點，否則他早可破圍而出了，他劍法重複，我了然於胸，又是一倍；還有他最後仍以一招『天羅地網』接下我的『十面埋伏』，並沒有輸我，卻因允諾而敗了，更是一倍。此為五倍，並無虛言。」

在那樣緊張的情勢之中，鐵手能想出如此絕妙的計策，連聰明才智高過眾人的戚少商也大上其當，可謂知己知彼，即知其武功，知其性格，還知其人性的弱點；進而還揚長避短，引君入甕，算策無遺，雖擺明是計，卻叫敵方摸不著頭腦，這是何等的機智與應變！然而此戰之後，鐵手非但不驕不躁，反而誇敵手之長而坦露自己之短，進而又說：

「不過最後一式，也拚得著實是險，我之所以大膽許下十招勝他，因這十招中我已佔盡便宜，我勝不了他的話，那麼縱然再打下去，我也絕非其敵手，不如速戰速決，故我請求他們十招賭約，也非純粹陷阱，實亦衷心之言。戚少商居然能接到最後一招，實非同小可，而且他本敗得十分不值，但一諾千金，毫無怨隙，馬上退兵，我對他十分敬佩……」

此表明鐵手於慮勝之計中亦有慮敗之心，而在勝敵之後反將己短托出且對敵手有「敬佩」之心，這又是何等的心胸和氣度！總之這一戰及戰後的這一說，將鐵手的智慧、周密、坦誠、大度的性格風貌寫得讓人心折。其他的精彩之例，不必再舉。

二　結構與情節

將結構放在情節之前來說，是因爲《會京師》一書的結構大於它的情節：它不是由一段完整的故事情節組成的，而是由五個相互聯繫而又各自獨立的故事組成的。這又正是《會京師》的一大特點。

《會京師》是不是一部長篇小說？這話較難回答。因爲它是由五個獨立的故事組成的，因而像是一個中（短）篇小說集，或中（短）篇系列小說，而難稱爲一部長篇。這是此書的獨特之處。要說它是一部長篇小說呢？也不是沒有理由。主要有二，即一，作者寫此書的五個故事之前有整體的構想，並且在寫作中有許多關聯之筆，寫到四大名捕中的任何一個人時都會提及「四大名捕」這一集體之名，這無疑增加了本書的整體感。每個故事中都要提到並介紹「四大名捕」，看似重複，實則是關聯之語。第二，更有力的證據，是小說的第五部《四大名捕會京師》，不僅將冷血、追命、鐵手、無情四個人寫到了一塊；同時也由於這麼一「會」而使這部書的前四個故事有了真正的依托。這最後一部正是真正的結構與關聯的樞紐。使這五個故事，如同一個整體的盆景：前面四個故事如同盆景中的四座假山之峰，或四枝花，而第五個故事則是盆景的底座，將四峰相連，使四枝同根。作者以第五部之名爲全書之名，用意正在於這一「會」而成整體。——這確實是一種不大常見的結構，但卻不能說它不是一種長篇小說的結構形式。

換一種角度，或許更容易理解。也許作者這麼寫另有因由，而其中最重要的因由，無疑是爲了更好的刻畫人物。我們從這本書的五個部分的分題即可看出：

第一部《兇手（名捕：冷血）》；

第二部《血手（名捕：追命）》；

第三部《毒手（名捕：鐵手）》；

第四部《玉手（名捕：無情）》；

第五部《四大名捕會京師》。

上面的分題，兇手、血手、毒手、玉手，老實說只不過馬馬虎虎，兇手指柳激煙及其兩位師兄還比較準確；血手指石幽明、艷無憂等人就有點勉強；而毒手指楚相玉？柳雁平？似都有些莫名其妙；玉手想一想，大約是指魔姑姬搖花吧，可是亦有曖昧不明之處。真正明明白白而且實實在在的是，第一部寫名捕冷血；第二部寫名捕追命；第三部寫名捕鐵手；第四部寫名捕無情；第五部是總結之寫：四大名捕會京師。——（一）每一部寫一個人，以便有足夠的篇幅，保證重點，讓其性格充分展開，讓其形象深入人心。若是一上來就寫四大名捕，甚而就是三位、二位名捕一齊登場，則難免會照應不周，以致重心難以突出。（二）當然，若無第五部，寫四大名捕會京師，那這部書的完整性也就會受到影響，這樣有分又有合，重點突出而又不失整體性，當然是最佳選擇了。還有（三）本書寫四大名捕，並不從大師兄無情寫起，而是從小師弟冷血寫起，然後寫老三，再寫老二，最後才寫大師兄無情，這樣排列看似不合禮數，但卻有藝術匠心，即給人以步步登高之感，這幾位主人公，一個比一個更厲害，自然會讓人越看越愛看。

再說這本書的情節。從總體上說，因爲這本書的主人公是名捕，因而它的故事情節自然與偵探、破案、推理、揭秘、追捕有關，這在構思和創作時就佔了一個優勢，即可將傳統的武俠小說模式即爲報仇雪恨、武林爭霸、除暴安良及正邪衝突等，與偵探小說、推理小說、神秘小說、恐怖小說等類型模式結合起來，以更大的自由度，創作出更加曲折、緊張、神秘、刺激的故事情節來。

進而，本書的故事情節構思的真正妙處，在於它不僅每一部書寫不同的主人公辦不同的案子，而且每個案件的性質及辦案形式都不一樣，亦即，每個故事的側重點及情節模式都不一樣。具體說，第一部寫一個復仇故事，由此造成一系列懸案；第二部則如一個神秘的恐怖故事，寫追命等人探險、揭秘的過程；第三部寫一個追捕故事，寫鐵手等人在此過程中的兇險、曲折；第四部是寫一個江湖爭霸故事，名捕無情的介入是爲了扶正祛邪；第五部寫一個偵探與追捕相結合的故事，寫四大名捕對一個事關朝政及武林大局的陰謀集團的破獲，及對其十三名主兇的追捕與拚鬥。這五個故事的側重點及故事模式的不同是顯而易見的，而作者在寫這五個故事時所用的筆調及對這些不同的故事情節的處理方式也是不盡相同的。

第一個故事的特點是令人驚訝。在「武林五條龍」的老三金盛煌的五十大壽之日，壽星公被人殺死，其後又接二連三的發生血案，以至於「武林五條龍」中的四條被人殺死。本案的「動機」非常明確，即「飛血劍魔」巴蜀人的弟子要爲師父報仇，揚言先殺金盛煌，然後在三天之內殺其他四人，妙的是在賀壽的人群中，恰巧「捕神」柳激煙與「名捕」冷血都在座。故事就從追查兇手、尋找證據而開展，錯綜複雜，曲折迷離，結果出人意料，兇手居然正是「捕神」柳激煙，及他邀來幫助破案的軍官教練高山青和莊之洞。從事件的發端到故事的結束，無一不充滿懸念，無一處不讓人感到驚訝！這個篇幅不長的故事以其精彩的懸念及出人意料的結果將讀者牢牢抓住，讓人不能不接著往下看。——這個故事側重於故事情節的安排。

第二個故事，即追命探查幽冥山莊的故事，則著重於對神秘、恐怖的氛圍環境的描寫。從一開始寫「陝西三惡」在幽冥山莊作案，只聽到一聲撕心裂肺的慘叫，自此消失不見，到其後的翁四邀請少林四僧、武當三子、過之梗及宇文秀進莊探案，除宇文秀從此瘋狂而撿到一條性命，其餘之人無一生還……無不神秘到了極端，也恐怖到了極點。後來追命等人到此訪查、探險（妙的是，有的人來找人，有的來復仇，有的來探案，有的來尋武功秘笈，而有的人只是想看看新鮮熱鬧）的整個過程，無不籠罩在神秘、恐怖的氛圍之中。那首陰氣森森的歌曲，即「月色昏，夜色沉」更增鬼氣，從他們的所遇來看，似乎真的見了鬼，這個故事似乎真的是「鬼故事」。結果當然不是，幽冥山莊的「鬼」原來是傳說被滅門的該山莊之主石幽明！

第三個故事寫的是追捕。這個故事的結局只有兩種可能：追得到，或追不到。按武俠小說的常規說，應該是能夠追到。那麼這個故事的重心就只能放在追捕過程中了，因爲正、反雙方壁壘分明，一逃一追，且結果又必須是正方勝而反方敗，要將這一「遊戲程序」設計好，可不是一件容易的事。但我們看到，在《毒手》一部中，由於作者將鬥智與鬥力的關係處理得好，使這一追捕過程充滿曲折與驚險，充滿誘惑力與說服力。

第四個故事充滿玄奇，似是中國古代神魔故事的變種。從魔姑、魔頭、魔仙、魔神這四大天魔的名號，到他們的玄奇的武功與毒藥；從無情的神奇之轎到魔姑等人將武林英雄人物變成白癡般的「藥人」；從北城遇險到魔姑其人的出現，都使人匪夷所思。那神秘莫測的「魔姑」居然正是與無情等人結伴而行的「飛仙」——飛仙即「非仙」，非仙即魔，此號別有深意，但一開始誰能想得到？——姬搖花！這個關於四大天魔的故事多少有些讓人感到荒誕，但由於作者將其敘事重點放到了主人公無情身上，寫他的身世、他的經歷、他的感情世界及心理變化（在前三個故事中，我們看不到那三位主人公的身世、經歷及情感生活的痕跡），因而使其「人氣」與「魔氣」相中和，無情對姬搖花動情而反被其用，最後又出乎意料的敗中求勝，使故事的人氣——包括智慧、情感、正義之心——終於蓋過了魔氣，從而使這個故事反比前三個故事更加感人。無情的多情，便得讀者對他更加同情，也更加親近。

第五個故事——有趣的是，在第五個故事正式開始之前，作者又按以前的順序，寫了四個小故事（可稱爲四篇小小說），即冷血殺大盜十二把刀；追命殺殺手薛過；鐵手阻薛過之兄薛過人；無情殺採花大盜歐玉蝶。這四個小故事再一次寫了冷血的劍、追命的腿、鐵手的手和無情的暗器。當然，更主要的目的，是將他們再正式介紹一遍，以加深人們的印象；同時，連續介紹四人，使他們成爲一個整體。因爲這一次他們要同時出動去辦同一件案子了——這是一個政治陰謀集團中的殺手團將要對其「最後目標」（據諸葛先生分析，這「最後目標」極有可能是「最大目標」——即當朝皇帝）發動刺殺行動，諸葛先生查到了若干蛛絲馬跡，命其四大弟子務必在他們的陰謀發動之前查到他們並追捕到他們！這個故事堪稱爲「大行動、大決戰」。大行動，是指四大名捕一齊行動，而且事關皇帝安全，這是前所未有的大行動。大決戰，是指四大名捕在追捕十三名兇徒的過程中，不僅充滿了兇險（開篇就是「名捕反被捕」，追命落入了敵人的包圍圈中），而且也是正、反兩股勢力正面的較量和決戰，其慘列的程度無與倫比。四大名捕雖然最終戰勝了強敵，但他們自己亦浴血流腸，差一點就難以生還。

三　小說的敘事

好的人物形象，好的故事情節，要靠好的敘事技巧及方法、形式來實現。一個很好的故事被不同的人來講述，其效果肯定會大不一樣。會講故事的人能將一個不怎麼好聽的故事講得娓娓動人；而不會講故事的人則可能會將一個很好聽的故事講糟。

前面所說到的小說的結構，當然是小說的敘事一種重要因素。作者在一部書中講述五個不同的故事，讓讀者不斷的面臨新的人物、新的事件、新的環境及新的懸念，這不僅增加了小說的整體容量，而且也使小說的節奏變得更快，自然的更吸引人。這當然還只是小說敘事的一個基本層面。

溫瑞安小說的敘事方法與形式，受到古龍小說的影響較大，也很明顯。這包括冷血這一人物形象與古龍筆下的阿飛（《多情劍客無情劍》的主人公之一）多少有些類似，他的劍、劍法，以及「劍學之道」，乃至他站立的方式及冷峻的氣質，都與阿飛前輩有相近之處。更主要的相似，當然還是小說敘事的快節奏，靈活的分段與分行，短句的運用，以及對敘事語言的重視，對藝術氛圍的營造及對意境的追求等等。從大體上說，溫瑞安的敘事，基本上是「古龍式」，是對古龍小說藝術形式及敘事方法的摹仿與借鑑。

這不難理解。因為（一）溫瑞安寫作此書之時，古龍正如日中天，「古龍風格」大受歡迎，幾乎成了武俠小說創作的新規範，尤其是對溫瑞安這樣年輕的作者來說，更有無法抗拒的誘惑力，因為這是時尚。（二）七十年代中期，新武俠小說產生已有二十餘年了，用古龍的話說，是到了「該變的時候」了，因為讀者已經開始換代，至少，是年輕的一代讀者不僅已經成熟且佔了主導地位，因而如何創作出適合這一代讀者口味與閱讀要求的作品，成了武俠小說作家的一個重要課題。古龍的成功對其他的武俠作家無疑是一種啓示。——人們的生活方式在改變，生活節奏在加快，心裡的節奏亦隨之加快，因而自然的要求新的武俠文體及其小說敘事，再來老一輩作家那樣的大部頭、冗長敘述段、慢節奏，就顯有些不大合乎時宜了。（三）溫瑞安年輕、敏感，善於學習和摹仿，同時，我們也不應忽略，溫瑞安在寫作武俠小說之前有過寫詩的經歷，他對於語言的節奏、語言的美感以及語言的操作技巧亦有自己的感受、追求和特長。這就是說，溫瑞安的小說敘事的方法和形式並不是一味的摹仿古龍，而是在借鑑中有發揮，摹仿中有創造。

小說敘事的節奏，看起來是一件很玄妙的東西，不大好說。節奏的快與慢，似乎與情節發展的速度，以及行文段落的大小、語句的長短有密切的關係。

溫瑞安的《四大名捕會京師》之所以能令人耳目一新，在小說的敘事節奏方面也有它的一些特點。或許是憑著他的才華與氣質，使他本能的從古龍等人的小說中汲取這方面的創作經驗，並取得了相當不俗的成績。具體包括以下幾個方面。

一是始終把握主要情節的發展速度，及其敘事的流暢，清除一些不必要的障礙和曲折，不像許多老式武俠小說那樣節外生枝，枝外生葉，繞來繞去，拖沓遲滯。如第一部

《兇手》始終圍繞著「武林五條龍」的「此刻」的生死主線來寫，將其師與飛血劍魔的結仇經過及來龍去脈，柳激煙師兄弟的陰謀策畫及行動，乃至冷血的探案、推理與判斷，都納入五條龍生死懸疑的主幹之中，適時交待，而且簡練乾脆，決不拖泥帶水。這就保證了行文的通暢及情節發展的快節奏。

二是作者的場面調度能力較強，調度的方法是以「短、平、快」爲主，如電影的短鏡頭運用。或疊加，或平行蒙太奇，或交叉蒙太奇，變化自如，這也使敘事的節奏大大加快。如小說中《血手》一部，序幕中「陝西三惡」在幽冥山莊的失蹤；翁四先生及少林、武當二派諸人的失蹤；到追命等人的出現，其中有大量的時間和空間的跳躍。《毒手》中連雲寨分三路阻擋追兵，後來鐵手等人又派人支援二、三兩路，三處場面都交織在同一敘事網絡之中，而又不失主幹。這種跳躍或蒙太奇手法，尤以小說第五部的開頭連續寫冷血、追命、鐵手、無情的四幕小戲爲典型，各幕之間無直接關係，時、空都不一樣，而被作者組接在一起，大跳大躍而又不失其完整性，只是使人覺得節奏加快，心跳也隨之加快了。

三是溫氏的這部小說，多以「行動」爲主，在「行動」的描述中展開敘事，這自然使小說的節奏及節奏感加強。如《兇手》的殺人行動；《血手》的探密行動；《毒手》的追捕行動；《玉手》的援救行動；《會京師》的追殺與反追殺行動。由於始終以行動爲主，而這些行動的發展變化又十分快速，當然使小說敘事的節奏快速運行了。溫氏的這部小說，既無金、梁小說背景的厚重壓力，又無古龍小說有時過猶不及的對話的拖沓，只是行動、行動、行動，當然讓人看得過癮。

四是古龍提出「武功是用來殺人的，而不是給人看的」這一主張之後，武俠小說中的武功描寫打鬥場面的變化節奏大大加快了。溫瑞安的這部小說也有這種特點。如寫到冷血的武功時說「他的劍法是沒有名堂的，他刺出一劍是一劍，快、準而狠，但都是沒招式名稱的，他覺得招式只是形式，能殺人的劍術才是好劍法。」（《殺手・第一章》）這是典型的古龍觀念與腔調，與李尋歡的飛刀及阿飛的劍法如同一轍。因此冷血與人打鬥，節奏自然快而不拖。追命的腿、鐵手的手及無情的暗器或多或少也有這樣的特點。鐵手大戰戚少商以十招賭勝負，算是這部小說中的大場面及「慢節奏」了，然而就是在這一「異數」之中，亦從鐵手、從戚少商，從旁觀者不同的角度來寫，篇幅亦不算大，因而決無拖沓冗長之感。原因是作者用簡省的筆墨，點到爲止，保持了敘事的節奏不因招式的舉寫而變慢。

五是小段及短句的運用。這一點可以不必多說。我們在小說中隨處可見。値得一說的倒是，《會京師》中的段落及語句，並非一味的小和短，而是文該長則長，該短則短，長短交織，變化自然，沒有一味的追求什麼風格，沒有爲短而短，爲小而小，但也一樣保持了清新快捷的語調和節奏。

小說的敘事當然不僅只有節奏一個因素。語言的運用，最高的水準當然是——「言外之象，象外之意」，即有美感、有意蘊。溫瑞安在這方面有特殊的才華與天賦。儘管《會京師》尙不能稱爲詩體小說，但小說中的不少段落，卻充滿了詩意，除了敘事的功能之外，還有値得品味的散文味及詩歌意境。

空口無憑，有書爲證。下面的一段就是一個最好的例子——篇幅有限，我們也只能舉此一例——

園裡有一棵斷樹，樹葉遍地。一棵生長力繁茂的樹，被硬生生砍斷下來，是很殘忍的事。這棵樹是被龜敬淵追敵時，一掌劈斷的。

現在樹旁倒下了一個人。附近的落葉，都被他身上流出來的血所染紅了。

一個精壯而生命力強的人慘遭戮殺，是件更殘酷的事。

這個倒地的人，正是「武林五條龍」之五——龜敬淵。

是他劈倒了樹，可是，又是誰劈倒了他？

他本應是劈不倒的，他練的是刀槍不入的「金剛不壞神功」，連「十三太保」也練至相當的境界，而且他還身兼「鐵布衫」，自幼又習「童子功」，迄今仍未間斷過。

而今他卻倒下了。

就在凌玉象、慕容水雲、沈錯骨赴柴房的一刻間，他便被打倒了，甚至沒有打鬥之聲，難道這一身硬功的人，連掙扎也來不及？

柳激煙沒有說話，點亮了煙桿，在暮色裡，火紅的煙一亮一閃。

凌玉象忽然變成了一個枯瘦的老人，從來也沒有人見過，這叱吒風雲一生的「長空十字劍」凌玉象，竟已這麼老，這麼瘦了。

慕容水雲全身微微顫抖，暮色中，一臉是淚。

沈錯骨黑袍晃動，臉色鐵青。

這還是垂暮，這一天，將要過去，還未過去。

（《殺手・生辰成死忌》）

以上是本書第一部第一章中的一個片斷，寫龜敬淵之死。金盛煌莫名其妙的死於自己的房中，而龜敬淵又離奇的被人殺了。若用最一般的敘事語句，是「龜敬淵被人殺死在樹旁，凌玉象等人悲痛又震驚」。而書中卻寫了這樣一幕，其妙處是：（一）景的鋪墊：園中之樹——斷樹——斷樹旁的死人，由全景到近景、特寫，由此慢鏡轉換，烘托出一種悲哀的氛圍；（二）情的鋪墊，由對斷樹的惋惜，到對人之死亡的感嘆，自然而又婉轉生動；（三）情節的懸疑，龜敬淵本該刀槍不入，何以如此輕易的被人殺害？而且時間如此短促，連打鬥、掙扎也沒有？這只有兩種可能，一是偷襲者武功奇高，高到不能想像的程度；一是偷襲者乃是死者的熟人，既知死者的練門，又不被死者所防備，故能一擊而中，他是誰？（四）微妙暗示：在場的人，柳激煙是唯一的外人，動作亦特異，點亮煙桿，一亮一閃，他的名中有煙，手中有煙，場中亦有煙，這一亮一閃的煙幕中，我們無法看到他的表情；（五）心理鋪墊：文中所寫的懸疑，實是凌玉象等人心中震驚的表現：這怎麼可能？是誰能殺死龜老五？龜老五又怎麼可能如此輕易被殺？這實難相信，又必須相信，從而一頭霧水，一場煙氣；（六）悲痛與性格描寫：龜老五之死，他的結義兄弟都是悲痛莫名，凌玉象年紀最大，性格深沉，然而悲痛亦深，因而片刻間蒼老了許多；慕容水雲性格慈和，心性純善，因而淚流滿面；沈錯骨剛烈而又堅毅，因而臉色發青；（七）氛圍鋪墊：此時天色將暮，明暗交替，似明似暗，光線如此；此時園中寂靜，無聲無息，內心的震驚與悲痛全都被壓抑住了，越是寂靜無聲，越是沉重壓抑；（八）意象點滴：以上的每一句話，都似有言外之意，有懸疑與暗示，震驚與悲痛，然而這些都還是具體的，最後一句「這還是垂暮，這一天，將要過去，還未過去」，也是具體之寫，但卻有抽象之意。天色垂暮乃自然之象及自然之序，將過去未過去，一是象徵老天若有情若無情，故意遲滯不去，延長了人們的懸疑與悲傷；二是這一自然之象在人們心理上產生了微妙的反應：這一日長於一年。這種漫長的心理感受，無法用語言來描述，而只能用此句來暗示；三是這一天將過未過，恐怖與黑暗將臨未臨，還會發生些什麼？誰也不知。因而此句若「預言」亦若「寓言」，不注意時似只簡單的一句話，注意品味，卻覺得它深奧難測，妙意無窮。——溫瑞安不愧是一個詩人，《會京師》的敘事語言之妙，此一例可知，不必再舉。

四　缺陷與遺憾

《會京師》當然並非十全十美，溫瑞安年輕才高，信筆寫來，難免會有這樣或那樣的缺陷和遺憾。其中有硬傷，有軟組織挫傷，還有內臟之病。下面我們分項說。

先說硬傷，主要是作者對中國大陸的地理及歷史恐怕不熟悉，因而不知不覺的會犯一些小錯，先看下一段：

「飛血劍魔」巴蜀人，也許真到了命中該絕的地步了。他血洗洛陽城後，來到滄州府，「武林五條龍」的師父，「大猛龍」關更山，忍無可忍，約戰巴蜀人。

……可是在華山之巔，與巴蜀人戰了四天四夜，仍不分高下。

當時巴蜀人的弟子，仍在洛陽城花天酒地，而「武林五條龍」卻在滄州，見師父三日未返，十分提心，於是趕往華山觀戰。

正當他們趕上華山之際，巴蜀人畢竟魔高一丈，以「飛血劍」，閃電一般插入關更山心窩……

（《兇手》）

以上這一段看起來似乎沒啥毛病，但仔細看卻不難發現，作者對滄州與華山的距離有多遠，只怕心中無數。滄州在河北，華山在陝西，相去千里之遙，關更山要約戰巴蜀人，何以要跑那麼遠？是不是受了金庸「華山論劍」的影響？進而，又說關更山的弟子見師父「三天未返」而又「趕往華山觀戰」，似乎華山就在滄州城外不遠處。這一硬傷實在太明顯了。

還有一處硬傷，是第三部《毒手》的第一章中，寫楚相玉越獄之後，時震東將軍不得不找諸葛先生求援，以便將楚相玉抓獲，而諸葛先生則要他們務必將楚相玉堵在滄州府範圍內。這一情節，也有硬傷。即，據書中有人說「大宋男兒」一語，當知此書的時代背景是在宋代，而滄州府有宋軍，當知是北宋，北宋的都城是開封，諸葛先生住在那裡，滄州在河北，開封在河南，時震東要找諸葛先生求援固然可以理解，但求援來回一趟之後，居然還真的在滄州府範圍之內堵住了楚相玉，這可就神了！須知時震東的快馬再快，但畢竟是到開封（汴梁）轉一個來回；而楚相玉逃命要緊，何以仍未出滄州，甚至與連雲寨的人都沒聯絡上？更何況楚相玉逃亡在先，而時震東求援在後？之所以會出現這個情況，只有一個解釋，要麼是作者對當時的都城在哪兒心中無數（以為在滄州附近），要麼是對滄州與開封之間的距離不知多遠。不論哪一種情況，都是一種明顯的缺陷。

類似的情況還有《會京師・魔頭分設伏》一章中「莫三給與冷柳平約戰黑龍江」一句，看起來也沒什麼問題，但莫與冷都是苗疆高手，且生活於彼，苗疆是在中國的西南，而黑龍江乃在中國的東北，兩地相距萬里之遠，兩位苗疆高手何以要到那兒去決戰？這要麼是作者對苗疆、黑龍江之所在不熟悉；要麼是苗疆中也有一條黑龍江？若那樣，倒是筆者無知了。當然，要麼是莫、冷二人都到黑龍江公幹，不過這也不對，當時黑龍江還是女真人（即後來的金國人）所據之地，他們又如何能去？

要說《四大名捕會京師》的真正的大缺陷及大遺憾，還是它殺孽太重，這麼一本書中死那麼多人，每一個故事中都充滿了血腥。四大名捕所探查或追捕的對象，無一不死——《兇手》中的柳激煙師兄弟；《血手》中的石幽明師兄妹；《毒手》中的楚相玉及其所有的屬下；《玉手》中的四大天魔及其所有的屬下；《會京師》中的陰謀集團中所有的兇手。進而，另一方的情況，除四大名捕不死之外，其他的人則死得差不多，如《兇手》中的「武林五條龍」死在冷血的追查過程中；《血手》中開始死的十幾人不算，追命一行二十幾人，只有三人生還；《毒手》中時震東、周冷龍、柳雁平等人以及麾下兵丁死傷幾盡；《玉手》中的北城、東堡中人亦差不多全死了……這就成了一種值得注意的現象，稱得上是溫瑞安的風格或脾氣。

如小說中有這樣的場景：

> 月下是血，血中橫七豎八的，倒了四十三個人。
>
> 四十三個死人。
>
> 他不得不殺。
>
> 他一劍出手，對方還有沒有命，連他自己也控制不住。
>
> 殺了這些人，他渾身好空虛，真想棄劍跪地，在月下痛哭一聲。
>
> 他甚至不知道這些人是誰。
>
> （《兇手・第一章》）

這樣的場景，在本書中屢見不鮮。切莫以爲上述殺人者是兇手，他其實正是本部的主人公冷血。

如此之重的殺孽，實在讓人頭皮發麻、於心不忍。雖說中國人將殺頭當熱鬧看，武俠小說更是可以合理殺人而又不違法。因而有不少的武俠小說作品弄成了殺人競賽，越年輕的作者越容易動怒，搞不好就要血流漂杵、積屍如丘。溫瑞安的小說要追求「刺激」，而且作者年輕氣盛，未免喜歡殺伐，因而血腥氣較重，這當然不是不可以理解的。

問題是，其一，有必要搞成前文中所說的這樣殘酷和血腥嗎？

其二，更重要的是，四大名捕乃是執法者，是「捕」者，即抓人者，而非殺人者，更非殺手。這樣重的血腥氣未免與他們的身分太不相符，尤其是冷血，上面那段連殺四十三人的場景中，雖說他似頗有空虛之感，但卻乏真正的懺悔之意。他的理由居然是「不得不殺」，一來他不殺人，人就要殺他；二來則是他一劍出手連自己都控制不住。這樣的名捕與兇手、殺手、血手、毒手又有何區別？古龍筆下的楚留香，認爲自己不是執法者，沒資格殺人，因而他確實就不殺人，無論何等兇險，他都不殺人。

而溫氏筆下的四大名捕，卻反而成了執法犯法的殺人狂。這未免太有反諷意味了。

執法者——殺人狂，雖也是中國歷史及文化傳統的一部分，但作者既要寫四大名捕的理想形象，又何以如此沒有分寸？若說不如此就沒有刺激，因而不夠精彩，那只能說是作者的偏執與無能，古龍能做到的，他做不到。如是「冷血追命，鐵手無情」倒真的成了恐怖的象徵，他們出現在哪兒，哪兒就會出現一片血海，而作者則似乎只注意到問題的一面：哪兒有殺氣，他們就出現在哪兒。結果總是相反，以至於正邪難分，大家共一個殺字。

其三，由於要追求這種血腥效果，必然造成小說的力勝於智的傾斜，從而影響到四大名捕的智慧風貌的深化，也影響到小說情節構思真正的精彩程度。——筆者至今也搞不懂，冷血若真正是名符其實的「天下四大名捕」之一，何以眼睁睁的在兇手發出復仇通牒之後，看著龜敬淵、慕容水雲、沈錯骨及凌玉象一個又一個死去？「武林五條龍」既然最終難逃一死，那他這個「名捕」還有什麼了不起？這裡給人的印象，也只是「殺人名捕」，豈不與作者的意願相背離？其後的幾個案子，雖說多少要費點腦子，但給人的總體印象，卻是以鬥力爲主，真正的智慧與謀略則很少用到，這與凡常的武俠小說有何區別？

當然，其中有一個難處，是要把握偵探推理與武俠小說之間關係的分寸，要落到武俠小說之上，主人公除了用心用腦，還非要用拳用腿不可。但我們看到的故事情節中，主體都弄成了殺伐與血腥，這種所謂的刺激，是浪費了大好寫作資源，將名捕探案的真正驚人又精彩的故事搞成了低級的殺人比賽，這無疑使作品參入了下乘。

本書還有一個遺憾，是其第五部《四大名捕會京師》壓不住臺。你不能說這個故事不好看，但就是感到它沒什麼份量。那陰謀集團的十三殺手（其中一人在上一個故事中被殺了）只不過武功高點，卻算不上什麼了不起，心智極爲一般，因而此案的難度不大，四大名捕只不過是當了——應該說是又一次當了——劊子手，將他們誅盡殺絕而已。

從本部的分題看，這個故事的真正的落點應該是「會京師」，且小說中也提及這個殺人小組是一個陰謀集團的一部分；而這個集團乃是一個政治組織，他們的「最後目標」乃是當朝皇帝！

若小說將這個故事寫全了，則四大名捕不枉一會，亦不枉其「天下」知名，但小說寫著寫著似乎跑了題，即（一）他們會是會了，但並未「會」於「京師」；（二）他們將兇手全都殺了，但那陰謀集團的主子是誰仍然不知道；（三）他們將人都殺了，人證、物證也就全都沒了；（四）更重要的是，既然他們是一個隱密的集團，而且又有極嚴格的組織紀律性，豈能在達到「最後目標」之前與幾位捕快在這兒玩捉迷藏遊戲？又怎麼抓冷血不殺，抓追命而又不殺，是不是這些人比四大名捕更人道、更仁慈些呢？（五）該陰謀團的首腦，武功智計顯然都高到了極點，是可與諸葛先生爲敵——如三國時與諸葛亮爲敵的司馬懿——何以會如此笨拙，只有一計，而無別的安排？……如此等等，只有兩種可能，一是作者寫跑了題，或沒有將這個故事寫完就匆匆結束了；二是作者的構思根本就沒有想到那麼深、那麼遠，無論是哪一種情況，都是作者的失誤與遺憾。

後記

聽陳曉林先生講臺灣俠壇掌故，是一大樂事。尤其是講述古龍：小說背後的女人、女人背後的人生、人生背後的寂寞、寂寞背後的小說創作、創作背後的孤獨心靈……「那一『見』的風情」，最能打動人心。陳先生講古，並不眉飛色舞，也非滔滔不絕，但其中對武俠文學歷史的經歷知見、對武俠事業的責任道義、與武俠作家之間的深摯友情，真讓我受益良多。

因此，陳曉林先生向我約稿，說他所主持的風雲時代出版公司願意在臺灣出版我的幾部拙作，我不假思索就答應了。

關於我的這本書，需要做些說明。這本書寫於五年之前，由雲南人民出版社於西元一九九八年三月出版，原是爲該出版社編輯出版的「港臺新武俠小說五大家精品點評叢書」所寫的「輔助讀物」，名爲《港臺新武俠五大家精品導讀》。當年寫這本書，一是由於出版社盛情難卻，二是覺得自己義不容辭，還有一個原因，那就是想借此書了卻一椿心事。

所謂心事，是因爲我在十年之前曾應文化藝術出版社之約，寫過一本《新武俠二十家》，意在向大陸讀者介紹和推薦一批台港新武俠小說的名家及其佳作。但由於當年大陸書市上假冒僞劣之書盛行，我沒想到、也無能力去辨別真僞；加上當時海內外武俠小說作家作品的資料資訊的收集整理工作尚無人問津，因而無可查詢；再加上我當時還無緣結識臺灣、香港的武俠小說評論、研究專家，結果是我的《新武俠二十家》一書中的資料資訊錯漏百出。作品有張冠李戴之誤，作者則有馮京馬涼之差，雖非我有意無中生有，然無意間以訛傳訛，無論有多少「客觀」原因或理由，我這個作者總是難逃其咎。因此，我寫《五大家導讀》，實際上是一次糾正錯誤、補救過失的機會！說到這裏，我要感謝上海學林出版社資深編輯周清霖先生、中國科技大學王希華教授等幾位好友無私的爲我提供寶貴資料。當然，如仍有錯誤，還是要由我本人負責。

其次，當年《新武俠二十家》一書中的前五家，是金庸、梁羽生、古龍、蕭逸、溫瑞安，其中金、梁、古、溫四位入選一般爭議不大，惟對蕭逸先生的入選，不少行家同道感到有些不好理解。當時情況是，當年中國友誼出版公司推出的蕭逸作品系列，在大陸刮起了一股不小的蕭逸旋風，因爲那是一批貨真價實的蕭逸作品，並無假冒僞劣摻雜其間，所以閱後感覺其平均水準甚高，不少作品中時常有大氣縱橫，頗得幾分金、梁一派真傳，因此我將他排在前列作重點介紹。後來，在確定「五大家」評點、導讀物件之時，寧宗一教授、李榮德先生、卜鍵研究員、劉國輝先生、臺灣俠壇名宿于東樓先生、雲南人民出版社負責人及部門領導和我等多人一起討論研究，覺得臥龍生先生的成就及其對臺灣武俠文學史的影響均遠遠大於蕭逸先生，因而應當取而代之，入選五大家之列。其實，二十家也好，五大家也罷，都只是介紹和分析作家作品的一種方便的說法而已。我並不認爲「梁山泊英雄排座次」之類的小說家言是一種嚴肅的學術方式，對專制時代造成的「九品中正制」的歷史文化傳統更加沒有好感。所謂「大家」之說，也不過「名」爾，我最喜歡的一句話恰恰是：「名可名，非常名」。

再次，近幾年來，同道漸多，武俠小說作家作品資訊的收集、整理、考據、分析和研究，不斷有新成果問世；而我本人向臺灣、香港等地俠壇高手問道求教的機會也逐漸增多，所獲教益不勝枚舉，這在五年前我寫作此書之時是想像不到的。例如，于東樓、陳曉林先生指出，對於古龍小說的真實數量及其半真半假之作的具體情況，已有了一些新的研究成果；陳曉林先生還指出，我對古龍小說的某些分析和評價，有某些明顯的不公、不實、不到位之處。又如，承蒙溫瑞安先生時常惠賜新作，讓我得知溫大俠的小說創作的最新動向；溫先生的秘書葉浩先生給我來信，說溫大俠已經動手修訂舊作，一些歷史、地理方面的小小瑕疵在溫氏作品新版中已經得到糾正；也就是說，我在書中對溫先生舊作舊版的吹毛求疵，已經不再合乎實際。再如，葉洪生、林保淳先生指出，司馬翎的武俠小說創作成就實在臥龍生之上，有人甚至認爲司馬翎是臺灣武俠小說第一大家，而我沒能將司馬翎納入大家行列作專題分析研究，這也是一個明顯的失察和遺憾。

以上種種糾謬指錯之教，我自然衷心感激，並願承教改正。只是由於本書的篇幅、體例、出版時間及我本人的視野、能力等主客觀方面的原因，雖願盡力而爲，但卻仍然未能將上述指教一一落到實處，遺憾之餘，我不能不在此向本書的讀者做出說明。

最後，我想借此機會，向陳曉林先生及其風雲時代出版社編輯諸君表示衷心感謝！

陳墨 ·西元二〇〇一年四月二〇日於北京

本色古龍

—古龍小說原貌探究—

程維鈞—著

著名學者**龔鵬程**、**林保淳**、文化評論家**陳曉林** 極力推薦
古龍長子**鄭小龍** 重磅作序推薦 封面題字：著名美術指導**陳民生**

- 圖文並茂，書中穿插相關版本、連載、古龍手稿等珍貴資料
- 歷時十年，遍閱台港澳、東南亞及大陸的古龍小說版本（包括連載），對各版本的文本差異進行分析匯總，考據出最能反映古龍原稿面貌的文本，逐部擇要介紹給讀者。
- 為逐部梳理文本延續的脈絡，並在台港本、大陸本的收藏選購上提供指引。

資深古龍研究者程維鈞花費十年心血，還原古龍小說原貌！只因為他認為，「這是一件前人沒有做過，卻極有意義的事！」古龍小說魅力無限，然而你知道古龍處女作《蒼穹神劍》為何被刪節十餘萬字？《鳳舞九天》為何佚失約一萬三千字的古龍親筆文字？

武俠品賞六部曲 之2

論劍之譜（下）武俠五大家品賞

作者：陳墨
發行人：陳曉林
出版所：風雲時代出版股份有限公司
地址：10576台北市民生東路五段178號7樓之3
電話：(02) 2756-0949
傳真：(02) 2765-3799
執行主編：劉宇青
美術設計：許惠芳
行銷企劃：林安莉
業務總監：張瑋鳳

初版日期：2019年12月紀念版初版一刷
版權授權：陳墨
ISBN：978-986-352-752-7
風雲書網：http://www.eastbooks.com.tw
官方部落格：http://eastbooks.pixnet.net/blog
Facebook：http://www.facebook.com/h7560949
E-mail：h7560949@ms15.hinet.net
劃撥帳號：12043291
戶名：風雲時代出版股份有限公司
風雲發行所：33373桃園市龜山區公西村2鄰復興街304巷96號
電話：(03) 318-1378
傳真：(03) 318-1378
法律顧問：永然法律事務所 李永然律師
北辰著作權事務所 蕭雄淋律師
行政院新聞局局版台業字第3595號 營利事業統一編號22759935

國家圖書館出版品預行編目資料

論劍之譜（下）武俠五大家品賞 ／陳墨 著. -- 臺北市：
風雲時代，2019.10- 冊；公分

ISBN 978-986-352-752-7（下冊：平裝）

1.武俠小說 2.文學評論

857.9　　108013706